桂子山上的树

晓　苏·著

華中師範大學出版社

新出图证(鄂)字 10 号

图书在版编目(CIP)数据

桂子山上的树/晓苏著. —武汉:华中师范大学出版社,2019.9
ISBN 978-7-5622-8774-2

Ⅰ.①桂…　Ⅱ.①晓…　Ⅲ.①散文集—中国—当代　Ⅳ.①I267.1

中国版本图书馆 CIP 数据核字(2019)第 185023 号

桂子山上的树
© 晓　苏　著

责任编辑:李　蓉　　**责任校对:**郑海兵
封面设计:林　希　　**插图提供:**陈希昌
编辑室:基础教育分社　　**电话:**027-67862387
出版发行:华中师范大学出版社
社址:湖北省武汉市珞喻路 152 号
电话:027-67863040(发行部)　　**传真:**027-67863291
网址:http://press.ccnu.edu.cn　　**电子信箱:**press@mail.ccnu.edu.cn
印刷:湖北新华印务有限公司　　**督印:**王兴平
开本:1/16　　**字数:**220 千字
印张:16.25　　**定价:**40.00 元
版次:2019 年 9 月第 1 版　　**印次:**2019 年 9 月第 1 次印刷

欢迎上网查询、购书

作者像

目　录

第一辑　人与事

第二辑　山与水

第三辑　谈与话

第五辑　序与跋

第一辑

人与事

读 父

父亲是一本书。对于儿女来说，父亲是我们的必读书。世上书万卷，其他的书都可以不读，但父亲这本书非读不可。如果不读父亲，我们就不清楚自己是从哪里来，更不知道自己要到哪里去。

读父亲这本书，我们必须要明确重点。只有把重点弄明确了，我们才能找到读父亲的正确方向。否则，我们就会把父亲读偏，读错，甚至读反。在父亲这本书中，重点无疑是父亲对我们的生育之恩、养育之恩和教育之恩。因此，我们一定要怀着一颗感恩之心来读父亲。读父亲对我们的呵护，读父亲对我们的疼爱，读父亲对我们的付出。只有抓住了这个重点，读父亲才有意义。

我永远忘不了父亲背我爬山上五湖的

情景。父亲当年三十出头，被马良供销社派往五湖分销店当会计。我那时五岁左右，跟着母亲在老家油菜坡生活。有一次，父亲回家看望我们，要走的时候，我突然抱住了他的腿，哭着闹着要去五湖玩。父亲稍微犹豫了一下，便答应了我。当时五湖不通车，一路上全靠步行。从油菜坡到重阳那段路还算平坦，我都是自己走的，且走得欢天喜地。可一过重阳，上五湖的那条山路，突然就像梯子一样竖起来了。在那陡峭的山路上，我只勉强走了几步就走不动了，两条腿又酸又疼，一点儿劲也没有。这时，父亲双膝一弯蹲在了我面前，扭过脖子对我说，趴我背上吧。我一听高兴坏了，马上趴在了父亲的背上，还用两只小手紧紧抓住了他的肩头。那条山路有十几里长，从山脚爬到山顶少说也要两个钟头。父亲刚背上我的时候还不太吃力，但走了一段就开始喘气了。我听见他喘气的声音越来越粗，越来越快，有点儿像耕田的牛。往前再走一段，父亲身上就出汗了，豆大的汗珠顺着他的额头和鼻尖直往下滚，背上的衣裳也打湿了，头发里冒着热气，好像上了气的蒸笼。我那会儿少不更事，还不懂得心疼人，见父亲累成那样，也不知道下地走几步。爬到半山腰，父亲实在累得吃不住，便把我放下来歇了一会儿。他这时嘴渴得厉害，就去路边石缝里找水喝。但当时天旱，石缝里的泉水都干了。父亲没找到水，却发现了一树红果子。他折来一枝红果子对我说，我给你吃红果子，吃了自己再走一段儿吧。那枝红果子红得像火，吃在嘴里酸甜酸甜的，味道好极了。吃过红果子，我就自己走起来。可是，我只走了几步就停下了。山路太陡，我的脚抬都抬不动。父亲见我不走了，只好又在我面前蹲下，让我再次趴到他背上。父亲背我爬山的时候，生怕我从他背上掉下来，一直都把两只手反过来搂着我的屁股。汗水模糊了他的眼睛，他都顾不得擦。后来眼睛看不清路了，父亲才对我说，华娃子，你把我眼皮上的汗擦一下吧。天色黄昏时，父亲终于把我背上了五湖山巅。这时，父亲已经累瘫了。他一屁股坐在路边的石头上，好半天都站不起来。

我永远忘不了父亲送我的确良黄裤子的情景。当时我在保康一中读书，吃住都在学校。父亲那会儿在店垭工作，每个月都要找机会进城一趟，给我送生活费和粮票。那年春夏之交，一款叫的确良的黄裤子突然在城里流行起来。的确良是一种化工新布，布纹细密，颜色纯正，形态飘逸，做成裤子穿在身上又美观又舒服。我们的老师差不多都穿上了的确良黄裤子，同学中也有穿的，当然都是城里的干部子弟。看着别人穿着这么时髦的黄裤子在校园里走来走去，我心里当然也羡慕，但不敢奢望。因为我们家兄弟多，父亲的工资又不高，吃穿上只能将就。不过，当时天气已经热起来，我身上穿的还是一条过冬的灰布厚裤，心想要是能有一条薄点儿的裤子就好了。一天傍晚，父亲又来学校给我送生活费和粮票，居然也穿着一条的确良黄裤子。一看见父亲的黄裤子，我的眼睛一下子就直了。父亲注意到了我的神情，随即低头看了看我的灰布厚裤，还伸过手来在我的裤子上摸了一下。有些热吧？父亲摸着我的裤子问。我愣了愣说，还好。这次，父亲把生活费和粮票给我后，没像以往那样马上和我分手。他让我跟他去了他住的那个旅社。进到旅社房间后，父亲打开了他随身携带的一只旅行包，从中掏出了一条半新的蓝布裤子。我以为父亲要把这条蓝布裤子送给我，心里不由暗自欢喜。但是，父亲没有把蓝布裤子给我，而是换下了他身上的那条的确良黄裤子。我正感到纳闷儿，父亲把他刚脱下来的的确良黄裤子朝我递了过来。这条裤子给你穿！父亲说。我顿时愣呆了，迟迟不敢接那条黄裤子。父亲催我说，拿着呀！天热了，你那条灰裤子也穿不住了！直到这时，我才确信父亲真是要把他的的确良黄裤子送给我。接过黄裤子，父亲要我立刻把身上的灰布厚裤换下来。我把的确良黄裤子穿上的时候，心里差点乐开了花。看着我笑得嘴都合不拢，父亲也笑了。

我永远忘不了父亲送我上大学时给我扛箱子的情景。一九七九年秋天，我考上了位于省城武汉的华中师范学院。父亲那时患有严重的痔疮，一旦发作便难受得要命。不巧的是，我正要上学的时候，父亲的痔疮突然发了，可他还是坚持要把我送到襄阳上火车。从保康到襄阳那天，我们坐的是一辆货车。父亲与那位司机很熟，搭他的顺风车，除了想省点钱，主要还是我带了一个又重又大的木箱，坐班车很不方便。车过南漳境内的黄花岭时，父亲要司机停了一次车。他说要去上个厕所。父亲上厕所用了很长时间，回到车上时脸色苍白。司机问他，怎么啦？父亲皱着眉头说，痔疮发了，屙了好多血。那天到达襄阳，已是下午五点多钟。司机要急着去卸货，一到襄城就把我们父子丢下了，连同那个又重又大的木箱。火车站在樊城，还隔着一条汉江。父亲本来说坐公交车去火车站的，可那个木箱太大，公交车上不了，因此我们父子俩只好步行。我那是第一次到襄樊，不清楚从襄城到樊城有多远。父亲扛着箱子走在前面，我背着一个包跟在他屁股后头。那个木箱实在是又重又大，父亲必须头肩并用才能把它扛住。木箱把父亲的头沉沉地压在下面，他一边勾着头走路，一边还要仰起眼睛辨认方向，显得十分别扭而艰难。加上父亲的痔疮又发了，所以他走得很慢，每一步都迈得非常吃力。走到襄江商场门口，我提出换父亲扛一会儿箱子，可他没同意。父亲说，你扛不动的！他说完继续往前走，步子忽然加快了一些。大约走了两个钟头，我们总算到了火车站。父亲把箱子放下来的时候，他的脖子全都磨红了，而脸色却更加苍白，看上去像一张白纸。

每当想到以上这些让我终生难忘的细节，我对父亲的感恩之心就会变得更加强烈。当然，父亲也不是完人，更不是圣人。他也曾经令我伤心过，比如在一个放寒假的雪天，我碰到了一辆运货的卡车，便从黄坪坐到了父亲当时工作的店垭，想去他那儿玩上一天。我到的时候，父亲正在和同事打扑克。见到我，父亲显得很冷淡，也没问我是否吃过午饭，只顾着继续玩牌。那辆卡车卸完货，父亲当即就让我坐那车返回了。父亲也曾骂过我，比如有一次在桌上吃饭，我的嘴巴吃得太响，父亲忽然瞪我一眼说，你嘴巴轻点儿好不好？吧嗒吧嗒的，难道你是猪啊！父亲还让我吃过皮肉之苦，比如有一回家里的半包烟不翼而飞，父亲怀疑是我和顺强其中一个拿走了，可一时又不能确定是谁，于是他就找来一根竹棍，命令我和顺强轮流互打。我打顺强时很轻，而顺强打我时却下手很重，像母亲平时用棒头捶衣裳。其实拿走那半包烟的是顺勇，许久之后他才自己说出来。

但是，我绝对不会因为父亲曾经冷落过我，咒骂过我，痛打过我而记恨他。与父亲对我的生育之恩、养育之恩和教育之恩比起来，这些细枝末节又算得了什么呢？所以，我们千万不能避重就轻，舍本求末，捡了芝麻而丢了西瓜，只顾着一味地去责怪父亲的粗心、鲁莽和凶狠，而把父亲对我们的恩情忘得一干二净。再说，父亲也是个凡人，他也有自己的兴趣，也有自己的个性，也有自己的脾气，偶尔的疏忽，偶尔的暴躁，偶尔的失误，都是可以理解的，也是可以原谅的。作为儿女，如果我们对父亲一时的过错念念不忘，并且耿耿于怀，甚至当作不敬不孝的借口，那我们就未免太狭隘了，太偏激了，太荒唐了。倘若真是这样的话，我们这些当儿女的，不是缺心眼就是缺良心。

不过，父亲是一本大书。面对父亲这本大书，暂时读不懂也不要紧。在我看来，读父亲是一辈子的事。只要我们用时间来读，用阅历来读，用情感来读，用全身心来读，总有一天会把父亲读懂的。

【于 2016 年】

小说中的母亲

母亲要满七十岁了，我倡议兄弟们都写一篇关于母亲的文章。作为倡议者，我自己当然也要写。其实，我早就写过母亲，并且不止写过一两次。要算起来，我迄今为止发表的小说已有五百万字了。在这些作品中，母亲的影子随处可见。其中，还有好几篇作品直接写到了母亲。这里，我从过去的小说中摘出三个有关母亲的片段，让大家看看母亲在我小说中的形象。

1

我写过一篇题为《龙洞记》的小说，首发在河北的《长城》上，天津的《小说月报》很快转载了它。作品中有一段写到我的成长，哺育我成长的人就是母亲。

听我母亲说，我三岁那年就能帮她从龙洞往厨房取水了。前面我说过，龙洞离我家厨房只有十步左右的距离，因此我家厨房里从来没有用过水缸，都是要用水的时候临时到龙洞那里去取。母亲说，我第一次取水用的是一只塑料碗，那只碗不大，比拳头大不了多少。我本来是舀了一满碗水的，可是等我摇摇晃晃从龙洞端到厨房时，塑料碗里的水就只剩下一半了。然而，我取回家的这半碗水却把母亲高兴坏了，她当时就兴奋地叫了起来，说她儿子能取水了。五岁的时候，我开始用一只铜壶往厨房里提水，这时我已经能够记事了。记得我第一次将一壶水提到厨房门口时，母亲差点喜疯了，她一边伸手接我的铜壶一边说，哎呀，我儿子长大了！十岁那年，我已经能够用一只木桶提水了。记得那是一个什么节日，家里来了许多客人，母亲提着一只空木桶正要去龙洞时，我拦住了她说，妈，我去提吧。母亲一愣，问我，你行？我没有回答，只管一把夺过了母亲的水桶。那天我是使出浑身的力气才把那桶水提到厨房的，当我红着脸咬着牙将那桶水放到母亲面前时，母亲顿时哭了起来，并且还哭出了声音，客人听到母亲的哭声跑过来问她怎么啦，母亲一边抹泪一边说，我儿子真的长大了！他能提回一桶水了！见母亲这么一哭，我也禁不住热泪盈眶了。

我自己很喜欢这篇带有纪实色彩的小说，顺强也很喜欢。小说刚发表时，顺强正好有事来武汉，他坐在我办公室一口气读完这篇小说，赞不绝口。我想，并不是小说本身怎么好，主要是写活了我们的母亲。

2

《怀念几件衣裳》是我的另一篇以纪实为主的小说，可以称为散文体小说。小说中写到母亲请裁缝给我缝衬衣，字里行间充满了我对母亲的感激与热爱。

我是在读初二那一年的夏天认识石膏儿的。一个漫长的春天过去后，当我脱下那件穿了几个月的黑夹衣的时候，母亲突然说我长高了。我的确长高了，母亲找出我头一年穿过的那件灰衬衣，我怎么也穿不得了。母亲面对长高的我，显得既惊喜又忧愁。后来她终于咬咬牙对我说，走，我们到供销社去。母亲那天是提着一篮子鸡蛋去供销社的。在供销社卖了鸡蛋后，母亲就去扯了一块灰布，然后就把我带到了石膏儿那里。

母亲把那块灰布放在石膏儿的缝纫机上，对她说，给我儿子缝一件衬衣吧。石膏儿草草地看了那块灰布一眼，很快就把眼睛转到了我身上。她的眼睛很亮，把我上上下下打量了好久，然后，又扭头朝那块灰布扫了一眼。母亲以为石膏儿是怕那块灰布的尺寸不够，就说，布不会少的。石膏儿说，布肯定不会少，我是觉得这块布料不适合你儿子穿。母亲问，为什么？石膏儿说，你儿子皮肤这么白，应该穿一件白衬衣。那块灰布太老气了。石膏儿说着，又扭过头来看着我，并且还对我笑了一下。她的牙齿也很白，笑起来特别好看。母亲这时说，他一直穿灰布衬衣的，白衬衣难洗。我突然说，难洗我自己洗！石膏儿听我这么说，又对我笑了一下，然后劝母亲说，那你就给你儿子缝一件白衬衣吧。母亲犹豫了一会儿说，灰布已经买了，再说……石膏儿不等母亲说完便说，灰布买了不要紧，我带你们去供销社退掉，再换一段白布，供销社的经理跟我很熟的。听石膏儿这么一说，母亲就不好再说什么了，只好点头同意。

供销社的经理果然与石膏儿很熟，我们一去就换了布。那段白布比那块灰布要贵几毛钱，石膏儿要经理免了，经理真的就没要。这让我母亲对石膏儿充满感激，我当然更是感激不尽。

从石膏儿家到供销社有好几里路，一去一来花了一个小时。石膏儿生得白皮嫩肉，但她并不娇气，一回到家里就开始给我量尺寸。她两手捏着一条皮尺，一会儿量我的肩，一会儿量我的膀子，一会儿又量我的胸脯，动作十分娴熟。我闻到石膏儿身上有一股淡淡的香气，像百合花的味道。在给我量胸脯的时候，石膏儿的手指头无意中按了我一下，我顿时有些紧张，脸一下子红到了耳朵。

石膏儿当时就把那件白衬衣给我缝好了，并亲自给我穿在了身上。那件白衬衣真不愧是比着我做的，穿在身上要多合身有多合身。母亲看着穿上白衬衣的我，嘴笑得差点合不拢了。石膏儿这时对母亲说，怎么样，你儿子穿白衬衣好看吧？接下来她又摸了一下我的头说，看，简直像个小新郎了！

小说中的石膏儿也是有原型的，叫周世根，住在黄坪三队。母亲没读过书，不懂服装美学，但她当时能接受周师傅的建议给我缝一件白衬衣，真让我高兴极了。那件白衬衣差不多让我激动了大半年，每当穿着它，我就显得特别有精神，无论是在学校读书，还是回家里干活，浑身都有使不完的劲儿。

3

我还有一篇小说，叫《走回老家去》，也是纪实的散文体小说。在作品中，我用非常抒情的笔调描述了我在村口遥望母亲的情景，现在读来还鼻腔发酸。

我终于走到庙垭了。脚还未站稳，我的眼睛已经看见了我的老家。老家是好看的，无论前看还是后看，无论远看还是近看，老家都好看。但是我要说，站在庙垭看我的老家，我的老家才是最好看的。老家坐落在一个山洼里，左边是绿色的山峰，右边是绿色的树林，屋后是绿色的竹园，门前是绿色的庄稼，老家的房子虽然只是一栋又矮又旧的土墙瓦屋，但前后左右都被绿色环绕着，看上去也就别有一番韵味了，它给人一种朴素的美、拙陋的美和原始的美。我有时想，要是把那栋又矮又旧的土墙瓦屋换成了一栋青砖红瓦的高楼大厦，那一定是十分难看的。那它就不是我的老家了！那我就再不会回来看它了！老家的门口有一块土场，土场边上有一棵花栎树。从前，我母亲还住在老家的时候，我站在庙垭这里看老家，总能看到母亲的影子，有时候母亲站在土场上喂鸡子吃食，有时候母亲坐在屋檐下用筛子筛米，有时候母亲靠在那棵花栎树下盼我回家。最让我难忘的是母亲盼我回家的情景，时间大都在黄昏时光，夕阳染红了我的老家，母亲靠在那棵花栎树上，双眼直直地望着庙垭这边，如果嫌夕阳的光芒晃了她的眼睛，她就会把一只手抬起来挡在额头那里。每当看到这一幕，我就忍不住眼热心酸，接下来就发疯似地朝家里跑，恨不得一步就冲进母亲的怀抱。然而遗憾的是，自从母亲从油菜坡搬到镇上去以后，我就再也不能从老家门口的土场上看见母亲了。我只能站在庙垭这里，一次又一次地回想当年看见母亲的情景。

这篇小说发表后影响很大，《新华文摘》全文转载了。我所供职的华中师范大学非常看重《新华文摘》，凡是被这本刊物转载的文章，都给作者奖一万块钱。钱对我来说是次要的，主要的是我的小说得到了广泛的认可。许多读者都说我这篇作品有真情实感，还说写母亲的这一段最能打动人。

除了上述三篇小说之外，我还有不少作品都正面写到了母亲。由于篇幅所限，我在这里就不一一摘录了。最后我要说的是，在我小说的人物画廊中，我母亲的形象最真实，最典型，最动人。

【于2009年】

我的老师程家箴

时间过得真快呀，我在万寿中学读书的时候，程家箴老师还不到四十岁，一晃，他就要满七十岁了。如果用程老师当年教给我们的两个成语来形容，就是：光阴似箭，日月如梭。不过这也没什么好奇怪的，我自己现在也是四十好几的人了，想当初程老师教我的时候，我还是一个十四五岁的孩子，嘴上连一根胡子都没长呢。

虽然三十年过去了，但当时在万寿中学读书时的许多情景，至今仍历历在目，清晰如昨。在我关于万寿中学纷繁芜杂的回忆中，程老师无疑是一条贯穿其中的红线，让我心热，让我眼亮，让我感到温暖，让我感到激动。

在我的记忆中，万寿中学的布局有点儿像韭菜的韭字。那个长方形的操场，我们可以把它看作是韭字下面的那一长横。操场上边，建着两排房子，两排房子之间是一条宽宽的人行道，看上去就像韭字上的那两竖。那两排房子都横着建的，右边的一排有三栋，下面一栋是教室，中间一栋是办公室，上面一栋又是教室；左边那一排只有两栋房子，下面的一栋是学生寝室，中间那一栋是教师寝室，如果上面还有一栋房子，韭字就正好有六短横了，那样的话，万寿中学就更像韭菜的韭了。

程老师当时住在教师寝室东头的第一间，他门口好像有两棵茶杯那么粗的白杨树，两树之间牵着一根铁丝，程老师经常把他洗过的衣服晾在铁丝上晒。那时候，程老师最喜欢穿一件黄衣服，颜色和样式都有点儿像军装。程老师穿着那件黄衣服显得很精神，无论是夹着讲义进教室讲课，还是拿着碗筷去食堂打饭，都步伐矫健，姿势潇洒，用现在的话说，那真是帅呆了。程老师穿着整洁，衣服上的扣子从来都是齐全的，并且系得严严实实。要是衣领洗破了，程老师就在破绽处缝上一块新布，新布缝得很艺术，尺寸和针脚都很考究，看上去一点儿不像补巴，倒像是有意缝在上面的一块装饰。程老师也很爱干净，你很难在他的衣服上发现有脏的地方，甚至连粉笔灰也看不见。

说到粉笔灰，我就忍不住想到程老师在课堂上经常爱做的一个动作。也许是讲课讲饿了吧，这时程老师的裤子就会略微往下垂。其实它垂也垂不到哪里去，但程老师却不放心，因为他一直是一个谨小慎微的人。每当这个时候，程老师就会用他的两个手拐肘夹住自己的腰，不露声色地把下垂的裤子往上提一下。程老师为什么不用手去提裤子呢？我想原因可能有多种，一是他肯定觉得一个老师当着学生的面用手提裤子不太雅观，更重要的是，程老师当时两只手上都沾满粉笔灰，他害怕粉笔灰弄脏了他的衣服。我觉得，夹腰提裤可以说是程老师的一个标志性动作，不仅含蓄，而且优美。后来电视上流行模仿秀，我曾经想学一下程老师的这个动作，但我身体笨拙，怎么模仿也达不到程老师那种美学效果。

程老师是一个朴素的人，生活上特别节俭。当时师母远在重阳，程老师在学校里每天吃食堂。我记得程老师去食堂时总是拿着两个碗，一个碗装饭，一个碗装菜。程老师喜欢买了饭菜后到操场边上去吃，他把装菜的碗放在一个石头上，自己端着饭碗蹲在操场上，吃一口菜，扒一口饭，再吃一口菜，再扒一口饭。我很少看见程老师吃肉，鸡蛋似乎都很少吃。他的菜碗里，经常装的是四季豆煮南瓜和青椒炒土豆片。但程老师好像并不觉得日子过得清苦，他总是能把那些素菜吃得很香。我曾多次目睹过程老师吃土豆片的情形，他把土豆片放在牙齿上要紧不慢地嚼着，嘴里发出清脆悦耳的声音，脸上荡出心满意足的笑意。

程老师教我们语文。当时“文革”还没结束，语文课几乎就成了政治课，好像课表上已经把语文改称政语了。语文教材倒是给每人发了一本，但课文很单调，除了毛主席著作，基本上都是“两报一刊”上的社论。好在，程老师并没有严格按照教材上的内容给我们上课，他经常从报刊上找一些他认为好的文学作品，用钢板刻下来，再用油印机印出来，发给我们学习。

为了给我们选作品，程老师私人订了很多报纸。邮递员隔三岔五地骑着自行车来学校一趟，每次来都要拿出一大叠报纸递给程老师，有《人民日报》，有《湖北日报》，还有《襄阳报》。程老师当时给我们选了好多篇文章，其中有三篇我至今记忆犹新，一篇是《珍珠赋》，一篇是《东方红》，另一篇是《春满鄂城》。这些文章语言都很美，用了很多修辞手法，读起来津津有味；结构也十分巧妙，有的层层递进，有的突然转折，让人读来兴味盎然。

程老师每次都是自己刻钢板。他先把钢板支在他寝室外间的办公桌上，接着在钢板上面铺上一层蜡纸，然后就坐在那里用那支刻字笔一笔一画地刻。刻到尽兴处，程老师会把头歪向一边，同时伸出一截舌头来，在双唇之间轻轻地颤动。程老师的字本来就很好看，刻在蜡纸上显得更加美观，一个个那么苗条，那么清秀，那么端庄，看上去宛若一群气质不俗的女子，让人赏心悦目，百看不厌。

程老师把他印出来的文章拿到教室来分发的时候，我们的心情都像过节一样兴奋不已。程老师一走上讲台，我们就把呼吸憋住了，马上睁大眼睛，长长地伸出手去，有的连嘴巴都张开了，像一窝饥饿的小鸟突然见到了觅食归来的母亲似的。程老师印出来的文章有一种很好闻的油墨的香气，我们捧着它，感到芬芳扑鼻，心旷神怡，简直有一种陶醉感。

程老师把文章发到我们手里以后，他会先给我们读上一遍。程老师的声音不高不低，不快不慢，不温不火，具有一种特殊的节奏和韵味，不仅能吸引我们的耳朵，而且能打动我们的心灵，让我们的心灵深处荡出涟漪，翻上浪花，涌起波澜。读完之后，程老师接下来便抓住文章的关键段落给我们仔细讲解，讲语言，讲结构，讲意蕴，讲得我们心领神会，讲得我们茅塞顿开。把文章讲透之后，程老师喜欢趁热打铁，马上安排我们写作文。这个时候，我们的写作欲望都很强烈，往往文思泉涌，下笔有神。

说到写作文，我总忘不了程老师带领我们走出校门的那几次作文活动。一次是去大林访问老红军叶文长，我们带着笔记本，背着干粮，起早贪黑，翻山越岭，与老红军握手的时候，我们都激动得热泪盈眶；另一次是到黄坪一队的梯田专班去体验生活，程老师要求我们每个人自己去选一个劳动者进行采访和写作，记得我那次采访的对象是一位名叫胡明尊的老人，他下巴上留着一撮长胡须，那是我迄今为止见到的真正的山羊胡；还有一次是去参观大畈水库，那次我是有生以来第一次见到水库，那么大的一片水域让我心潮澎湃，写作激情一下子就燃烧起来，参观回校的当天就写下了《喜看银湖落大畈》。

要说起来呀，我对写作的兴趣应该是在万寿中学读书的时候产生的，程老师就是那个使我对写作产生兴趣的人。可以说，万寿中学是我的文学摇篮，程老师是我的文学启蒙老师。

那个时候，我最爱上的就是作文课，每当程老师抱着一堆作文本进入教室，我就会忍不住心跳加速，热血沸腾。程老师教作文往往从范文出发，非常注意写作情境的营造，善于诱导，善于熏陶，善于启发，善于点拨。在他的培养下，我对作文的兴趣日益浓厚，逐渐喜欢上了修辞，喜欢上了象征，喜欢上了演绎，对想象充满激情，对虚构情有独钟。我至今还记得我当时在程老师指导下写的几篇优秀作文，如《台灯赋》《周丫丫小传》《枣树岭上战旗红》等。那些作文差不多都有一两千字，有细节的特写，有场面的描绘，有情节的展示，还有人物的刻画。我觉得那应该算是我最初的文学创作。

也许程老师认为我的作文写得不错吧，他经常在作文评讲课上念我的作文。每当程老师当着全班同学念我的作文时，我都会有一种受宠若惊的感觉，激动得面红耳赤，心花怒放。表扬的力量是无穷的，每次受到程老师的表扬之后，我对作文的态度就会更加认真，写作就会越发用心，生怕下一篇写不好会辜负了程老师的期望。同时，羡慕的力量也是无穷的，每当程老师夸奖我的作文时，很多同学都会用羡慕的目光注视我，这一方面让我的虚荣心得到了满足，另一方面也有效地激发了我的写作潜能。

程老师批改作文非常认真，他的那支红笔在我的作文本上从头到尾地游走着，有时画浪花一样的圈圈，有时打樱桃一样的点点，有时又勾出风吹湖水那样的波浪线。程老师批改作文善于在关键处落笔，三言两语的旁批就能让我豁然开朗，心明眼亮。程老师写在作文后面的评语更是与众不同，他往往把批评的意思潜藏在表扬的语词后面，既不伤害我的自尊心，又让我看清了努力的方向。每次拿到发下来的作文本，我都要捧着反复看程老师的评语。在我看来，程老师的每一则作文评语都是一篇很好的作文指南。

大概是我太喜欢作文的缘故吧，程老师后来似乎对我有点儿刮目相看了。除了正常的作文之外，程老师还经常在课外安排我写一些文章，并利用休息时间给我批改。那年冬天，程老师居然还在晚自习以后把我叫到了他的寝室，他先让我坐在火盆边，然后拿出他的一本剪报递给我，让我一边烤火一边读剪报上的文章。那些文章都是程老师从报刊上剪下来的，整整齐齐地贴在一个又长又宽的本子上。剪报上的文章篇篇都好，字里行间闪烁着文学的光芒。我坐在火盆边读那些美文，觉得剪报上的文字比火盆里的木炭还要让人感到温暖，它们让我一次又一次地感到热流穿心。

说到程老师的寝室，我心里还珍藏着一个秘密呢。那年冬夜，我在程老师寝室里读剪报，有好几次，不知不觉就过了学生寝室关门的时间。每当碰上这种情况，程老师就会主动让我留下来跟他睡。跟程老师睡觉真幸福啊，他睡那一头，我睡这一头，他摸着我的脚，我抱着他的脚，一边讲着作文，一边就进入了梦乡。我之所以一直不愿意公开这个秘密，是担心我的同学们会因为嫉妒我而去怪罪程老师偏心。现在，我再也顾不上这么多了，因为程老师已是七十岁的老人了，还有谁会去怪罪他老人家呢？

【于2007年】

外婆的红辣椒

我最后一次见到外婆是在外婆家的辣椒地里。正是栽辣椒秧的季节，外婆躬着她枯瘦的身体，正用一双布满老茧的手把那些嫩弱的辣椒秧朝新翻的地里栽进去。外婆穿一件灰色布衫在地里缓缓移动着，身后渐渐呈现出一片绿色的世界。外婆对我说："等你下次来，就有新辣椒吃了。"

怎么也没想到，那会是我和外婆所见的最后一面。在外婆栽种的辣椒喜获丰收的时候，她老人家突然去了另一个世界。我得到外婆去世的消息很晚，等我从千里之外的省城赶回去时，她已经静静地睡进坟基里了。坟基是用土石砌成的，正在那块辣椒地边上，坟口刚好对着辣椒地。

我双腿跪在外婆的坟前，回忆外婆平凡而简单的一生。外婆出生在一个贫穷的农家，她娘家那地方盛产水稻，听说她很小的时候就光着小腿下田插秧，不满十岁就学会了插秧、灌水、除草和割谷的全部技术。我曾经多次想象外婆小时候劳动的情景，一个扎辫子的小姑娘握着青绿的秧苗或抱着金黄的谷穗在田野上奔忙的形象在我眼前朦胧而生动。

外婆在我记忆的屏幕上显现的第一个镜头，也是在劳动。那时候，她在生产队养猪场当饲养员，我看见她坐在养猪场的屋檐下，正举着砍刀一下一下地剁着她刚从山上打来的猪草。黑汗在她的额头上纵横交错。她没顾上擦汗，只顾着用力剁她的猪草，砍刀和猪草接触时发出一种沉重的声音，听起来像是外婆在唱一首没有词的歌。

外婆六十岁那年突然得了一场大病，以致住院开刀。也许是医术问题，手术后的伤口处鼓起来饭碗那样大一个包。伤口又正在腰上，使她走路弯腰十分不便。加上她年迈体弱，舅舅和舅母就劝她不要再劳动，让她坐在屋里安度晚年。可外婆怎么也坐不住，硬要下地干活。

我不知道我在外婆的坟前跪了多久。舅母来劝我进屋时，天色已近黄昏。我依依不舍地离开外婆，拖着沉重的脚步随舅母朝屋里走。走到大门口时，悬挂在门楣上的一串红辣椒猛然吸引住了我的目光。

“这串辣椒红得真好!”我说。舅母忽然愣了一下，一缕悲伤很快飘上她的眉头。“这串红辣椒是你外婆没切完的!”舅母低声说。舅母接下来给我讲了外婆去世的情形。那天外婆从辣椒地里摘回了一大筐红辣椒，接着就找出菜刀要切。舅母说：“您放着吧，等我有空儿再切。”外婆说：“我切，闲着我难受。”外婆说着就切起来。她本来是坐在屋里切的，后来嫌屋里光线暗就搬到门口屋檐下去切。谁知道灾难正在那屋檐下等着我外婆，她刚坐到屋檐下切了几个辣椒，一块墙土便从墙壁上落下来，正打在外婆的头顶上……

我听着舅母的叙述，泪痕未干的脸上又挂上了一层新泪。外婆啊外婆，没想到您临死还在劳动，真是劳动了一辈子啊!

【于1991年】

三遇彭老

我和著名军旅作家彭荆风先生属于忘年交。他生于一九二九年，我生于一九六一年，相差三十二岁。但这丝毫不影响我们的交往，相反，正是由于年龄悬殊，经历迥异，我们交往起来反而显得更加真诚、自然、实在，没有虚情假意，没有繁文缛节，没有功利目的，倒是更多了一些缘分的因素和想象的空间。

其实，我与彭老总共只有三次相遇。但是，我们一见如故，每次相遇都像节日，从相遇之前的期盼，到相遇之中的兴奋，再到相遇之后的回忆，每一个细节都让我经久难忘，都让我铭心刻骨，都让我无限怀想。正是在这一遍又一遍的怀想之中，我和彭老的友谊与感情得以定格，得以放大，得以珍藏。

我与彭老的第一次相遇，是在二〇〇五年的秋天。那次，我专门把彭老从云南昆明请到湖北武汉，是为了让他给来自全国的三千多名中学师生讲他的短篇小说名篇《驿路梨花》。

当时，我还担任着《语文教学与研究》杂志的主编，每年都要组织一场全国性教学研究活动。那一年，我别出心裁地策划了“一课三讲”，即一篇课文的三种讲法。我从中学语文教材中遴选了三篇深受师生欢迎的课文，分别由课文作者、大学教授、中学老师各讲一次，让大家看看三种讲法有何不同。我至今还记得，当时所选的课文，除了彭老的《驿路梨花》之外，还有舒婷的《致橡树》和叶文玲的《我的长生果》。我之所以选择彭老的《驿路梨花》，是因为我很早就读过这篇小说，并受到作品中迷人的诗情、画意与美感的深深诱惑。这样说来，我和彭老在未曾谋面之前便神交已久了。

我所供职的华中师范大学，坐落在美丽的桂子山上。彭老来的时候，桂子山正处于一年四季最好的季节，满山的桂花都开了，到处飘荡着浓郁的桂花香气。彭老在其爱女彭鸽子的陪同下，于傍晚抵达山顶的桂苑宾馆，推开窗户，便可闻到桂香。我去宾馆看望彭老时，他正倚窗而立，仿佛陶醉于桂香之中。我问彭老，这山上的桂花与您笔下的梨花相比，哪个更美？面对我这个拙劣的提问，彭老不慌不忙地说，这是两种不同的花，也是两种不同的美。从气味来讲，桂花的香气更浓，梨花相对稍淡；从色彩来讲，梨花开得更艳，桂花相对较淡。作为一个热爱生活的人，我觉得两种花都很美。

那天晚上，我在彭老房里待了很长时间，少说也有一个半小时。按说，我应该早点告辞，好让远道而来的客人及时休息。但彭老一直谈兴很浓，我几次起身都被他挽留下来了。与其他作家不同，彭老在交谈中从来不涉及文坛怪事和作家中的八卦新闻，而是从头到尾一直在谈文学，从《当芦笙吹响的时候》等经典作品的创作经过，谈到《边寨烽火》等电影的改编情况，又谈到《解放大西南》等新作的创作甘苦。给我的感觉是，除了文学，再也没有让彭老更加上心的事情。在我看来，彭老就是为文学而生的，文学已成为他生命的全部。那天与彭老的一席长谈，让我深受启发。我认识到，文学并不只是一件好玩的事情，要想有大的成就，必须把它当成一生的事业，要严肃地、虔诚地、不懈地对待它，追求它。同时，我还暗暗地把彭老当成了我的榜样，或者说偶像。

五年之后的二〇一〇年冬天，我有幸第二次遇到了彭老。那年，我的一篇题为《乡村车祸》的小说意外地获得了由昆明《滇池》杂志社主办的第七届滇池文学奖。收到颁奖会通知的时候，我第一时间就想到了彭老。我想，这次去昆明，我一定要去看望一下他老人家。临行之前，我还特意买了一些武汉特产。

当时，武汉已是冬天，我已经穿上棉袄了。可到了昆明，季节马上发生了变换，好像一下子回到了春天。我抵达昆明后的第一件事，就是赶紧脱下棉袄，甚至连毛衣也脱了，只穿了一件衬衫和外套。到《滇池》指定的酒店报到住下后，我因为见彭老心切，征得著名小说家、时任《滇池》主编张庆国先生同意，当天下午就去了彭老那里。从武汉动身之前，我没有告诉彭老我要去昆明，到了昆明后，我才把这个消息告诉彭老。彭老听说我到昆明了，在电话那头高兴不已，立刻把具体住址告诉了我，还嘱咐我一定要去。

彭老住的地方很好找，我没用到一个小时就到了他家。知道我要去，彭老和鸽子姐还为我准备了许多好吃好喝的，除了稀罕的南方水果，还有名贵的普洱茶。但是，我对这些吃的喝的兴趣并不大，一进门就被一种浓厚的文学氛围吸引住了。彭老家里到处都是书，不仅书房里堆积如山，连走廊的小桌上都放的是。我仔细地浏览着彭老的藏书，既有中国的也有外国的，既有自己的也有别人的，而且，我送他的那本小说集《金米》也在其中。这让我非常感动。当我的目光在《金米》上短暂停留时，彭老说，你的小说很讲究叙事视角，这一点值得肯定。看来，彭老还读过我的作品。我为此感到万分荣幸，并受到极大鼓舞。

那次，我和彭老在他书房坐了至少两个小时。我们一老一少，坐在书的峡谷里，相谈甚欢。彭老身体硬朗，思维敏捷，口齿清晰，一边给我讲他的创作道路，一边频频起身，把他的创作笔记拿出来给我看。他还给我看了他创作的《解放大西南》的手稿，足足有几尺厚。看得出来，彭老非常看重《解放大西南》这部作品。这是一部具有史诗性质的长篇纪实文学，当时刚由云南美术出版社出版。彭老兴致勃勃地送了一本给我，还在扉页上认真写下了一行字：“晓苏老友指正。”后头还签了名盖了印。我接过此书，如获至宝，捧在手里久久不放。彭老告诉我，这本书中所写的情节，在之前的许多同类书籍中都曾写过，但这本书中的细节都是新鲜的、独特的，绝大多数都是他亲自采访所得，所以十分珍贵。真正的文学不在于情节怎样，而在于细节如何。细节描写不同，文学的质地就不同。正因为如此，他才花大力气写下了《解放大西南》这样一部作品。经彭老这么一说，我才恍然明白了他写这部巨著的意义和价值。果然，随后不久，《解放大西南》获得了鲁迅文学奖。

我去拜访彭老的那天下午，彭老本来还准备留我吃晚餐的。遗憾的是，《滇池》杂志社当晚有招待晚宴，我只好推却了彭老的美意。告辞的时候，彭老还赠送了我一份礼物，是一个非常精美的普洱茶饼。鸽子姐还特地送了我一枚造型别致的茶针，并细心地告诉了如何使用。彭老父女的馈赠，让我深感喜悦。

那天从彭老家里离开时，也许是为了给我一个惊喜吧，彭老没有说他次日也要出席滇池文学奖的颁奖典礼。直到第二天到了颁奖大厅，当主持人介绍颁奖嘉宾时，我才知道我敬爱的彭老也在其中。彭老那天穿了一件大红外套，看上去精神矍铄，风采卓然。当我上台与他合影时，他先给了我一个热烈的拥抱，然后和我亲切握手，并说了一连串祝贺的话。那次的合影，我一直珍藏着，还经常拿出来看，每次看都要走神，都要回忆好多往事。

我和彭老的第三次相遇，是在二〇一一年的秋天。见面的地点在武汉，准确地说，是在湖北图书城附近一个名叫瑞安的国际大酒店。那是我为彭老安排的一个住处，闹中取静，还有书的寓意。彭老很喜欢那家酒店，对那里的麻辣沸腾虾也颇有好感。

彭老那次来武汉，实际上是路过。他的目的地是湖北谷城，要去一个叫石花的地方领取第四届徐迟报告文学奖。徐迟是新时期报告文学奠基之作《哥德巴赫猜想》的作者，以徐迟命名的报告文学奖在文坛也享有盛誉。在那次评奖中，彭老的《解放大西南》也荣登榜单。然而，出我意料的是，彭老对这个奖也十分看重，并决定不顾八十高龄亲自去领奖。因为在此之前，《解放大西南》已实至名归地荣获了第五届鲁迅文学奖。与鲁奖相比，徐迟报告文学奖毕竟只是一个地方奖，含金量显然不能与鲁奖相提并论。作为一个享誉文坛的大家，我想彭老对这个奖可能会不屑一顾。但我错了，彭老得知获奖后非常兴奋，并承诺一定参加颁奖仪式。

听到彭老要来湖北领奖的消息，我当即跟他通了电话，诚恳邀请他到武汉停留小住。彭老没有推辞，于是便有了我们的第三次相遇。这次见到彭老，我开口便问，《解放大西南》已获鲁奖，再评徐奖还有意义吗？彭老说，文学创作不是为了评奖，我从来都不是为了获奖而创作的，所以不管什么级别的奖，对我来说都是一样的。彭老说的不是套话，而是肺腑之言，让我进一步感受到了他对文学的纯粹与真诚。与此同时，我还想到了许多获奖作家，他们获奖之后的那种春风得意和目空一切，与彭老比起来真是滑稽可笑。

接待彭老的时候，我还特意叫上了我的朋友覃少平。少平与我同事多年，为人厚道，心地善良，热爱文学，勤于写作，发表过不少诗歌与评论。更为重要的是，彭老也喜欢少平。二〇〇五年“一课三讲”结束后，我安排少平陪同彭老一行去神农架旅游，他们在旅途中结下了深厚情谊。我二〇一〇年去昆明领奖，彭老一见到我就问道：“老覃还好吗？”其实，少平比彭老小三十七岁。我想，彭老之所以把少平叫作老覃，显然不是指他老相，而是因为两人感情深重。那次在彭老家中，彭老赠书与我时，还特地送了一本给少平。

彭老的眼力真好，见到分别六年的覃少平，一眼便认出了他。彭老丝毫没有大作家的架子，一见到少平就主动上前与之拥抱，弄得少平反而有些不好意思。彭老这次出行，照例由鸽子姐陪着。鸽子姐不仅是一位作家，也是一位摄影家，她时刻拿着相机，生动地记录了许多我们和彭老相见时的细节。那天晚上，我爱人也去看望了彭老。吃晚饭时，我爱人见彭老喜欢吃沸腾虾，便主动帮彭老剥。鸽子姐抓拍了一张我爱人剥虾的照片，十分传神，后来放大后一直摆在书房里。每当看到这张照片，我都会情不自禁地想起与彭老相遇的点点滴滴，忍不住感慨万千。

那次，彭老从石花领奖返程时，在武汉又停留了一天。他想去黄冈看看东坡赤壁。让我感到终生遗憾的是，当时因为有课，我没能亲自陪彭老去黄冈，又是让覃少平陪他去的。少平回来说，彭老在赤壁游兴很高，所到之处都留下欢声笑语。少平还说，彭老身体健康，腿脚利索，少说也要活到九十岁以上。谁曾料到，在八十九岁的时候，彭老居然永远离开了我们。

时间过得真快，一转眼，彭老逝世就快一周年了。不过，在我的感觉里，彭老一直还活着，一刻也没有离开我们。因为，他是一位优秀的作家，为我们留下了那么多优秀的文学作品。只要有优秀作品留下来的人，他将永生！

【于2019年】

怀念我们的大哥

在我们油菜坡苏系家族顺字辈兄弟中，苏顺温先生出生最早，年龄最大，威望最高。我们都称他为大哥。不幸的是，去年的今日，我们亲爱的大哥因病医治无效，永远地离开了我们。今天是我们大哥的周年祭日，我泪痕未干的眼角不禁又添新泪。

大哥的生平，我们的族谱《苏族手册》中有详细介绍："苏顺温，一九三六年农历二月十二生于湖北省保康县店垭镇油菜坡村，系苏天锡与栾中香之长子。一九四五年进入常永春私塾读书，同时师从郝子忠、范延国等老师。一九五一年招工进入店垭织布厂当学徒，先后任生产组长、学习组长。一九五五年辞工回乡务农，在农村担任农药技术员、棉花技术员。一九五七年开始担任农村卫生员，为乡亲们发药、打针、拔火罐，还负责农村疾病预防。“文化大革命”期间担任过文艺宣传员，到黄坪、杨树等地进行过演出。头脑灵活，口才超众，能说会道，出口成章，是油菜坡一带著名的知客先生。二〇一一年参与发起成立油菜坡民间艺术团，并出任团长。一九五九年与王兆翠结婚，生有四男二女，其中最有出息的是长子苏红鹏，系油菜坡苏系家族首届议事会常务委员。”

去年正月十二，我们的大哥不幸逝世。送他上山的时候，油菜坡苏系家族议事会为他举行了隆重的告别仪式。在告别仪式上，会长苏安发先生给予了他高度评价。悼词中写道：“苏顺温先生的一生，是丰富多彩的一生，是奋发有为的一生，是功德圆满的一生。青年时代，他到店垭织布厂当过工人，聪明好学，工作积极，多次被评为先进工作者。三年困难时期，他从织布厂回到家乡油菜坡，帮助一家老少，度过了那段艰苦岁月。六十年代，他担任过生产队赤脚医生，熬预防药，打预防针，为乡亲们止痛祛病，广受赞誉。七十年代，他担任生产队黑白木耳技术员，育菌种，守温棚，为乡村经济建设做出了很大成绩。八十年代，他思想解放，脑瓜灵活，带领全家发财致富奔小康，先是搞旧房改造，然后又帮助儿女们分门立户，让每个孩子都成家立业，过上幸福生活。进入新世纪以后，他虽已步入老年，但老当益壮，更加精神焕发，热心快肠，激情似火。在乡村的吹打班子里，他是重要一员，每逢红白喜事，他都要跟班出场，奔波熬夜，不畏劳苦。油菜坡民间艺术团成立之后，他被聘为团长，多才多艺，能说会唱，出口成章，既能打花鼓子，又能说三句半，为活跃乡村文化气氛做了大量工作，影响深远，誉满四方。油菜坡苏系家族议事会成立时，他被选为常务委员。身为常委，他尽职尽责，每年的初九常委会，他都能按时出席，并积极发言。每年的清明祭祖大会，他都要组织节目，还多次上台表演。每年年底去看望家族八十岁以上的老人，他多次参加慰问，爬坡上岭，从不叫苦说累，让族胞们深受感动。他的不幸逝世，对社会和家族，都是不可估量的损失。”

从个人角度来讲，我和大哥虽然只是叔伯兄弟，但我俩感情深厚，情同手足。他虽说读书不多，文化不高，但为人爽朗，性格幽默，爱好热闹，崇尚文艺，骨子里有一种与生俱来的艺术气质。我向来喜欢有意思的人，即有情调，有趣味，能给人带来笑声和美感。我们的大哥，就是这样一个有意思的人。与大哥在一起，我从不会感到单调，从不会感到枯燥，从不会感到乏味。他满肚子的故事，满肚子的笑话，随口讲一个，都会让我们如痴如醉，甚至把我们笑翻。大哥比我大二十多岁，却从来不在我面前倚大、装大、卖大，总是很平易，很随和，很好玩。每遇特殊场合，逢年过节，或是红白喜事，我请他讲两句儿，他便绘声绘色地讲；我请他唱一曲儿，他便有板有眼地唱；我请他扭一段儿，他便载歌载舞地扭。我母亲满七十岁那年，他还化妆登台，与堂兄顺良顺恭一道，表演了他自编自导的《祝寿调》。

在我的农村亲人中，大哥对我的文学创作帮助最大。他为我提供了好多好多的小说素材，其中有不少是他自己的亲身经历和独特体验。比如《回忆一双绣花鞋》，小说中男主人公温九的原型便是大哥本人。还有《看稀奇》，小说中有一个关键细节，一个年近七十的老人站在石磙上看两个年轻人躺在草地上亲嘴，沉睡的情愫突然被唤醒，被激活，被点燃，这实际上也是大哥的亲身体验。我还有一些作品，直接写到了大哥，如《走回老家去》，其中写到了大哥打酒的故事。大哥喜欢喝酒，而在故事发生的那个年代，喝酒却很难。当时私人是不能煮酒的，要喝酒必须到供销社去买，还必须有酒票才能买到。那天，大哥好不容易弄到一张酒票买了一斤酒，装在一个玻璃瓶里。他在那酒瓶颈口拴了一根绳子，然后挂在一根竹竿上，挑着那瓶酒回家。大哥那天很高兴，一边走一边哼着小曲儿。哪料到，走上一个石头坡时，拴在酒瓶上的那根绳子突然断了，酒瓶一下子掉了下来，当即在石头上打得四分五裂。大哥顿时惨叫了一声，等他回头看时，他的酒已经在石头坡上流了起来。大哥先是愣了一会儿，接着就赶紧四肢趴地，将嘴长长地伸出去贴在石板上，使劲地喝酒。当时大哥已经快五十岁了，他趴在地上喝酒的样子显得十分滑稽。他将屁股高高地撅着，随着嘴的移动，他的屁股就不停地晃来晃去。在地上趴了上十分钟，大哥才起身，这时他满脸都是脏兮兮的，沾满了酒与地上的灰土混合后化成的污泥。他的下嘴唇也红了，原来是酒瓶的玻璃片把他的嘴唇划破了，流了好多血。还有《我的三个堂兄》，大哥在其中占了很大篇幅。小说中有这么一段："从性格和趣味上来说，在三个堂兄中，我与温更接近一些。温读过私塾，受孔孟之道的浸染很深，知书达理，礼仪周全，是远近闻名的知客先生。还有，他热爱民间文化，会诵经，会写对联，会打花鼓子，会唱皮影子戏，还会哼许多黄色小调。他思维敏捷，头脑灵活，表情丰富，口齿伶俐，语言幽默，说话风趣，巧舌如簧，出口成章，既能喊五声子，又能攒四句子。我非常喜欢与温在一起玩，一起吃饭，一起打牌，一起走人家。跟温在一起，你会觉得开心，你会觉得有趣，你会觉得快乐，你能把嗓子喊嘶，你能把肚子笑破，你能把哈哈打得跟倒核桃一样。温也很喜欢我的小说，我大学时代的习作他都看过。后来出版的书，他都要找去读，我小说中的许多细节，他都能复述出来，讲得有鼻子有眼睛。温还特别喜欢听我朗读自己的新作，有时候，我带着刚刚写出来的作品去老家征求意见，先喊一群人坐在身边，再由我读给大家听，然后让听众提意见。开始读的时候，大家听得还比较认真，但过一会儿，很多人就走神了，有几个还打起瞌睡来。但温却与众不同，一直静静地听，默默地想，等我读完后再娓娓地发表高见。每到这个时候，我就更加喜欢他。"

当然，大哥并非一个完美无缺的人。作为一个农民，他也有自己狭隘的一面，即大多数农民身上都有的小农意识。然而，难能可贵的是，大哥并不顽固，并不执拗，并不一条道走到黑。他能与时俱进，及时反省自己，调整自己，改变自己。有一件事，我印象极深，至今难以忘怀。那件事情发生在上个世纪八十年代初，当时我母亲还带着我的几个小弟弟生活在老家油菜坡。父亲在镇上工作，母亲在老家种田。刚分田到户时，我们家分了一块稻田，那年大旱，秧苗栽上不久，稻田就没水了。老家门口有一口堰塘，是我们几家共着用的，平时主要由大哥管理。当时大哥比较强势，放水抗旱都得让他优先。有一天，我母亲刚放了一会儿水，稻田还没打湿，大哥就不让放了，他要继续往他稻田里放水。母亲当时气坏了，泪水在眼里直打转。母亲是个记仇的人，离开老家几十年了，还一直把这件事情记在心里。其实，大哥也不是母亲想的那么坏，作为一个靠田吃饭的农民，有时私心重一点是不足为奇的。我重提这件往事，主要想说的是，大哥进入老年以后，对他从前的那种做法也是深感愧疚的。他曾多次私下跟我说到那件事情，并说对不起我母亲。大哥跟我说这些的时候，面色沉重，声调呜咽，我能感受到他内心深处的歉意。要说起来，大哥的辈分虽说比我母亲低，可他的年龄比我母亲还要大好几岁，但他后来对我母亲十分尊重，见面总是一口一个幺婶儿，喊得巴肝贴肺，情真意切。我看得出来，大哥在我母亲面前表现的亲切不是装出来的，完全是发自肺腑。我母亲的心，也是肉长的，看到大哥态度的转变，她也慢慢地原谅了大哥。在大哥病重期间，母亲虽然腿脚不便，但还是强撑着去看望他。去年正月十二晚上，得知大哥不幸离世的消息，我母亲如遭雷击，坐在沙发上半天无语，眼里泪花闪烁。

要说，大哥的身体一直不错，七十多岁了还能做体力活。上山砍柴，下田扯草，遇上红白喜事，还能彻夜不睡觉，并且还多次出远门走人家，长途坐车，不晕不吐，八十岁的时候还登台打了一场花鼓子，总是笑笑呵呵，欢欢乐乐，从来没说顶不住，从来没说吃不消。在我的印象中，大哥只是偶尔血压有点儿高。我们都说，大哥这身板，这性格，少说也要活上一百岁。谁想到，病来如山倒，大哥庆祝八十大寿不久便感到身体不适，体力不支，入院一查，竟然患了恶病。查出病因不到一年，他就驾鹤西去了。真是世事难料啊！

时间过得真快，一晃，我们的大哥就离开我们整整一年了。一年来，不知大哥在天国里过得怎样。但愿天国里什么都有，有烟吸，有酒喝，有肉吃，有人陪你唱酸歌，陪你说笑话，陪你打上大人，还有人给你送绣花鞋。

【于 2018 年】

我老婆的奥运

我不是很热爱体育，但我老婆是个体育迷，自北京奥运以来，她每天都兴奋不已，似乎比当年和我度蜜月时还要激动。早晨，她抢在第一个体育项目开始前起床。半夜，她等到最后一场赛事转播结束后入眠。姚明投进关键的一球后，她会随着姚明一起发出胜利的呼喊；女排姑娘发球丢分时，她会和陈忠和教练一起发出痛苦的惋惜；当美国射击运动员四年之后依然与奖牌失之交臂，她也和那对相拥而泣的美国夫妇一起哭得泣不成声……看到老婆如此感情投入，我也开始关心奥运了。我觉得这奥运好像是我老婆的，我老婆的奥运我怎么能不关心呢？

不过我对奥运的关心，主要体现在关心我老婆上。她因为从早到晚都要守在电视机前，所以就没时间更没心思做家务，于是从来在家里当老爷的我突然就变成了一个仆人，准确地说，我成了我老婆的男仆。我买菜，我做饭，做好了还要亲自端一碗饭递到她手上。我拖地，我抹灰，还要为她洗内衣。我从来没有这么细心周到过，只差没代替她上卫生间了。我老婆对我充满感激，几次面带歉意地对我说，等奥运结束了，我就给你当牛做马！

据我老婆说，早在几个月前，各大媒体就开始了对各类金牌的大猜想，大家关注的焦点无疑都是一个，那就是我们的国宝刘翔。他与古巴小将罗伯斯之间的金牌之争无疑成了本届奥运会的最大关注点。但是，2008 年的 8 月 18 日，现实的重锤瞬间砸碎了所有炫目的猜想，刘翔因伤退赛。那天，面对电视机里刘翔痛苦离去的背影，我老婆的脸上出现了开赛以来从未有过的伤心。开始我老婆以为刘翔只是下场做最后的治疗，她满脸都是担心的表情，后来发现刘翔是退出了比赛，那一刻，多少年没有出现过的不知所措的神情突然惊现在了我老婆的脸上，接着她就流淌起无助与绝望的泪水来。开始我还有点儿吃醋，心想我有几次崴了脚她都没哭过呢！但老婆后来居然一头扑到我怀里来了，她双手抓住我，泪水打湿了我的胸脯。这一下我心软了，马上可怜她了，便赶紧安慰她，还抓过纸巾给她擦泪。

我老婆的泪水刚被我擦干，她猛地扬起头来对我说，刘翔不是输给了自己的脚伤，而是输给了全国人民的关注！我同意我老婆的观点。据她这个体育迷的可靠信息，早在奥运开幕之前，刘翔就说过，不是我最想得这枚金牌，而是全国人民最想我得这枚金牌！可见，全国人民对刘翔施加的压力太大了。我对我老婆说，是全国人民的无限追捧让刘翔输了这次奥运会！所以，我们不能怪罪刘翔，要怪罪就怪罪那些给刘翔施压的人！我老婆颤抖地问我，包括我吗？我说，当然！我老婆于是低下头说，我对不起刘翔！

【于 2008 年】

校长老刘

我这里所写的老刘，是宜昌的刘立志兄。他虽然年近花甲了，但一点也没发福，瘦瘦高高的，看上去如同一根竹竿。他的脸仿佛用刀刮过，一两多余的肉都没有。肚子瘪瘪的，像是几天没吃过饭。屁股更是弱小，后面的裤子总是空空荡荡的。然而，他的样子也说不上年轻了，因为他的头发已经稀稀拉拉，皱纹也爬上了额头。不过这样也好，我喊了他几十年老刘，现在总算名副其实了。

按说，我应该喊他刘校长。他从二十几岁就开始当校长，一直当到现在。他在县城当过校长，在地市当过校长，还到省会当过校长，什么地方的校长他没当过？他当过初中的校长，当过高中的校长，还当过教师进修学校的校长，什么层次的校长他没当过？他当过管理型校长，当过业务型校长，还当过学者型校长，什么类别的校长他没当过？

尽管老刘什么校长都当过，但我从来没喊过他刘校长。从认识到现在，我一直都把他喊作老刘。原因是，老刘一点也不像个校长。他一没有校长的派头，二没有校长的爱好，三没有校长的外快。要我说，他真是白当了几十年校长。

看看我认识的某些校长的派头吧。他们穿的是名牌，戴的是名牌，坐的是豪华轿车，打的是高档手机。他们的办公室宽敞而幽雅，有专人打扫，所以花红草绿，窗明几净。桌子比双人床还大，上面摆满文件、报告、合同书，还插着一面红彤彤的小国旗。身后有一面墙的书架，古今中外的名著应有尽有，以显示他们博览群书，满腹经纶，其实这些书一本也没动过。在校园里走动时，师生们见到他们，都要驻足，立正，行注目礼，嘴上还要喊校长您好！那场面丝毫不亚于当年蒋委员长视察部队。他们出门时前呼后拥，不仅有专职司机，还有男保镖和女秘书跟着，提包的提包，端茶杯的端茶杯，拿衣服的拿衣服。进车门时还有人抢着给他们拱手护头，生怕他们脑壳上撞个包……

可是，我们的老刘呢，却一点派头也不讲。他朴实，低调，平易，从不打官腔，从不板面孔，从不摆架子。他身上穿的戴的都是便宜货，像是从汉正街上批发来的。他没有专车，手机只有小老鼠那么大，只能打电话，发短信，连个微信也玩不成。他办公的地方也不大，能工作就是。走在校园里，他总是先和师生们打招呼，像个勤杂工，脸上笑眯眯的。外出办事或开会，他差不多都是一个人坐班车独来独往，手上拎个旧包，茶杯装在旧包里，嘴干了就拿出来咪上一口。老刘啊老刘，你看看，你哪像个校长？

看看我认识的某些校长的爱好吧。他们吃乌龟，吃甲鱼，还一定要吃野生的。吃海鲜，吃螃蟹，首先要看是死是活。吃牛鞭，吃鸡腰子，还要在里面放上枸杞子。他们既能喝白酒，又能喝啤酒，喝完茅台喝蓝带，抽着烟喝，打着赌喝，讲着段子喝，划着拳头喝，喝得脸红脖子粗，肚子鼓得像罗汉，连裤子上的拉链都胀开了。他们打麻将，斗地主，门门精通，样样内行，在学校会议室打，到酒店打，去度假村打，打什么都带彩，一次输赢好几万。他们还经常去歌舞厅，找妹子陪着唱歌，声嘶力竭，鬼哭狼嚎，又是摇头，又是晃脑，还不停地甩腿子，扭屁股。他们也去洗浴城，泡了蒸，蒸了泡，然后按摩，或局部按，或全身按，怎么开心怎么按……

可是，我们的老刘呢，却什么爱好都不学。他像个苦行僧，吃喝玩乐，一样都不行。他的胃不好，乌龟王八都不吃，虾呀蟹的，更是挨都不敢挨，平时只喜欢吃点稀饭和苞谷面糊糊，菜嘛，青菜豆腐而已。他不抽烟，不喝酒，连葡萄酒也不喝，有时遇上亲朋好友实在要喝，就勉强喝点饮料。他也不怎么打牌，麻将扑克虽说都认得，但他不喜欢打，觉得没意思，打不起劲儿来。他从不光顾娱乐场所，歌舞厅和桑拿城的门往哪开他都不知道。我曾问他，为什么不去唱歌？他说他五音不全。我又问他，为什么连摩也不按？他说他怕痒。老刘啊老刘，你看看，你哪像个校长？

看看我认识的某些校长的外快吧。他们最热衷于校园建设，一有工程，发财的机会就来了。建教学楼，建宿舍楼，建礼堂，建饭堂，哪怕建个操场，你要不给好处，他们连块砖也不会让你往校园里搬。招生的时候，他们总会留一些机动名额在手里，然后批条子，吃回扣，十几天赚个十几万是轻而易举的事。对那些形形色色的推销商，大到兜售电子设备的，小到贩卖黑板擦子的，他们表面上不屑一顾，甚至嗤之以鼻，但内心里却是十分欢迎的。只要你瞅准机会，把饱满的牛皮纸信封往他们口袋里或抽屉里一塞，他们就会对你眉开眼笑，亲切得不行，像是老家的干爹来了，信封要是鼓得厉害的话，他们兴许还会给你倒杯水……

可是，我们的老刘呢，却任何外快也不捞。他一身正气，两袖清风，不贪不腐，安贫乐道。不是没人给他行贿，也不是没人给他回扣，信封和红包什么的，他也是屡见不鲜，但他就是一来就挡，死活不要。首先，他不敢要。为几个钱捉进去划不来！他对我这么说。再说，他也不能要。他说他是从农村出来的，又在基层工作了不少年头，对老百姓和底层人的艰难辛苦一清二楚，所以不忍心收别人的血汗钱。还有，他也不想要。他对我说，人生就这么几十年，有吃有穿就行了，钱这东西，生不带来死不带去，要那么多干么儿哟？老刘啊老刘，你看看，你哪像个校长？

因为老刘怎么看都不像个校长，所以我就只好一直喊他老刘。不过，老刘这个称呼倒是与他挺般配的。他老土，他老套，他老实，完全是一个地地道道的老刘，一个千真万确的老刘，一个实至名归的老刘。

说老刘老土，我一点也没冤枉他。他年轻时从兴山一个叫榛子的村子出发，进城至今少说已有四十年了，先在兴山县城工作，后调宜昌市任职，中途还远赴贵阳市发展了好几年，也算是走南闯北见过世面的人，可他到现在还说一口家乡的土话，把爱人称为伙计，把土豆叫作洋芋果子，把朋友之间的交谈说成是兄弟伙的谝抛儿，从不拽京腔，也不憋粤语，更不秀那些网络潮词。他吃东西也土，榨胡椒、懒豆腐、节节根，还有面疙瘩和金包银，这些土菜土食是他的最爱，什么培根，什么披萨，什么肯德基，这些洋玩意儿，他一见就摆头。老刘啊老刘，你真是老土啊！

说老刘老套，我也是有根据的。他父母健在的时候，每年春节，不管路多么远，不管雪多么大，他都要按老规矩携妻带子回老家，陪老人一起过年。他儿子结婚时，我让他当众与儿媳拥抱一下，大方的儿媳已经把手张开了，可他却死活不拢身，让儿媳空喜一场。其实他心里也是想抱的，只是老风俗不让公媳太亲密，所以他也只好忍痛割爱。有一年夏天，我带我父亲去宜昌过生日，他知道后一定要请我父亲吃饭，还冒着烈日去为我父亲买来生日蛋糕，把浑身的衣服都汗湿了，让我们父子感动不已，我问他，为何要讲这大的礼？他笑笑说，老吾老以及人之老嘛，这是古训。老刘啊老刘，你真是老套啊！

说老刘老实，我也能拿出足够的理由来。他在宜昌七中当校长时，曾报名参加了华东师范大学的硕士课程班，每到寒暑假都要去上海听课、做笔记、写论文。我说，你其实没必要每次都亲自去，好多校长弄文凭，不都是让手下的老师代劳吗？他说，学习是自己的事，还是自己弄心里踏实些。有一个飘雪的冬天，他从宜昌打来电话，说给我买到了一箱秭归脐橙，等雪停了就给我送到武汉来。我说不急，方便时再说。大约过了三天，雪还没停，他却突然扛着一个纸箱子到了我家。我一愣，问他，怎么冒雪来了？他说，脐橙还是新鲜的好吃，时间一长味道就差了。今年五月一个周末，我请他来华中师范大学当作文评委，他在桂子山捡到了一个钱包，打开一看是学生丢的，里面装着钱和卡。他当时就急了，马上去了广播台，可这天放假没人值班，接着他又去了学工处，费尽周折总算把失主找到了。事后我笑他，你还在学雷锋啊！他说，不是，我是怕丢了钱包的学生着急。老刘啊老刘，你真是老实啊！

不过，我觉得吧，人还是老土点儿好，还是老套点儿好，还是老实点儿好。老土象征着本色，老套代表着传统，老实意味着真诚。人是不能失去本色、传统和真诚的，一旦失去，人就不像人了。所以，我们都要向老刘学习。

【于2015年】

向松泉教授道谢

人生在世，要感谢的人很多。要感谢的人，大致可以分为明暗两种。明的一种是，他知道他有恩于你，你应该感谢他，当你拎着好烟好酒或者揣着装钱的牛皮纸信封登门致谢时，他丝毫不感到惊奇，因为这是他意料之中的事；暗的一种是，他无意之中对你有过帮助，你对他一直心存感激，他自己却不知道，有一天你忽然对他说一声谢谢，他也许还感到有点儿莫名其妙呢。王松泉教授对我来说，就属于后面这种人。

说来话长，我对松泉教授的感激之情，还要从上个世纪九十年代初的一次语文会议说起。那次会议在桂林召开，松泉教授是作为专家被大会请去做学术报告的。当时我是《语文教学与研究》杂志的副主编，主持会议的黄麟生教授也给我发了邀请函，于是我作为编辑也出席了那次盛会。松泉教授的报告安排在会议的第一天上午，简短的开幕式之后就是他的报告。实话实说，我开始是没打算认真地听他的报告的，本想等他讲一会儿后就悄悄退场。原因是，这类学术报告我听多了，也听怕了，许多报告人戴着专家学者的头衔，说起来大名鼎鼎，实际上徒有虚名，作起报告来空话连篇，套话连篇，大话连篇，让听报告的人难受得要命。但是，松泉教授的报告却与众不同，他一开始就用自己的声音说话，很快显示了他的学术个性，一下子就吸引了我，我欲走不能了。松泉教授的报告很有感情色彩，他善于用那些让他自己动过情的材料来说话，所以每一句话都饱含情愫，让听众与他产生共鸣。松泉教授的报告还有一个显著特点，那就是始终用事实说话，让人感到真切，实在，可信，觉得他言之有理，理在事中。听了那场报告，我开始佩服松泉教授了，认为他是一个真正的学者，而且是一位天才的演说家。当时我还想，以后如果我要去做报告，我就要向松泉教授学习，学习他以声夺人，学习他以情动人，学习他以理服人。事情说起来真巧，就在那次会议期间，广西师范大学中文系得知我到了桂林，便邀请我去为该校中文系学生做一个文学讲座。盛情难却，我就答应了。记得我那次讲的是当时非常走红的新写实小说，题目是《新写实小说的三种写法》。在开讲之前，我就把松泉教授树作了我的标杆，决定从这次就开始向他学习。在那次演讲中，我坚持用自己的声音说话，坚持用真情实感说话，坚持用文学事实说话，讲座受到了五百多名师生的由衷欢迎，获得了一次又一次热烈的掌声。讲座结束后，当主持会议的副校长王杰教授紧握我的双手表示感谢的时候，我在心里暗暗地说，你感谢我，我还要感谢松泉教授呢！

桂林会议之后，我和松泉教授的书信往来就十分密切了，虽然他长我十多岁，但他不嫌弃我年轻无知，一开始就把我当朋友看，我自然受宠若惊，并很快和他成了忘年交。我经常找松泉教授约稿，他为人非常爽快，对我几乎是有求必应。文如其人，松泉教授的文章和他的报告一样生动，具有很强的可读性，而且探索性也很强，因此对读者有很大的启发性。我很喜欢松泉教授的文章，他给我的每篇文章，我都及时发了，基本上都是一字不改发表的。有一次，松泉教授主动给我寄来了一篇长文，原来的题目是《正确处理语文教学中的四个关系》，有一万二千多字。我一接到文章就有点儿犯难了，因为我们刊物平时发表的都是四千字左右的文章，偶尔发一两篇七八千字的长文，但万字以上的文章从未发过。松泉教授在寄稿时还附了一封短信，也是担心文章太长怕我们不好用。然而，当我一口气把文章读完之后，我的顾虑一下子没有了，因为那篇文章探讨的问题非常敏锐，而且论述得也非常尖锐，我顿时意识到这是一篇难得的大文章，应该不惜版面将它全文发表出来。当时我虽然是副主编，但主编很开明，稿子方面的意见，他基本上都听我的。那一期，我们把原定要发的好几篇文章都拉下来了，一次给了松泉教授七个版面。文章发表时，我为了让它更引人注目，灵机一动将题目改为《论语文教育中的四大关系》。刊物出版之后，松泉教授的这篇文章果然产生了巨大反响，先是中国人民大学的报刊复印资料全文转载，接着是中国教育文摘报摘录了要点，没过多久，国内权威的《新华文摘》居然也全文转载了这篇文章。这对《语文教学与研究》来说是一件大事，因为在此之前，《新华文摘》还从来没转载过本刊的文章！因为我是松泉教授这篇文章的责任编辑，所以我也沾了这篇文章不少的光。《新华文摘》转载这篇文章不久，我正好赶上参评副高职称。当时我申报的是编辑系列的职称，评委们一看我编的文章上了《新华文摘》，就充分肯定了我的编辑水平，毫不犹豫地把副编审的职称给了我。三十出头就评上了副编审，这对我来说真是一件值得庆幸的事，聘书下来的时候，我马上想到了松泉教授，心想我的职称还多亏了他的文章啊！后来，中国语文报刊协会通知我参评全国优秀语文编辑，在填写申报材料时，我再一次想到了松泉教授的这篇文章，于是又把它当作了我的重要编辑成果。据说那次参评全国优秀编辑的都是各大语文报刊的资深编辑，我在其中算是一个小字辈，但我却有幸评上了。我想，《新华文摘》上转载的松泉教授的那篇文章肯定对我起到了至关重要的作用，我在内心深处对他充满感激。

当时我想，等哪一天见到了松泉教授，我一定要当面对他深情地说一声谢谢。

遗憾的是，因为种种原因，我和松泉教授后来就一直未曾见过面。最近，我听说他已经快退休了，看来我今后就更是难得和他见面了。所以，我就忍不住写了这篇短文，以此向在不知不觉中给了我莫大帮助的松泉教授表示衷心的感谢。

【于2010年】

第二辑

山与水

泰顺好感

1

那天，采风团是中午从温州驱车前往泰顺的，一路青山绿水，让人心情好得不能再好。下午三点，我们到了泰顺的雅阳镇。泰顺文联的负责人这时预告说，他要先带我们去泡温泉。同行者一听，大都高兴不已。众所周知，泰顺的温泉大量含氡，这种气体对人的血压和心脏均有好处，还能治疗风湿病和关节炎，很值得一泡。

可是，我却高兴不起来，相反还感到有些沮丧。原因是，我的皮肤不太好，尤其是两条小腿，经常干痒，一痒就用手抓，一抓就留下刺眼的疤痕。以前，我曾经随本单位的人到某地泡过一次温泉，更衣后披着浴巾走到池子边，当同事们发现我腿上的疤痕时，一个个惊恐万状，全都用异样的目光注视我，好像我是一个性病患者，有个女的，居然还尖叫了一声。我赶紧解释说，别怕，我皮肤过敏，不传染的。可他们压根儿不相信我，没等我把话说完便作鸟兽散，纷纷跑到另外的池子去了。经历了那次难堪之后，我再也没泡过温泉。

面包车驶出雅阳镇不到一个钟头，我们进入了会甲溪大峡谷。负责人介绍说，承天氡泉风景区马上到了，这里的泉水温度很高，一般都有六十度。老实说，遇到这么好的温泉，我真是很想泡一泡，并且还知道它对我的皮肤大有裨益。但一想到腿上的疤痕，我还是打了退堂鼓，心想算了，还是不要让自己的腿吓着别人，未来两天还要一起采风呢。

承天氡泉位于峡谷半坡，十几栋红顶别墅掩映在茂密的绿林之中，顶上飘浮着几团乳白色的雾霭，看上去像一幅水墨画。不过，如此这般的美景早在我的意料之中。出人意料的是，下车后，负责人没有直接把我们往温泉池子里带，而是给每人安排了一间房，还特别告诉大家，房间里也有氡泉，愿意一起泡的，可以去那些大汤池，不愿意一起泡的，就在房间浴缸里一个人泡。一听这话，我真是感到喜从天降，恨不得跑上去跟说话的人拥抱一下。

进到房间，我一放下行李就开始往浴缸里放水。我一边放水，一边毫无顾忌地脱衣服，眨眼间就把自己脱了个精光。浴缸里的水只放到一半，我便迫不及待地泡进去了。

一个人泡温泉真好，不用担心别人刺一样的目光，也不必害怕别人刀一样的尖叫，那是真正的放松，真正的自由，真正的快乐。你想怎么泡就怎么泡，可以仰着脸泡，可以侧着身泡，可以躺下去泡，可以坐起来泡，还可以一边泡一边欣赏自己腿上丑陋的疤痕。那天，我在浴缸里整整泡了一个小时，不仅把浑身的皮肤都泡软了，还差点把五脏六腑都泡化了，泡得我大汗淋漓，泡得我神清气爽，泡得我心花怒放。

当然，我毫不反对有人去大汤池与众人一起泡温泉。那些身材好的，那些皮肤白的，他们完全有理由到那些大池子里去泡，炫耀式地泡，展览式地泡，狂欢式地泡，让性感、快感和美感在温暖的泉水中尽情绽放。

2

到泰顺的第二天上午，我们先到泗溪镇参观了一座举世闻名的廊桥，接着又去筱村看了几处朴素而典雅的古村落，然后赶往一个名叫仙居的地方，吃了一顿地地道道的农家饭。所到之处，感觉都好。

作为中国的廊桥之乡，泰顺的廊桥多达九百多座，走一年也走不完，所以我们只走了位于泗溪镇的姐妹桥，又称北涧桥。毫不夸张地说，姐妹桥是我见过的最美的桥。色彩那么绚烂，姿态那么曼妙，韵味那么幽雅，完全就是一幅画，就是一支歌，就是一首诗。在姐妹桥附近，有一个类似廊桥博物馆的展厅，我在这里有幸看到了泰顺各种各样的廊桥，有编梁木拱廊桥，有八字撑木拱廊桥，有木平廊桥，有石拱廊桥，它们形状不同，颜色有别，风格各异，让人目不暇接，眼花缭乱。从展厅出来，我似乎突然明白了泰顺被命名为廊桥之乡的原因。原来，这里的廊桥不仅数量可观，而且形式多样，它们不雷同，不复制，不模仿，不千篇一律，而是追求独特，追求个性，追求新异，追求百花齐放。

泰顺的古村落也是闻名遐迩的。我们虽然只在筱村随兴走了几处，但它深厚的文化底蕴和丰富的美学意味已足以令我们惊奇和沉思。我发现，每个村落的建筑都是因地制宜的，顺其自然的，不仅不破坏周围的山水，而且还尽力与它保持和谐。但是，它们又绝不囿于山水，总能在设计上别出心裁，革故鼎新。另外我还发现，这些古村落在结构造型上充分体现了辩证思想，比如屋上的木梁，有粗有细，有实有虚，有直有曲，既突出了它的实用性，也兼顾了它的审美性。

中午一点钟的样子，泰顺文联的负责人把我们带到了一片竹海深处。这地方叫仙居村，不仅有迷人的美景，还有诱人的美食。离餐馆还有十几米远，我们就闻到了饭菜的芬芳，口水不知不觉已打湿了舌尖。

进入餐馆后，采风团分坐两桌，每桌都有泰顺文联的领导作陪。陪在我们这一桌的是季主席，他对泰顺美食如数家珍。菜还没上来，季主席就给我们一口气介绍了上十种，有糯米肠头，有腊兔肉，有绿豆腐，有泥鳅汤，有溪螺，有野笋，还有婆饼、九层糕和米面层。他不光是报了美食名，还一一讲了它们的原料和烹饪工艺。他讲得眉飞色舞，我听得津津有味，忍不住暗吞口水。

上了三道菜，季主席猛然拿出了一瓶白酒。我立刻紧张起来，因为我胆囊切除，不能喝酒。不过还好，季主席见我面有难色，便对我说，不喝白酒喝红酒吧。他说着就拿了一瓶红酒过来。可是，我一向对红酒不感兴趣，喝红酒比喝药还难受。我只好抱歉地对季主席说，对不起，红酒我也喝不了。季主席马上说，红酒也不喝，那就喝米汤好了。说完，他便对服务员招手说，快上两壶米汤。

服务员很快把米汤端了上来，看来餐馆早有准备。她果然上了两壶米汤，一壶白色的，一壶红色的。我愣神地问，米汤怎么有两种颜色？季主席说，我们这里经常把米汤当酒喝，所以有白也有红，白的是米汤里加了莲子汁，红的是米汤里加了红豆沙。讲完之后，季主席问我，你喝白的还是红的？我豪爽地说，白的红的我都喝！

我在面前放了两个杯子，一杯装白米汤，一杯装红米汤。我还频频地与同桌的人碰杯，如果对方喝的是白酒，我就端白米汤碰，对方喝的要是红酒，我便换红米汤碰，把杯子碰得响声不断，把人碰得笑声不断。

泰顺的米汤真是好喝，我那天喝得特别开心。当然，除了米汤的味道好，主要还是泰顺的气氛比较宽松。在这里，没人逼你，没人强迫你，没人要跟你过不去，你完全是自由自在的。

3

泰顺山多峡多，其中位于司前镇的白鹤峡给我的印象最深。离开泰顺的那天，我们采风团坐竹筏畅游了白鹤峡。给我们担任导游的是一位名叫张仰瑞的老人，此人非常搞笑，上身穿一件挺括的西服，下身穿一条皱巴巴的运动裤，头上戴一顶白色礼帽，脚下拖一双破凉鞋，说话也是南腔北调，一会儿普通话，一会儿方言，浑身都充满了喜感。

在白鹤峡口，有一条悬空飞架的铁索桥，长三百五十八米，高五十八米，据说进入了吉尼斯世界纪录大全。游客玩白鹤峡，一般都是先跨过这条索桥，到达对面山腰后，再沿着山上的石阶下到白鹤渡口。有驴友在网上说，去白鹤峡，最好玩的就是穿越铁索桥，惊险，刺激，过瘾，有凌空蹈虚之感，有魂飞魄散之感，有荡气回肠之感。甚至有人说，不走铁索桥，枉到白鹤峡。

然而，并不是每个游客都能走索桥的。那些胆小的，那些恐高的，那些心脏不好的，别说让他们亲自走，就是看着别人走，他们也会心惊肉跳，头昏目眩，四肢发软，乃至吓个半死。在我们采风团里，就有四五个同行者不敢走索桥。他们一到桥头就戛然而止了，只好望索桥而兴叹。

导游挺细心，见有几个人没上桥，马上回头去问，怎么不走啦？那几位不好意思地说，我们不敢走索桥。导游淡然一笑说，不敢走索桥不要紧，你们可以去走那边的浮桥，照样能到白鹤渡口。他边说边朝不远处的右下方指了指，那里果然有一截木桥浮在水面。几位不敢走索桥的一听，顿时喜出望外，赶快朝浮桥走去了。

有一位女士很有意思，她开始是坚决要走索桥的，可是只走了一小段就走不下去了。索桥摇晃得太厉害，她一下子失去了平衡，怎么也站不稳，只好四肢趴在桥面上，脸都吓白了。后来，她迷途知返，老老实实地去走浮桥了。

那天，我们走索桥的先到白鹤渡口。因为走浮桥的还没到，导游便跟我们随兴聊起天来。直到这时，我才知道导游是本地一位很有名气的农民企业家，白鹤峡景区就是他一手开发的。他有个儿子，上大学读的是旅游专业，毕业时遵从父愿，回来当了白鹤峡导游。可是，儿子没干多久就不想干这一行了。他最想干的事，是一个人骑一辆自行车去周游四方。张仰瑞老人说，儿子走后，他只好自己当导游了。我好奇地问，你儿子去哪了？他说，骑自行车出去旅游了。我又问，是你同意他出去的吗？他点头说，是的，想干什么就让他干什么去吧。

张导游讲完儿子的故事，那几位走浮桥的也到了。会合后，有人感慨说，白鹤峡这地方真好，又有索桥，又有浮桥，每个人都有路走，路还可以自己选，想走哪条走哪条。

事实上，在泰顺，一切都是可以自由选择的。你既可以选择内容，也可以选择形式，还可以选择路径。因为，泰顺的文化是多元的，是包容的，是开放的。由于泰顺到处都充满了可选择性，所以我的泰顺之行才轻松而愉快，感觉真是好极了。可以说，我到泰顺，一路好感。

【于2014年】

万山石头记

1

如果你喜欢看石头，那你就去万山群岛吧。在我看来，万山群岛的石头，是天底下最好看的石头。真的，我不骗你。

其他地方也有供人看的石头，但那些石头都不像石头。它们有的像人，有的像兽，有的像鬼。当地的人为了招徕游客，往往还煞费苦心地给那些石头命了名，比如望夫石，领袖石，罗汉石；又比如乌龟石，金猴石，卧牛石；还比如山鬼石，河神石，水妖石。五花八门，不一而足。说实话，我不喜欢这些蹩脚的名字，这都是些骗人的把戏，而且骗得又极不高明，像哄三岁小孩。我也不喜欢看这类石头，它们像这像那，唯独不像石头，没什么看头。乍看还有一丝兴奋，但看过之后，心里却有一种说不出的味道，那种感觉有点儿像看泰国人妖。

万山群岛的石头，是真正的石头。它们不作秀，不扭捏，不变态。它们什么都不像，只像石头。事实上，它们也不愿意像别的什么东西，只愿意像石头自己。它们很真实，很纯朴，也很自信。它们觉得石头就是石头，天生如此，理应行不更名，坐不改姓，没必要遮遮掩掩，羞羞答答，更没必要去装神弄鬼，乔装打扮，模仿其他什么玩意儿。正因为如此，我才认为万山群岛的石头是天底下最好看的石头。它们经看，耐看，看了还想看。

2

万山群岛上的石头，铺天盖地，不计其数。假如你有本事，能把岛上的石头统计出一个准确的数字来，那我就封你为岛长。要是当上了万山群岛的岛长，那你可就幸福死了，每天都可以吃海鲜，沐海风，听海涛，还可以随心所欲地看岛上的石头。

我发现，万山群岛的石头，无论大的还是小的，无论站着的还是躺着的，无论成群的还是落单的，它们都有一个共同的形状，那就是圆。这个圆，不是圆滑的圆，而是圆满的圆，圆润的圆，圆熟的圆。在其他地方，我还从来没见到过这么圆的石头。其他地方的石头，大都是奇形怪状的，要么瘦骨嶙峋，要么千疮百孔，要么张牙舞爪，让人看了感到陌生，感到忧虑，甚至感到恐惧。而万山群岛上的这种圆石头，它们给人的感觉是平易近人，和蔼可亲，老实厚道，安全可靠。你可以随便地摸它们，它们温顺而细腻，手感好极了；你可以放心地坐它们，它们坚实而光滑，绝对不会扎屁股；你可以任性地骑到它们身上，它们宽厚而本分，比骑马骑骆驼还要舒服；你可以慵懒地睡在它们上面，它们平展而稳当，比睡床睡沙发还要惬意……

倘若要问，万山群岛的石头为什么会这么圆？我想，这一定与大海有关。开始的时候，它们也许是有棱角的，也许是凸凹不平的，也许是怪模怪样的。后来，因为身临大海，它们不可避免地要经受惊涛与骇浪的拍打。日积月累，地老天荒，它们就没有棱角了，就不凸也不凹了，就改变模样了，就圆了。

3

接下来，我要给你描绘一下万山群岛石头的颜色。作为一个旅行家，作为一个观光客，作为一个喜欢游山玩水的人，你一定要好色。请你别误会，我这里所说的色，并非女人的姿色，而是指大自然的颜色，当然包括石头在内。

每个地方的石头都是有颜色的。在别的地方，我见到过的石头大致有三种颜色。一种是密林中的青石，呈黧黑色，看上去阴森，坚硬，冰冷，有点儿像黑社会老大，让人看了浑身发凉，不寒而栗；另一种是山坡上的麻壳石，呈烟灰色，看上去黯淡，深沉，诡秘，颇似那些跑江湖的算命先生，让人看了心生疑窦，忐忑不安；还有一种是河滩上的鹅卵石，呈月白色，看上去皎洁，亮丽，妩媚，犹如风月场上抹了粉的女子，让人看了心慌意乱，欲念丛生。对我来说，上述三种颜色的石头都不好看。看它们，你很少产生美感，更多的是刺激。

万山群岛石头的颜色，与其他地方的石头迥异。我该怎样描绘它们的颜色呢？我冥思苦想，搜肠刮肚，也找不到一个合适的词语。在万山群岛的石头面前，我头一回感到了自己的平庸与弱智。不过，有一个被文人们用滥了的形容词，倒是可以勉强一用。这个词就是红。当然，万山群岛的石头不是一般的红，既不是大红也不是微红，既不是深红也不是浅红，既不是紫红也不是绛红。火红，殷红，赭红，这些词都用不上。怎么说呢？我给你这样说吧，它们是朝霞与晚霞打破时空相互交融的那种红。这种红是烈日晒出来的，是狂风吹出来的，是海潮舔出来的。它红得绚烂，红得瑰丽，红得透彻，红得纯正，红得大气，红得有沧桑感，红得有美学意味。

看着万山群岛石头的颜色，你会感到无比的温暖，你会感到无比的宁静，你会感到无比的自在，你会感到你的胸怀突然被扩大了，你会感到你的灵魂突然被净化了，你会感到你的境界突然被提升了。

4

万山群岛的石头，不仅形状好，颜色好，而且性格也好。多的不说，这里我只给你说一点。不过，在说石头之前，我想先说一下你。你有个毛病，既忍受不了寂寞，又承受不了喧闹。所以你总是很痛苦，还常常给别人带来不快。万山群岛的石头可不像你，它们既能群居，也能独处，性格好得不得了。

万山群岛由三百多个岛屿组成，其中最著名的有东澳岛，桂山岛，外伶仃岛，还有万山岛。万山岛上有个地方叫浮石湾。那是一个半月形的海湾，湾里聚集了成千上万的石头。乍一看，这里仿佛正在举行一个岛上最大规模的石头会议，每个岛上的石头都赶到这里来了。最让我惊诧的，还不是这里的石头如此多，而是这些石头的性格。它们虽然大小不一、高矮有别、胖瘦各异，但它们有一个共同的特点：合群。这么多的石头聚在一起，居然如此亲密，如此团结，如此和谐，像是一个妈生出来的。你看它们，挨得多么近，贴得多么紧，简直是一种偎依状。是的，就是偎依。它们相互偎依着，相互支撑着，相互温暖着。

在东澳岛漫步的时候，我迎面遇到了一个巨大的石头。它雄踞海边，巍峨挺拔，看上去粗犷而豪放。坦率地说，我对那些过于阳刚的东西不是太感兴趣。可是，我正要匆匆走开时，却猛然发现这个巨大的石头上面还有一个小石头。小石头至少比大石头小一百倍，就像一个弱小的孩子坐在一个壮汉的肩上。由于这个发现，我又停留下来，仔细打量这一大一小两个石头。小石头显然不是从大石头上生长出来的，它的形状和颜色都与大石头有着细微的差别。但是，大石头对小石头却非常亲。我一眼看出了它对小石头的温情与暖意。更重要的是，我欣喜地看到了大石头阴柔的一面。

我在外伶仃岛上住了一夜，住在山顶上的别墅里。在临近别墅的小路旁边，有一个浑圆的大石头，至少有撑开的帐篷那么大。显而易见，它是被当作观赏石从海边运到这里的，四周除了花草和树木，再也看不见第二个石头。它孤零零地坐落在路边，形单影只，身边连一个伴儿也没有。按说，这个石头是孤独的。但是，它丝毫不感到寂寞，更不感到忧伤。相反，它很乐观，很开朗，很悠然，好像还在尽情地享受着这份孤独之美。暮色四合时，花草和树木都暗了下来，而这个孤独的石头却还亮着。凌晨，花草和树木都还在朦胧之中，而这个孤独的石头却早已亮了。

5

如果你真要去万山群岛看石头，我想给你一个建议。看石头的时候，你一定要怀着一颗平常心，眼光也一定要是平常人的。我的意思是说，你一定要把石头当石头看，千万不能学那些酸溜溜的文人，看石头时心猿意马，总想从石头上看出点其他什么来。石头就是石头，尤其是万山群岛的石头。如果你把万山群岛的石头看成了其他什么，那你肯定看走眼了。

看万山群岛的石头，你就认认真真地看，老老实实地看，规规矩矩地看。只有这样，你才能看出它们的美来。你没必要想入非非，故作高深，硬把自己往思想泥沼里逼。你更没必要像文人们那样搞什么修辞，又是比喻，又是引申，搞得酸溜溜的，让人肉麻，甚至起一身鸡皮疙瘩。实话跟你说吧，文人们搞修辞，是因为他们的眼睛有问题，许多事物，他们都看不明白，看不清楚，看不懂。无奈之下，他们只好借修辞来虚晃一枪，吓唬一下普通老百姓。

在文人们惯用的各种修辞伎俩中，最让我讨厌的是拟人。我们省里有一位文人，先我去了一趟万山群岛，回来之后写了一篇游记刊于报端。在那篇文章中，他也写到了万山群岛的石头。令人恶心的是，他居然用拟人化的手法，借石头把自己好好地美化了一番。我觉得，他真是恬不知耻。在现实生活中，他虚与委蛇，追名逐利，贪得无厌，哪有资格与万山群岛的石头相提并论呢？不仅他没有，我认为天下所有的人都没有这个资格。在我看来，人是世界上最坏的东西，压根儿比不上石头，更比不上万山群岛的石头。

如果有下辈子，我发誓再不做人。我要去万山群岛做一个石头。

【于 2013 年】

桂子山上的树

同学们，老师们，领导们，大家晚上好！我很荣幸，能够作为教师代表在今年的毕业典礼上讲话。学校把毕业典礼选择在这样一个绿树掩映、绿树环绕、绿树簇拥的地方举行，我觉得特别有意思。这是一个绿色的典礼、浪漫的典礼、充满诗情画意的典礼。它预示着同学们毕业之后将会一路绿灯，前程美好。

时间过得真快，同学们来到桂子山，来到华中师范大学，一晃就四年了。在你们即将离开这座山，离开这所学校的时候，你们一定会有很多很多的舍不得。舍不得为你们授课的老师，舍不得关心你们的辅导员，舍不得可爱的师弟师妹，舍不得上过课的教室，舍不得浩如烟海的图书馆，舍不得饭菜飘香的食堂，舍不得青春燃烧和激情四射的运动场……还有，还有这满山的树，参天耸立的梧桐，双臂难抱的香樟，数不胜数的桂子。

我想，你们肯定会舍不得这些树的，其中至少有那么一棵，会让你依依不舍，铭心刻骨，终生难忘。在这四年当中，你要么在某棵树下读过宋词唐诗，背过外语单词；要么在某棵树下画过水彩素描，吹过笛子口琴；要么在某棵树下迎接过你的父母，约见过你的老乡；要么在某棵树下开始了你的初恋，拥了你人生的第一个抱，接了你人生的第一次吻。当然，也不排除有人在某棵树下失恋过，还流下了伤心的泪水。总之，无论酸甜苦辣，还是悲喜得失，你们的青春乃至整个人生，都与这桂子山上的树结下了不解之缘。

今天，我在这里夸夸谈树，是因为我觉得桂子山上的树实在是好。在我们学校周围，还有很多山，比如武大的珞珈山，华科的喻家山，华农的狮子山。这几座山上都有树，而且树都长得不错。但我比较了一下，发现他们山上的树都比不上我们山上的树。我们桂子山上的树，又多，又粗，又高，枝繁叶茂，浓荫如盖，遮天蔽日。可以毫不谦虚地说，我山之树，他山莫及。

不知道同学们想过没有，桂子山上的树，为什么这么多？这么粗？这么高？我想，至少有三个原因。一是这座山上土脚深厚，只有土脚深厚，树根才扎得深，扎得广，扎得稳；二是这座山上阳光充足，只有阳光充足，树干才能长得快，长得开，长得好；三是这座山上空间开阔，只有空间开阔，树才能自由地生长，独立地生长，往粗里长，往高处长。正是由于以上三个因素，我们桂子山上的树才长得这么多，这么粗，这么高，而且还出现了许多顶天立地的大树。

我是一个教文学的老师，业余还写点小说，所以染上了修辞的毛病，遇事总喜欢联想。有句俗话说，十年树木，百年树人。在我看来，人的修炼和树的成长一样，也必须具有三个条件，一是要有知识的积累，二是要有思想的照耀，三是要有人格的支撑。刚才，我说到了桂子山上的大树。一说到桂子山的大树，我不禁想到了我们学校的那些学术大师。比如著名历史学家章开沅先生，著名语言学家邢福义先生，著名文艺理论家王先霈先生，等等，等等。在我的心目中，他们也是桂子山上的大树。而且，我觉得他们的形象比那些桂花树、香樟树、梧桐树更加高大和迷人。

上面提到的三位大师，如今都是七八十岁的老人了。同学们在桂子山上生活学习了四年，可能没有机会正面接触到他们。这对你们来说，多少是一件遗憾的事情。为了弥补一下，我想借此机会给你们讲几个他们的故事。

第一个故事是关于邢先生的。十年前，我请邢先生为六百多名来自全国各地的语文名师做了一场报告。那天上午，邢先生空手上台，连一张纸片也没拿，却一口气讲了四个小时，其间笑声不断，掌声不断，赞叹声此起彼伏。邢先生连讲四个小时没休息，让人奇怪的是，四个小时中间居然没有一个听众去厕所。报告结束的时候，大家的脸都涨得通红，都急急忙忙朝厕所跑，一个个都用手捂着小肚子，连腰都直不起来了。试问，邢先生的报告为什么这样有吸引力？答案是，他的积累太丰富了，学识太渊博了，见解太独到了。所以，听众即便冒着尿裤子的危险，也要坚持把报告听全。

第二个故事是关于王先生的。多年前的一个晚上，王先生给文学院的研究生做了一次演讲，讲中国古典美学的几个问题。讲到一半时，教室里突然停了电。然而，王先生并没有因为停电而停止演讲。他在黑暗中继续讲，居然越讲兴致越高，越讲声音越大。研究生们在黑暗中继续听，反而越听越认真，越听越来劲。讲课结束时，漆黑的教室里响起了经久不息的掌声。试问，王先生的演讲为什么这样有穿透力？答案是，他有闪光的思想和耀眼的智慧。他的思想和智慧足以把教室的黑夜照亮，足以把学生的心灵点燃。

第三个故事是关于章先生的。二〇〇九年，广东的《同舟共进》杂志发表了章先生的一篇檄文，题目是《谁在折腾中国的大学》。文章尖锐地批评了我国高等教育的种种乱象，从教育的产业化到疯狂扩招，从盲目升格到学术造假，撒豆如兵，字字铿锵，一腔忧愤，满纸担当。文章发表之后，各大网站竞相转载，跟帖者络绎不绝，点赞者铺天盖地。试问，章先生的文章为什么这样有影响力？答案是，他坚持真理，实事求是，忠诚博雅，敢于直言。

我一会儿说桂子山的树，一会儿又说华中师范大学的老师，同学们该不会认为我东扯西拉、语无伦次吧？其实我没有东扯西拉，也不是语无伦次，我一直都在讲桂子山上的树。只不过我讲了两种树，一种是自然形态的树，一种是精神形态的树。我这么讲，目的是想告诉大家，一棵大树是怎样长成的？

同学们，在你们马上就要毕业离校的时刻，我这么不厌其烦地给你们讲树，是希望你们离开桂子山之后，不要忘记了母校的这些树，包括自然的树和精神的树；我还希望你们要向树学习，学习树的姿态，学习树的品格；我更希望你们将来有一天也能成为一棵大树。

同学们，今天，你们因为桂子山上的这些大树而自豪；明天，桂子山将因为你们成为大树而骄傲！谢谢大家！

【于2015年】

丰满之旅

每次外出归来，我都要主动向贤妻汇报行程。这样做有两个好处，一是便于贤妻掌握我在外面的活动情况，二是我也可以把我的见闻和心得说出来与贤妻分享。今年下半年，我因为忙于上课，出门很少，加起来也不过四五次。头几次，我回家后跟贤妻汇报的时间都很短，不超过三分钟，因为没什么好说的。开了一个会，打了一场牌，洗了一回脚，还吃了几顿饭，除此之外，还能说什么呢？看得出来，贤妻对我这几次的汇报有些失望。然而，最后一次出门回来，我却给贤妻足足汇报了半个小时。贤妻听了十分满意，非常开心，还拍着我的肩膀说，不错，这一趟没有白跑！

我说的这最后一次，是去荆州桃花村。湖北省作家协会要在桃花村建立一个文学创作基地，邀了几个作家代表去那里参加基地的挂牌仪式。这次活动，前后只有两天时间，但阵势特别强大，内容特别实在，安排特别紧凑，给人一种特别丰满的感觉。

在前往荆州的中巴上，我们车上除了作协文学院的正副院长和文学院办公室主任老龚同志之外，其余都是文学院的签约作家。一开始，我还以为只有这么上十个人呢。可一到荆州宾馆，我的两只眼睛就傻了。原来，好多大人物都在我们前面到了，不仅有省作协的黄书记，梁副主席，李副主席，还有长江出版集团的老总周百义先生，长江社的陈副社长。人真是多啊，宾馆大堂差点被挤破了。就在这时候，我又看见了湖北文化名人周年丰先生，他正拿着烟盒子在忙着给大家上烟呢！起初，我还把他当成了荆州方面的接待人员，一看脸才发现是原来的省文化厅厅长，心想自己真是有眼不识泰山啊！

当天晚上，我们没去桃花村。荆州市荆州区的领导在荆州宾馆宴会厅设宴招待了我们。荆州区的主要领导都出席了，还有很多文化部门的负责人。一看见这么多地方官员陪我们吃饭，我心里就特别感动，觉得荆州这地方的领导特别重视文学，难怪陈院长要把文学院创作基地的牌子挂到荆州的桃花村呢！宴席开吃之前，一位副书记还致了热情洋溢的欢迎辞，他说，像荆州市荆州区这样命名的，在全国还没有第二个。荆州市下面设一个荆州区，这种建制的确很有意味，而且意味深长。在我看来，荆州是个地理名词，更是一个文化概念。荆州的领导在荆州市下面又设荆州区，我猜想，他们可能就是为了重视荆州文化，传承荆州文化，弘扬荆州文化，让荆州文化大放异彩。宴会快结束时，荆州区的同志给我们每人发了一本关于荆州区的宣传册。打开一看，我的猜想马上得到了证实，原来荆州区不仅是一个经济强区，还是一个文化强区。

宴会散后，荆州区文联的领导请我们去张居正故居喝茶。许多人是坐车去的，我和诗人哨兵等几位则步行前往。给我们带路的是荆州美女作家王君，她还是荆州区作家协会的副主席。我们沿着古城墙下面的一条石板街向前走，感觉脚下踩到的每一块石板都是博大精深的荆州文化，不由得心头发热，两脚打颤。我这个人不近女色，开始没怎么看走在身边的王君，快到城门宾阳楼时，我无意中扫了王君一眼，突然发现她不仅脸蛋漂亮，而且身材也很丰满。由于我本人肥胖，所以一见到体型丰满的女人就感到亲切，于是就忍不住多看了王君两眼。我以前读过王君的小说集《香精》，曾惊叹她笔下人物形象的丰满。这一次近距离接触王君，我恍然明白了一个道理，只有丰满的女人才能弄出丰满的文学来！

那天晚上的茶，也喝得别有一番味道。茶还没上，桌子上的水果和瓜籽都堆满了。水果品种多，苹果桔子样样有，还有又粗又长的大香蕉。瓜籽也有好几盘，西瓜籽，南瓜籽，葵花籽，你想吃哪种抓哪种。最让我开眼界的是烟灰缸，有装围棋的罐子那么大，少说也要装十斤烟灰。我问评论家熊唤军，吸多少烟才能把这缸装满？唤军先生猛拔了一口说，估计得五十条黄鹤楼。茶迟迟没上，台上却先开始了茶艺表演。第一个出来的是个妙龄女子，长袖飘飘，头插银饰，有点像刘备那时候的女人。她先载歌载舞了一会儿，然后才开始沏茶。出来的第二个是个拎长嘴茶壶的小伙子，那壶嘴简直伸到我们台下来了。他展示了各种倒茶的功夫，让我们看得眼花缭乱，不停地咂嘴。茶艺表演结束，服务生才端茶来给我们喝。茶杯都很小，一杯只能打湿个舌头。这时候我才明白过来，这哪是喝什么茶，分明喝的茶文化嘛！

次日八点半钟，我们就驱车去了桃花村。虽然桃花已谢，但桃树上花意犹存。道路两边长满桃树，每棵树上都披红挂绿。桃花村的人说，这段时间，有很多城里的人，都到这里来举行婚礼。我一愣问，为什么？桃花村的人说，在桃花村举行婚礼，显得喜庆，吉利，也浪漫！听他们这么一说，我也就不奇怪了，心想，结婚就是走桃花运，能到桃花村结婚，那这桃花运就走得更大了！我还暗暗想，我下辈子结婚，婚礼一定要拉到荆州桃花村来搞，婚礼一搞完，就在桃花村睡。

我们沿着村路朝挂牌的地方走，沿路都是白墙黑瓦的农家新居，看上去整齐，干净，古色古香，具有浓郁的荆楚风味。走着走着，我们看见了一个腰鼓队，几十个花花绿绿的嫂子，正如狼似虎地打着腰鼓欢迎我们。嫂子们上身穿着绿衣服，下身穿着红裤子，布料都薄如蝉翼，把她们丰满的体型表现得淋漓尽致。我发现，嫂子们一个个都是高胸脯，大屁股，她们一边打着腰鼓，一边尽情地耸着，扭着，看得我目瞪口呆，心跳过速，涎水暗吞。在城市，我们每天也能看到丰乳肥臀，但那都是假的，乳房里打了硅胶，屁股上垫了海绵，都是骗我们男人的。而桃花村的嫂子们，她们身上的东西都是真的，属于原生态，所以才那么好看，才那么迷人，给人一种真正的丰满之美的享受。

挂牌仪式十点钟正式开始。临时搭在农家门口的主席台，虽然有些简陋，但座无虚席。头一排坐的基本上都是从武汉去的领导，当地的好像只坐了荆州市委宣传部部长和荆州区区委书记。

烫金的牌子挂好之后，各级领导依次讲话。每一位都讲得好，但我觉得讲得最好的是省作协的黄书记。他不拿稿子，双手摊在面前，用温柔的目光望着坐在台下的我们，边想边讲。他从桃花讲起，讲到了精神文明，讲到了民族素质，讲到了地域文化，讲到了文学繁荣，不打官腔，不说套话，不喊口号，实在，亲切，有情，入理，还不断地引用与桃花有关的诗文，让我们听起来如坐春风。我以前知道黄书记讲话讲得好，但没想到他会讲得这么好，讲得这么有诗情画意，讲得这么丰满。听完他的讲话，我好像听人朗读了一篇新《桃花源记》。

那天中午吃农家饭。开饭之前，周年丰先生主动为大家献歌。他一个七十岁的老头，头发都白光了，而唱起歌来却比年轻人还有激情，一会儿自我陶醉地闭着眼，一会儿耕田似地躬着腰，一会儿又猛地把头甩起来看天花板，比那些摇滚歌星还酷。他什么歌都会唱，古今中外，随口唱来，好像他的脑袋就是一个巨大的歌曲库。周先生最擅长唱情歌，从《莫斯科郊外的晚上》，唱到《掀起你的盖头来》，又唱到《两只蝴蝶》，每一首都唱得情意绵绵，仿佛他本人正涉足了一场黄昏恋。末了，他还邀请美女作家刘敏与他一起唱那首著名的《敖包相会》。刘敏开始不好意思，但还没来得及婉拒，一只纤纤嫩手就被周先生死死地抓住了。结果唱得很好，让我们大饱耳福。周先生和我是校友，他是上世纪六十年代初从华中师范学院中文系毕业的，我应该称他师叔。原来我只知道他是一位散文家，散文写得好，没想到他歌也唱得这么棒。真是一位文化人啊！我一时对他佩服得六体投地了。

桃花村的农家饭好吃得不得了。桌大，碗大，杯子大。菜的品种也多，分量又足，一上来就给人一种丰盛的感觉。最有名的是桃花鸡，是真正的土鸡，汤鲜，肉细，口感好，喝一勺还想再搞一勺，吃一块还想再搞一块。鸡后是甲鱼，人称王八。端甲鱼上来的是一位中年农家男子，我跟他开玩笑说，你们这地方的王八真多呀！他看了我一眼，然后狡黠地一笑说，我们这地方的王八都是从武汉来的。我知道他是在回骂我，但我一点都不恼火，觉得他机智，幽默，有文化品位，说话有艺术性。人就是这样，只要你有了文化品位，不管你说一句什么话，哪怕是丑话，是脏话，甚至是骂人的话，都会让人愿意听，而且听了高兴，听了开心，听了过瘾，觉得你说得有艺术性。

离开荆州桃花村时，当地的同志为我们每人准备了一个礼品袋。提在手里沉甸甸的，我当时还不想要呢。返回武汉，回到家里，给贤妻汇报完毕，我让贤妻把礼品袋打开看看。贤妻一看就惊喜地说，哎呀，好丰满啊！她把礼品一样一样地拿出来，既有荆州同志写的书，又有桃花村的特色食品，其中还有一只桃花鸡，当然不是活的，是卤过的，一拆封就可以掰开腿子吃。

【于2010年】

假如我是风水先生

位于武汉市江夏区的龙泉山，风水绝好，古墓成群。到江夏游玩，不可不去龙泉山，而去了龙泉山，不可不看那里的墓，而看墓，又不可不看朱桢墓和樊哙墓。

朱桢是朱元璋的第六个儿子，生前任楚昭王，永乐二十二年二月与世长辞，同年五月葬于龙泉山天马峰脚下。朱桢的墓地被称为楚昭王寝，占地面积很大，不小于现在的某些中等学校的校园。我们参观者由正门进入，走过一条用汉白玉铺成的神道，便踏上了造型别致的金水桥，继续迈步前进，依次可见陵恩门、神帛炉、东西配殿、陵恩殿和明楼，这些建筑气势雄伟、古朴典雅、金碧辉煌。绕过明楼向上攀登一程，便可以见到楚昭王朱桢大人的地下宫殿了。地下宫殿，坐北朝南，背倚天马奇峰，面向连绵群山，不是风水先生的我也能一眼看出这是一个风水宝地。

站在此处，我不由感叹道：朱桢这家伙可真会选地方啊！导游听后却告诉我，这地方本来是舞阳侯樊哙的墓地，后来被朱桢抢占过来了。我于是问导游，那樊哙现在埋在何处？导游说，下一个景点就去看樊哙墓了。樊哙墓离楚昭王寝并不远，向东步行十分钟便到了。通往樊哙墓的那条小路是一条羊肠小道，两边杂草丛生，路上落叶遍地。我们先看见了樊哙的一尊雕像，这雕像倒是很威武，可惜四周没有任何烘托或陪衬，只有一些杂树和野草，使樊哙之墓显得孤独而凄凉。从雕像往后扒开半人高的蒿草走三分钟的样子，眼前出现了一块黑不溜秋的墓碑，这便是大名鼎鼎的樊哙先生的墓了。

我伫立在樊哙墓前，感到这地方与一般人的葬身之地并无二样。我于是问道，樊哙的后人怎么会同意将他的墓迁到此处呢？导游说，楚昭王看上了那个风水宝地，谁敢不迁？那位导游满肚子装着关于龙泉山的传说，他这时给我讲了一个昭王赶樊哙的故事。

据说朱桢被封为楚昭王之后，仗着他皇帝老子的威风，强占了龙泉山八大家的祖业，作为自己的墓地。八大家被赶走后，朱桢从山东请了一个名叫王化龙的风水先生来为他找墓定寝。王化龙在龙泉山上上下下左左右右转了半个月，最后发现樊哙的那块墓地最好。但是，樊哙早已在此定居了，怎能让楚昭王再住呢？王化龙又找了一块比樊哙墓地差一点儿的地方。可是，楚昭王知道后却大光其火，说，既然樊哙那块墓地最好，那我死后就非埋那里不可，至于樊哙嘛，给我迁到别处去！朱桢说完便立即派人挖樊哙的墓。风水先生王化龙这时害怕了，他想樊哙的后人虽然不敢冒犯楚昭王，但他们可是一点儿也不会惧怕我王化龙啊！假如他们有朝一日要害我，我这条小命还能回山东吗？他这么一怕便想到了一个办法。他对朱桢说，要得发，不离八。八月八日才是挖墓动土的黄道吉日啊！朱桢听后说，那就等到八月八日再挖吧。到了八月八日，王化龙又带人来挖墓时，忽然在两米深处挖出了一块碑石，碑石上刻着四句打油诗：

此处本是昭王地，
暂借樊哙上千年。
今日时至期已满，
樊哙迁移到东边。

这其实是王化龙写好后偷埋地下的，但挖墓的人不知道。消息一传开，樊哙的后人便不怪王化龙了，他们想此地本来就是朱桢的嘛！因此也就没人去追究风水先生王化龙了。听了这个传说故事，我除了憎恨朱桢的仗势欺人之外，突然痛恨起那个风水先生来了。我觉得王化龙有点儿欺软怕硬，趋炎附势。假如我是风水先生，我也会在人不知鬼不觉的时候埋一块碑石在地下，然后在碑石上写下这么几句顺口溜：

此处天生樊哙地，
昭王别想在此眠。
如果朱桢不信邪，
埋后定会祸无边。

倘若挖墓的人看到这块碑石后将碑石上的顺口溜传到朱桢的耳朵里，恐怕笃信迷信的楚昭王再也不敢强占樊哙之墓了。

当然，这只能是一种假设，假如我真是那位王化龙先生的话，那今天的龙泉山也许就不会如此游客如云了。

【于2004年】

写给赤壁的一封信

你好！上个月去赤壁采风，你给我留下的印象最深。到达时，你亲自到高铁站来接我们。离开时，你又亲自到高铁站送我们。在为期三天的观光旅行中，你一直陪着我们。回到武汉后，你的形象一连好几天都在我眼前晃动，挥之不去。本来，我想给你写封私信的，可惜我没有你的详细地址，甚至连你的大名都没完全弄清楚。我是一个木讷的男人，不擅长与女性交往，尤其是遇上像你这样有几分姿色的少妇，我更是变得迂腐和迟钝。我只知道你是赤壁市文化局的干部，至于官职，我也没有记住。对不起，我对官职一向不怎么敏感。

请你不要紧张，我今天给你写这封公开信，没有任何别的企图，只是想跟你交流一下我这次赤壁之行的心得与体会。因为你是搞文化工作的，所以我想与你专门聊一聊文化这个话题。加上我也研究民间文化，我想我和你应该有一些共同语言。更重要的是，我这次去赤壁采风，虽然游了赤壁的山，玩了赤壁的水，吃了赤壁的鱼，喝了赤壁的茶，但赤壁最吸引我的，却是赤壁的文化。可以毫不夸张地说，赤壁是一块文化的宝地，是一片文化的沃土，是一座文化的富矿。作为一位赤壁的文化工作者，你应该感到骄傲，感到自豪，同时也应该更加珍惜和重视赤壁的文化资源，并全面而深入地去研究它，发掘它，进而让赤壁文化得到更好的传播与彰显，努力使它成为世界文化长河中一串耀眼而炫目的浪花。

我想和你先探讨一下赤壁文化的特征。在我看来，赤壁文化有三个显著特征。

第一个特征是，历史文化与现实文化的交融。比如赤壁之战和万里茶道，都属于历史文化。发生在东汉末年的赤壁之战，是我国军事史上以弱克强、以虚攻实、以少胜多的经典战役，可谓家喻户晓，全球皆知。因青砖茶而闻名的羊楼洞古镇，早在清代便成为欧亚茶马古道的源头，被誉为万里茶道上的一颗璀璨明珠。而修建在赤壁的三峡试验坝和眼下正在培育的万亩茶园，又属于现实文化。试验坝的先行先试，为长江三峡工程的成功建设提供了宝贵经验。万亩茶园的开辟，为赤壁的经济腾飞灌注了生机和活力。历史文化与现实文化的交融，既让历史照亮了现实，又让现实激活了历史。

第二个特征是，精神文化与物质文化的交汇。比如三国故事，茶道传说，羊楼洞古镇的逸闻，这些都属于宝贵的精神文化遗产，其中蕴藏着丰富的精神财富，如赤壁战役中的勇敢精神，国际商贸中的开放精神，茶砖制作中的工匠精神。而当下的古战场旅游开发、陆水湖的鱼类养殖、温泉汤池的洗浴等，又属于物质文化产业。精神文化与物质文化的交汇，使两者产生了良好的互动，精神文明有力地推动了物质文明，物质文明又有效地传承了精神文明。

第三个特征是，主导文化与多样文化的交响。以赤壁之战为标志的三国战争文化，显然是赤壁这个地方的主打文化品牌，它在中国乃至世界都有着巨大的影响力和吸引力，具有无可争议的主导性。与此同时，这里还有茶文化、鱼文化、水文化等，品牌丰富，多元共存。主导文化与多样文化的交响，使得各种文化元素和各种文化形态之间相互碰撞，相互包容，相互促进，从而相得益彰，呈现出了一派大发展和大繁荣的文化景象。

接下来，我想跟你说一点我的建议，当然也是关于赤壁文化的。赤壁文化源远流长，得天独厚，可以说取之不尽，用之不竭。但我感觉到，当前赤壁的文化建设，还缺乏独特的地域色彩。因此，我建议你们在今后的工作中，无论是对文化传统的挖掘，还是对文化品牌的打造，都应该努力强化赤壁文化的地域性。习近平总书记在他的一系列重要讲话中，曾多次强调要坚持文化自信。对一个特定地域来说，尊重和弘扬这个地方的文化，也是坚持文化自信的体现。坚持地域文化自信，有利于增强本地人民的文化认同感和文化凝聚力。

如何彰显赤壁文化的地域性呢？我认为可以从三个方面入手。一是突出赤壁的风景文化。风景是特定地域内由山水、树木、花草、禽鸟、建筑以及日月星辰等自然现象构成的可供人们欣赏的景观。同时，风景也是一种文化载体，它承载着当地人丰富的文化想象。二是突出赤壁的风情文化。风情指的是特定地域里的那些具有独特意趣和微妙情怀的风土人情。无论是意趣还是情怀，都与这个地域的特殊文化心理积淀有关。三是突出赤壁的风俗文化。风俗指的是特定地域在长期社会文化生活中形成的风尚、礼节、习惯和禁忌等内容的总和。它涵盖的范围很广，包括衣、食、住、行、生育、婚嫁、丧葬、娱乐、宗教、岁时、艺术等各个方面。如果我们能把赤壁独有的风景文化、风情文化和风俗文化都一一呈现出来，那么赤壁的文化建设肯定会更上层楼，大放异彩。

在这封公开信即将结束的时候，我还想告诉你一个小秘密。那天，你去赤壁高铁站接我们，同时还接上了从北京来的几个客人。在开往文化局的面包车上，因为你没有自我介绍，又穿得很洋气，加上有点儿矜持，所以我以为你是北京来的。在北京的那群客人中，有一位穿绿裤子的，一上车就开始补妆，然后便又说又笑又唱歌，我于是把她当成了赤壁市文化局的人。一直到了招待晚宴上，我才发现我搞错了。知道你是赤壁本地人之后，我的眼睛顿时涨大了一圈。天哪，赤壁居然有如此超凡脱俗的美少妇！我不由这样暗自惊叹。其实，我不应该那么大惊小怪的。后来我想，你的美是赤壁文化的结晶。或者干脆说，你就是赤壁文化的一个象征。

【于2016年】

新风吹动故乡情

保康是我的家乡。我生在那里，长在那里，直到十七岁才来武汉求学。常言道：谁人不说家乡好？惭愧的是，离开家乡整整四十年了，我却几乎没有写过一篇赞美她的文字。并非我不热爱自己的家乡，主要是我这个人太实事求是。过去，家乡长期处于一种贫困状态，到处都是荒凉、保守、愚昧、狭隘和矛盾，我实在不愿意说她的好话。

然而，进入新时代之后，随着脱贫攻坚的深化和乡村振兴的展开，家乡发生了翻天覆地的变化，繁荣取代了荒凉，开放取代了保守，文明取代了愚昧，宽敞取代了狭隘，和谐取代了矛盾。更令人振奋的是，今年五月，保康已经把那顶戴了几十年的贫困县的帽子摘了，甩了。消息传来，作为一个保康游子，我干涸多年的双眼不禁淌出了两行热泪。不，这不是泪。这是欣喜，是骄傲，是自豪。现在，我终于可以理直气壮地拿起笔来，纵情歌唱我的家乡保康了。

保康隶属襄阳，全县共有十一个乡镇。如今，每个乡镇都脱了贫，老百姓全部过上了有吃有穿有尊严的小康生活。不过，我在这里不打算全面开花，只想写一写店垭镇、歇马镇和马良镇。原因是，我在这三个地方都居住过不少年头，它们的今昔对比让我感受更深，同时也更能激发我的写作热情。

店垭镇

店垭是我出生的地方，当时还不叫镇，被称为店垭公社。公社下设三个管理区，分别是老街、杨树和万寿。具体地说，我出生在万寿管理区榔榆沟大队三小队。小队的地名很模糊，有人叫牛台坡，有人叫雨坛坡，有人叫有财坡，叫法五花八门。我后来写小说的时候，依着谐音用了油菜坡这个名字，此后人们都叫它油菜坡了。这个名字倒是很贴切的，因为坡上盛产油菜。每年到了春天，满坡的油菜花开得如火如荼，金黄耀眼，蝶舞蜂喧。

在我的人生地理上，万寿是一个永远也抹不去的地名。一九七九年的秋天，我离开家乡来武汉读大学，就是从万寿坐车出发的。可以说，万寿是我人生的起点。当时，家乡虽说已经通了班车，但不能直达武汉，途中要转换两三次。班车也不是现在的客车，而是用卡车代替的，车厢里摆了十几把木椅，还拴着七八根草绳，乘客坐在木椅上，双手必须紧紧抓住草绳当扶手，否则就会东倒西歪。我至今还记得第一次从家乡到武汉的情景。那天一大早，父亲便扛着一口木箱送我到万寿搭车。班车是从店垭公社开往保康县城的，每天只有一班。我和父亲站在万寿的公路边上，眼巴巴地等了三个小时，班车才来。山区的盘山公路七弯八拐，坎坷不平，班车慢吞吞地开着，像一只爬行的蜗牛，到县城天已黑了。那会儿，已经没有了从保康到襄樊的班车，我们只好在县城住了一夜。次日早晨，父亲碰巧遇到一位熟悉的卡车司机，他正要去襄樊送货，我们就搭了他的顺风车。只是，那辆货车又旧又破，路上坏了好几次，沿途还要不停地加水，到达襄樊已是下午三点了。下了货车，父亲便领着我马不停蹄地往火车站赶。父亲扛着木箱走在前头，我尾巴似地在后头跟着，能看见汗珠从他的额头上掉下来，像雨点一样打着路面。还好，连走带跑，我总算赶上了最后一趟开往武汉的火车。父亲当时要去泥嘴开会，把我送上火车就转身走了。那天，我乘的是一趟慢车，没能买到座位。我一路都站着，站得两腿僵硬，双脚发麻，直到深夜才抵达武汉。

那个时候，我做梦也没想到家乡会通高速公路，更没想到店垭还会设一个高速公路出口。说来也巧，这个出口就在万寿，正好是我当年搭车远行的地方。高速公路通车那年，我爱人开着轿车陪我回老家过春节，早上七点从武汉出发，上午十一点半就到了万寿，总共才花了四个半小时。想到当年去武汉，一路上整整折腾了两天两夜，我不禁激动异常，思绪万千，感叹唏嘘。

高速公路建成通车之后，原先封闭的店垭一下子被打开了。因为交通便利了，出入频繁了，信息迅捷了，物流畅通了，贸易发达了，所以人们的视野也扩大了，胸怀也宽广了，思想也激活了，观念也更新了，境界也提高了。于是，店垭镇便进入了一个快速发展的黄金时期。尤其是近两年，保康县委和县政府确立了生态优先和绿色发展的战略思路，店垭的干部群众更是情绪高涨，精神饱满，劲头十足。他们积极响应县里的号召，立足生态，着眼绿色，因地制宜，扬长避短，迅速调整产业结构，大力寻找新的经济增长点。据家乡媒体报道，在店垭镇党委和政府的主导下，村民们先是忍痛割爱，下狠心关停了一大批污染环境的养猪场和养鸡场，然后又大面积地种植茶叶和烟叶等绿色作物。这样一来，店垭镇不仅生态环境有了明显改善，而且绿色产业得到了迅猛发展，茶叶畅销，烟叶走俏，农民收入成倍提高。如今，茶叶和烟叶已经成为店垭镇的经济支柱，老百姓也靠它们发了财。

由于收入增加了，腰包暖和了，手头宽裕了，人们的生活也随之发生了日新月异的变化。现在回老家，我几乎看不到从前那种破破烂烂的土屋了，取而代之的是高大而洋气的楼房，楼房里有自来水，有煤气灶，有淋浴室，有的还安了空调。我还发现，差不多有一半的人家都买了小汽车，摩托车和三轮车更是每家每户都有。我还看见，乡亲们基本上都有手机，他们除了打电话，发微信，还用它听音乐，看视频，查询天气预报。依我看，现在家乡人民的生活与我所在的武汉相比，已经没有太大的差别。

每次回老家，我下了高速公路后，总要在万寿停留一会儿，少则一刻钟，或者半小时，有时长达一个钟头。因为，这里有我太多的往事与回忆，无论酸甜苦辣，都令人回味无穷。更主要的是，这地方新建了一个非常漂亮的乡村主题公园，有花有草有树木，有山有水有亭榭，还有一个造型独特的石雕，环境优美，建筑别致，任何人来到这里都会流连忘返。事实上，高速公路设在万寿的这个出口，已经成为展示店垭镇新时代新风貌的一扇明亮窗户，可以称为店垭之窗。

公园四周皆山。这山，再不是从前乱石嶙峋、杂草丛生、荆棘遍地的荒山。每座山上都种满了茶树，绿油油的，青葱葱的，翠茵茵的，像天上的云，像湖里的水，像舞女的裙裾，像恋人的眼眸。被茶山环绕的公园里，所有的景观都与茶密切相关。那个悬空于石山之上的雕塑，原来是一只巨大的茶壶，它横空出世，从天而降，俯冲店垭，赐福茶乡。这只茶壶形状饱满，气势恢宏，壶柄朝上，壶嘴朝下，好像天上有个人正拎着一只天壶在往人间倒茶。离茶壶石雕不远，有一个古色古香的亭子，果然叫天壶亭。在亭子的两根圆形木柱上，镂刻着一副烫金对联。上联是：天降甘露育嘉木；下联是：壶纳灵芽奉贵人。这个公园的构思太巧妙了，有象征，有暗示，有隐喻，具有无限的想象空间。从每一个景观上来看，尽管没有一个茶字，却能时时闻茶语，处处见茶影，字字透茶香，句句藏茶韵，含蓄隽永，欲盖弥彰，恰到好处地传达了茶乡精神。

据我所知，这个公园是店垭镇的现任镇长亲自负责打造的。镇长年轻而英俊，毕业于云南大学，学的是旅游专业。他知识丰富，眼界开阔，思维活跃，这几年一直在努力探索观光农业的发展之路。实际上，发展观光农业也是店垭镇党委和政府具体贯彻落实保康县生态优先和绿色发展理念的重要举措。可以说，这个茶文化主题公园就是店垭镇观光农业发展的一个缩影。

有一个叫格栏坪的村子，位于店垭镇西南角。那里地理环境十分优越，既有高耸的山峰又有平坦的洼地，既有茂密的森林又有参差的石阵，既有潋滟的小河又有怒放的野花，更有青翠欲滴的万亩茶园，已经成为全县观光农业的一个样板。为了给店垭的观光农业推波助澜，保康县连续三年在格栏坪举办茶文化旅游节。节日期间，这里车水马龙，人山人海，茶商成群结队，游客络绎不绝，完全成了一个景区。旅游节紧扣茶字，活动内容丰富，节目形式多样，有大姑娘采茶比赛，有小伙子炒茶献艺，有婉转的茶歌对唱，有翩跹的茶舞群跳，还有卖茶叶蛋的、卖茶树菇的、卖茶籽油的。有一位观光客，还在微信平台上模仿马致远的《天净沙·秋思》写了一首小诗：青藤碧树喜鸦，石桥绿水农家，新道春风骏马。红日东升，格栏坪在店垭。

店垭镇的书记告诉我，县里的领导对店垭镇观光农业的发展特别重视。每年到了茶文化旅游节，书记和县长都会主动出席，亲自站台，为店垭镇呐喊助威，加油鼓劲。写到这里，我不由想起一件事来。去年冬天的一个晚上，已经快半夜了，我的手机突然响起来，打开一看，竟是家乡的县委书记打来的。我有些诧异，问他为啥这么晚了还没休息？书记显得很兴奋，说要告诉我一个好消息。他说他正率团在宜昌萧氏集团考察，刚和对方签订了《保康县茶叶公共品牌开发投资协议》，还说我老家店垭的茶叶今后就更加不愁销路了。这的确是个好消息。此前我对萧氏集团有所了解，知道他们的茶叶品牌在全国享有盛誉。我想，书记亲手抓的这个合作项目一旦落地，店垭乃至全县茶农的持续增收就更有保障了。在我的印象中，县委书记一向务实重行，心系百姓。通话快要结束时，我真想跟他说一句赞美的话。然而，我犹豫了再三，最终没能说出口。一是，我向来不善于唱赞美之歌。二是，书记也不大喜欢听赞美之辞。

今年五一假期，我和爱人又驱车回了一趟老家。在万寿下高速公路后，我们照例又在那个茶文化公园停留了许久。当时，公园里游客如织，一个个打扮得花枝招展，正争先恐后地在那只天壶下面拍照。

歇马镇

上个世纪八十年代初，因为父亲工作调动，母亲和几个弟弟便跟随父亲从店垭老家搬到了歇马镇，住在供销社旁边一个偏僻的巷子里。读大学二年级的那年暑假，我第一次去歇马，沿着一条又窄又脏的巷道找了好半天才找到我的新家。那是三间平房，不仅矮小破旧，而且阴暗潮湿，到处都是刺鼻的霉味。厨房是单另的一间屋，离三间平房有二十几步，中间隔着一块土场。土场边上砌着一个猪圈，苍蝇横飞，臭气熏天。我们去厨房吃饭，来回都要用手捂住鼻子。

当年，歇马镇只有一条稍微像样的街道。说它像样，并非整洁、干净和繁华，仅仅只是热闹。那时正搞改革开放，全民经商的热潮已经席卷了歇马。那条街道两边，各种店铺鳞次栉比，有的抢生意，有的拉客人，叫卖声、争吵声和讨价还价声此起彼伏，不绝于耳。在那些店铺之间，有人还见缝插针地摆了一些临时摊点，有看相算命的，有抽签卜卦的，有选日择期的，稀奇古怪，五花八门，令人眼花缭乱。有一天，我没事去街上闲逛，碰到一个戴草帽的农民，正蹲在地摊前和一个戴老花镜的人小声交谈。我仔细一听，才知道他家准备建一个厕所，特地上街请人帮他选一个黄道吉日好动工。我一愣问，建个厕所也要看期吗？他说，当然要看，不然的话，厕所里会有臭味。听他这么说，我感到哭笑不得。

父亲在歇马供销社工作了将近十年。每年寒暑假，我都要回到父母身边住上一段时间。老实说，我那时候对歇马没什么好感。首先是住房条件太差，破旧和潮湿不说，关键是缺少卧室。头几年回去，我们兄弟还可以挤在一个房里睡。结婚以后，我再带着爱人回去的时候，弟弟们就只好睡客厅了。看着他们头天深夜支床，次日清晨拆铺，我心里非常难受。

不过，与住房相比，最让我难以忍受的，还是当地盛行的人情风和吃喝风。我发现，无论是街上的老板，还是单位的职工，抑或机关的干部，他们经常要送礼和赴宴。送礼就是送钱，也称为上人情。上人情的理由很多，不光是遇上结婚和死人这类红白喜事要上，就连碰到过生、搬家、生子、升学等活动也要上。人情风和吃喝风是连在一起的，仿佛一对孪生兄弟。只要送礼，就要吃喝。我看见，好多人动不动就有饭局。他们大吃大喝，乐此不疲，吃得满嘴流油，喝得两眼充血。后来，吃喝风还衍生出了一些变种，有些人为了拉关系走后门，巧妙地把送礼吃喝变成了请客吃喝。父亲有几年担任供销社主任，手上有点小权，便有不少人请他吃喝。那段时间，父亲总是在外应酬，有时一连好几餐都不在家里吃饭。有人为了讨好父亲，设宴时居然还要把我拉上。我心里虽说一百个不情愿，但父亲严厉，一旦发话，我也只好服从。父亲有个同事，一心希望父亲把他提为副主任。我每次回到歇马，他都要在家里大摆宴席招待我。我心里明白，他招待我只不过是个借口，主要是找机会巴结父亲。我实在不想去他家吃饭，却怎么都推不掉。次年，他终于如愿以偿当上了副主任。有意思的是，他打从当上副主任之后，就再也没有请我吃过饭，甚至也不再请父亲吃饭了。

我上头扯的，都是一些陈谷子烂芝麻。下面，我言归正传，说一说现在的歇马吧。屈指算来，我已有好多年没去歇马了，自从父亲调离后就没怎么去过。有关歇马的消息，我倒是时有耳闻，听说那里的面貌这几年发生了巨变，沧海桑田，焕然一新。不过，耳听为虚，眼见为实，我一直盼望有机会去亲眼看看。去年春天，机会终于来了。

那是三月中旬，我回老家看望父母，发现房后草地上过于空旷，就想买两棵树栽上。一位朋友听说我要买树，立刻推荐我去歇马，还主动要开他的皮卡带我去。我问，歇马有树卖？朋友说，白果树坪有一个大苗圃，什么样的花草树木都可以买到。他说的白果树坪，我太熟悉了。它是歇马镇的一个村，紧挨着歇马街，早先是一个培育粮食种子的基地，被称为良种场。记得上世纪八十年代末，良种场已名存实亡，大片大片的土地都荒芜了，不见庄稼，只见杂草，那种凋败的景象让我一直难忘。朋友一说去白果树坪，我马上同意了，并且说走就走，当日上午就去了那里。那天，朋友的皮卡刚驶进白果树坪地界，一望无际的绿树红花便陡然出现在我的眼前，昔日奄奄一息的良种场果然变成了一个生机勃勃的苗圃。树和花都是分厢间隔培植的，绿一块，红一块，错落有致，相映生辉，远远看上去宛若一幅铺天盖地的油画。苗圃的老板与我朋友很熟，见到我们分外热情，一边上烟一边领着我们下地参观。这个苗圃真像一个苗圃，无论是树还是花，都品种繁多，规格齐全，应有尽有。树种最多的，要数香樟、玉兰、金桂、银杏和青桐，其次是刺槐、女贞子和红叶石楠，还有非常名贵的红豆杉和金弹子。老板说，这些树的销路都特别好，不仅在县内热卖，而且还大量销往保康周边的县市。花中最吸引人的，是保康本土的野生蜡梅和高山杜鹃，再就是经过嫁接的石榴牡丹。它们异香扑鼻，妖艳灼目，令人心醉神迷。我问老板，苗圃的经济效益如何？他含蓄地笑了一下，还没来得及回答，两台加长的卡车开进了苗圃。生意又来了，老板说。于是，我们赶紧买了两棵女贞子，匆匆和老板告辞了。

从苗圃买了树出来，我们没有直接扭头返回，而是继续向前去了歇马街。多年不见，歇马街上真是大变了模样。先前那条弯曲、逼仄而又坎坷的街道拉直了，拓宽了，铺平了。街道两边栽着整齐的行道树，树的形状阳刚，色彩阴柔，仿佛两排撑开的绿伞。行道树中间还修了花坛，百花盛开，争奇斗艳。过去的木板屋和土砖房已经无影无踪，满街都建起了现代化的高楼大厦。街上人来人往，川流不息。人们的装束都很讲究，尤其是那些女性，穿着时尚的服装，拎着时尚的皮包，剪着时尚的发型，脸上还化了淡妆，挺着胸，扭着腰，提着臀，在街上不慌不忙地走着，看上去都像是大城市里的人。

朋友不知不觉把我带到了供销社门口。这里变化更大，我完全认不出来了。在我的记忆中，它原先的大门是用木板做的，又矮又窄；两边的围墙是用石头砌的，面上抹了一层水泥，风吹日晒，水泥已剥落殆尽，看上去像扯了毛的鸡皮；门楣上盖着一溜瓦，瓦楞上长满杂草。当年，人们都说这里像一座破庙。而眼下，大门换成了不锈钢的，围墙换成了铸铁的，门楣换成了大理石的，一切都鸟枪换炮了。我伫立在供销社门口，沉吟了良久，然后去找我从前走过的巷道和住过的平房。然而遗憾得很，我一样也没找到。那条巷道拆了，那排平房推了，出现在我面前的是一栋高达七层的商住楼。住在一楼的人家没关门窗，我朝里面看了一眼，看见每个房间都很宽敞，而且精心装修过，还铺了地砖，贴了墙纸，安了豪华的吊灯，电视和沙发样样齐全。当年的那个猪圈也不见了，那地方现在种了一片栀子花。花正开着，我满鼻子都是花香。

那天从供销社离开后，我和朋友又在歇马街上随兴转了好久。我发现，虽然过去的许多事物都消失了，但有些现象还依然存在，比如算命，比如卜卦，比如择期，这类摊点仍随处可见。还有，这里的人情往来似乎不逊当年，甚至有过之而无不及。在医院门口，我碰到了一个行色匆匆的熟人。我问他，这么慌着去哪？他一脸苦笑地对我说，有人满四十八，我去上人情。他说着就快步走了。那个熟人走后，我好半天没有说话。朋友心细，知道我为何无语，便告诉了我一个新闻。他说，县里已开始整治人情风了，几天前，县委书记还在电视上发表了讲话，号召全县开展新时代文明实践活动，要求严格治理人情风。我说，这太好了，要实现乡村振兴，必须要把精神文明和物质文明一起抓。朋友说，是的，不光要整治人情风，还有迷信风、赌博风和吃喝风，都应该整治。

说来也巧，我今年五一回老家，正好赶上了歇马镇主办的“寻美”颁奖晚会。晚会在歇马文化广场隆重举行，声势浩大，盛况空前。所谓“寻美”，指的是歇马镇党委和政府开展的一项文化活动，在全镇范围内寻找美食、美景、美文和美人，经过层层评选，美中选美，最后为最美者颁奖。据我了解，这个活动实际上是歇马镇贯彻落实县委关于新时代文明实践的一个具体措施，也是治理人情风的一种有效形式。颁奖晚会结束后，歇马的一位老师告诉我，自从开展了寻美活动，歇马的社会风气便有了明显好转，相信迷信的少了，吃吃喝喝的少了，请客送礼的少了。与此同时，读书看报的多了，舞文弄墨的多了，唱歌跳舞的多了，跑步健身的多了，旅游观景的多了。

那晚和歇马的老师分手时，我故意问，“寻美”活动中所说的美人，指的是美女吗？那位老师莞尔一笑说，主要指心灵美的人，当然也包括美女，但一定要心灵美。我又开玩笑问，那你怎么没获奖？她红着脸说，争取下次吧。

马良镇

马良是我父母现在生活的地方。一九九一年，父亲调离歇马后，他们就一直在马良生活，至今快三十年了。在我心中，父母在哪里，家便在哪里。因此，每当有人问我家在何处，我都会明确回答说，保康马良。

父亲调到马良后，先是住在供销社的家属楼上。当时住房也紧张，只有小小的四间，实际上是两大间隔成的。平时，父母两人还够住，可一到逢年过节，我们兄弟们都回去后，家里便挤不下了。没办法，父母只好找邻居为我们借寝室，不知道跟别人陪了多少笑脸，说了多少好话。直到本世纪初，我们兄弟全都有了工作，才每人凑了一笔钱，为父母建了一栋别墅。别墅位于马良街东头的关口垭，那里实际上是一座小山，地势颇高，站在山顶能俯视马良街全貌。

在我看来，马良真是一个好地方，好得不能再好了。这里不仅有巍峨的青山，而且有蜿蜒的绿水。对保康这样一个著名山区来说，山并不稀奇，水却弥足珍贵。但是，马良有福，居然有两条河流在此交汇。一条是东头的沮河，另一条是西头的鸡冠河。它们像两位下凡的仙女，明眸闪闪，秋波盈盈，长裙飘飘，翻高山，越峡谷，载歌载舞，逶迤而来，将马良深情缠绕。

令人窃喜的是，我们家的别墅就建在沮河岸边，从我家窗口便能看见那弯弯的河水。别墅上面修了一个尖顶，盖着红色的琉璃瓦，仿佛戴了一顶红帽子。碰到沮河清澈的时候，别墅的尖顶会倒映在水里。在水中，那顶红帽子显得更红，看上去就像是着了火。别墅建起来之后，负责施工的师傅还在临水的那面山坡上修了一条石板路，从我们家可以直接下到河里去。我们住在这样一个地方，简直就是住在一幅风景画里。

然而，在过去很长一段时间，至少有上十年吧，马良却没有珍惜这两条多情而美丽的河。按理说，对于为马良带来滋润、带来甘甜、带来丰收、带来欢乐、带来恩泽和福祉的这两条河，马良应该感谢它们，热爱它们，尊重它们，善待它们，呵护它们。让人遗憾的是，马良非但没有这样，相反还对这两条河进行了大肆的破坏和无情的蹂躏。那些年，我每次回家都能看到成群结队的人们，扛着锹或锄头，开着卡车或拖拉机，像土匪抢劫似地涌到河里。他们挖沙的挖沙，撬石头的撬石头，如狼似虎，巧取豪夺，把好好的河槽蹋得坑坑洼洼，遍体鳞伤，满目疮痍。久而久之，河床塌陷了，河道扭曲了，河水干枯了，河堤崩溃了，甚至连河岸也被毁坏了。同时，人们还把河当成了垃圾场，不管什么废物都往河里扔，大到建筑垃圾，小到生活垃圾。我经常能在河里看到塑料袋子、快餐盒子、矿泉水瓶子，还有破鞋子、烂袜子和女人的裤头子。说实话，每当看到这些惨状，我的心都在哭泣，既为河，也为马良。

好在，我们终于迎来了新时代。进入新时代以后，保康县及时设计了生态优先和绿色发展的战略思路。从此，流经马良的沮河与鸡冠河便时来运转，立即受到了马良镇党委和政府的高度重视。在县委和县政府的领导下，马良镇迅速启动了河流治理工程。工程分为三个阶段，先是保护，再是修复，然后是美化。在保护阶段，镇上先后出台了一系列禁令，比如严禁淘沙，严禁采石，严禁往河里投放垃圾；在修复阶段，镇上不惜投入了大量人力和财力，排污水，挖淤泥，平整河床，疏通河道，还砌牢了河堤，拓宽了河岸。在美化阶段，镇上善于领会精神，善于把握形势，善于利用政策，善于抓住机遇，善于发挥想象，善于集思广益，善于招商引资，通过地方自筹、上级支持、企业赞助和联合开发等各种渠道吸纳资金，而后在下游筑起了拦河坝，在堤上栽种了杨柳树，在岸边修建了人行道，从而让枯河有了绿水，让秃堤有了绿荫，让荒岸有了绿道，让沮河与鸡冠河更加有了风姿和神韵。

说到马良镇对河流的治理，我不禁想起了两件事情。第一件发生在前年深秋，当时天气已经很冷了，我在武汉都穿了毛衣。一天下午，我突然接到马良镇党委书记的一个电话。书记说，他们打算在鸡冠河上游打造一个神话谷，希望我能给些建议。我听书记说话气喘吁吁，就问他在干啥？他说，正在野外陪县委书记考察河流治理工作。我说，那你先忙，有空再聊。说完，我便把电话挂了。大约过了半个小时，马良的书记又来了电话，说县委书记刚才在河里的鹅卵石上滑了一跤。我问，没受伤吧？他说，没有，只是双脚都打湿了。他说完便发来两张快照，一张是全景的，县委书记杵着一根木棍，正在河里的乱石丛中艰难行走，就像一个地质队的勘测员；另一张是特写，只照了一双大脚，两只鞋子都湿透了，似乎还在往外面冒水。马良的书记没说在哪条河上考察，我从照片的背景上推测，他们多半是在沮河上游的一条峡谷里。那地方叫扁桶河，是一个贫困村，曾经是县委书记亲自联系的扶贫点。据说那里的自然条件十分恶劣，过去，人们连吃饭穿衣都成问题。而最近几年，经过精准扶贫，人们已经衣食无忧了。从马良书记发来的照片看，县委书记肯定又想在扁桶河上做什么文章了。

第二件事情发生在去年夏天，并且与我有关。那是七月的一天，我当时正在马良度假。上午九点多钟的样子，我散步去到了一片柳树林。那里长着近百棵柳树，树干又粗又高，枝繁叶茂，遮天蔽日，又正好位于沮河和鸡冠河的交汇处，流水哗哗，河风习习，真是一个避暑的好去处。令人扫兴的是，我刚到柳树林不久，一扭头便看见了一个破烂不堪的塑料盆。它像一只破船，抛锚在鸡冠河边的沙滩上，旁边还散落着许多废弃的物品，有草帽，有球鞋，有锅盖，还有沙发坐垫，看上去异常刺眼，大煞风景。头天下过一场暴雨，这些垃圾十有八九是从上游冲下来的。但是，我当时没有多想，拿出手机便拍了一张照片，随即就发给了在马良政府办公室工作的一位主任。五分钟之后，主任回了一则微信，说书记和镇长看到照片后都非常重视，还感谢我的监督。看到这则微信时，我并没有太当真，呵呵一笑就过去了。出人意料的是，我刚从柳树林回到家里，主任又发微信来了，还附了一组照片。在照片上，镇上的领导正带着一班人在鸡冠河清理垃圾。看到这些照片，我深有感触，对马良镇干部的敬意不禁油然而生。

现在，马良镇的河流治理已经大见成效，不仅修复、改善、美化了城乡的生态环境，而且有力推动了全镇的扶贫攻坚和乡村振兴。据镇上的书记和镇长介绍，马良的两河经济带业已形成，与河相关的绿色产业正在蓬勃发展，人民群众的物质生活逐步富裕，精神生活也日益丰富起来。他们没有吹牛。凭我的耳闻目睹，我觉得他们此言不虚。

我在马良境内有不少亲戚，镇上乡下都有。可以说，他们都是河的受惠者。有一个姓何的亲戚，住在鸡冠河边上。他面水而居，靠水吃水，几年前灵机一动在门口建了一个盆景园。因为水源充足，且取之便捷，所以他的盆景栽培很快获得成功。如今，他的盆景园已经远近闻名，买卖兴旺，生意红火，每年纯收入超过三十万元。另一个姓周的亲戚，原来生活在高山野洼里，由于智力偏弱，年过半百也没娶上老婆，孤苦伶仃，穷困潦倒，一年四季过着窝囊的生活，衣服不洗，胡子不刮，形同野人。去年，他有幸搬到镇上，免费住进了特困户集中安置房。那片安置房建在沮河南岸，从河水中可以看见房子的倒影，白墙红瓦，甚是好看。住到河边以后，他的生活状态彻底变了，衣服洗得干干净净，胡子刮得光光溜溜，后来还去街上当了清洁工，每月有了稳定的收入。还有一个姓王的亲戚，一直在马良街上做生意。以前，每天到了晚上，他们一家人总是窝在家里，不打麻将就斗地主，或者说是聊非。现在，他们在家里待不住了，一吃罢晚饭就要赶紧出门到河边去。沿河两岸，到处都是公共文化空间，有广场，有公园，有亭台，在太阳能灯光的照耀下明亮如昼。他们有的去唱歌，有的去跳舞，有的去拉二胡或吹笛子，随心所欲，各得其所。

最近几年，我一有闲暇便要回马良住上几天，甚至十天半月。坦率地说，马良比我常年生活的武汉更适合居住。那里山峦壮丽，阳光明媚，空气清新，物产富饶，食品纯正。更主要的是，那里有两条比梦中情人还要勾魂的河。每次回去，我都要去河边散步，从沮河走到鸡冠河，再从鸡冠河走到沮河。我走得很慢，有时还会停下来，静静地坐在河边的石头上，看河水泛起的浪花，听河水流动的响声，闻河水散发的气息。每当这个时候，我的心就会瞬间变得无比柔软，无比缠绵，无比潮湿。

今年春夏之交，我又回了一趟马良。有天下午，一位从前帮我们装修别墅的师傅，突然开车来到我家，说要带我去玩一个非常好玩的地方。我问，哪里？他说，你去了就知道了。我们沿着沮河驱车上行，十几分钟便到了一个人间仙境。那是一条深深的峡谷，两边耸着悬崖峭壁，谷底流淌着一河汪汪绿水。公路修在河的北岸，紧贴岩石。在公路和河流之间，有一条新修的绿道，路面平坦光滑，还刷了一层黑水泥。绿道两边都安着用不锈钢做成的护栏，喷了一层淡绿色油漆，既安全又美观。师傅说，这就是他要带我玩的地方。我一下子有点迷糊，不知道身在何处。这地方，我似曾相识，却又觉得陌生。我问师傅，这是哪里？他说，扁桶河。我听了不由大吃一惊，压根儿没想到，从前穷山恶水的扁桶河，如今会变得这么美，变成了一个如此好玩的地方。

后来，师傅把车停下，我们踏着绿道继续往前走。约莫走了一刻钟，河的南岸出现了一栋两层楼的房子。师傅用手一指说，那是村委会。村委会又叫党员群众活动中心，白墙碧瓦，简洁明快，端庄大方，房顶上还插了一面红彤彤的国旗，正在蓝天晴空下迎风飘扬。

【于2019年】

西双版纳风情录

冬天里的花环

上午还在寒风刺骨的武汉，下午就到了春意盎然的西双版纳。在嘎洒机场下飞机后，我第一桩事是去卫生间。不过，我去卫生间不是为了上厕所，而是找个地方换衣服。在武汉穿的大衣和毛裤，到了西双版纳，实在是穿不住了。

我换了衣服，取了行李，从机场出口出来时，负责接我的两位傣族姑娘已经举着欢迎牌在那等我了。她们都穿着鲜艳的傣族短裙，手颈、脖子、胸沟都露在外面，完全像是生活在春天里。我不由暗自庆幸，多亏自己及时把冬装脱了，不然非把两个姑娘吓坏不可，以为接到了一个天外来客。

我一边招手一边向两个姑娘走去，她们也对我笑脸相迎。确认我是她们要接的人之后，其中一个脸有酒窝的姑娘便快步上前，迅速把一个事先准备好的花环戴在了我的脖子上。开始，我还以为花环是用假花做成的，用手一摸才知道是真花，并且还是鲜花。脸有酒窝的姑娘告诉我，她叫玉旺，是代表富盎得集团专门来迎接我的。我指着我脖子上的花环问玉旺，这是用什么花穿成的？玉旺说，这花叫鸡蛋花，是西双版纳最名贵的花之一。听了这名字，再看胸前的花朵，别说，这花还真像鸡蛋呢。花瓣厚实，色彩丰富，有的部位像蛋白，有的部位像蛋黄，整体看上去又有一丝浅红。

从玉旺给我戴上花环的那一刻起，我便从心灵深处爱上了西双版纳。要知道，我是刚从寒冷的地方来的，一个饱受寒冷煎熬的人，突然遇上四季如春的西双版纳，不可能不为之心动。我想，等我有了钱，一定要在西双版纳买一套房子，每年一到冬天，就像候鸟一样飞到西双版纳来，从此永远告别冬天。

一张绿色小卡片

富盎得集团的一辆奔驰轿车，直接把我从嘎洒机场拉到了万达皇冠假日酒店。沿途都是绿草、碧树、红花，遍地诗情，满眼画意，我不禁魂不守舍，仿佛正做着一个冬日春梦。

到达酒店，进入房间。在房间的床头柜上，我发现了一张绿色的小卡片。卡片的形状，乍看像一片树叶，仔细一瞧，原来是一颗放大的爱心。我猜想，这肯定是一个造型独特的提示牌，内容无非两个：要么是不要躺在床上吸烟；要么是保健按摩服务的电话。可惜，我只猜对了一半。它的确是一个提示牌，提示之前还加上了温馨二字，但提示的内容却完全出乎我的意料。

“尊敬的宾客：欢迎光临西双版纳万达皇冠假日酒店。西双版纳热带雨林地区拥有极高的生物多样性，在这里人们和各种生物和谐共处，房间内偶尔出现的蚂蚁、蜘蛛、壁虎、飞虫等小动物对人无害，请勿惊慌。”

读了这张卡片，我一下子呆住了。准确地说，我是被这张小小的卡片震惊了。在内地，在高校，在会堂，在不同的场合，我们经常都会把生态文明这个热词像舌头一样挂在嘴上，讲起理论来一套一套的。但是，真正的生态文明不能只停留在学术上，不能只停留在报告中，不能只停留在文件里。它应该融入我们的日常生活，贴紧我们的衣食住行，必须看得见，摸得着，感觉得到。直到看见了这张绿色小卡片，我才真正明白了生态文明的要义。

我要衷心感谢这张小卡片，它给我补上了关于生态文明的重要一课。人与自然的和谐共处，说起来容易做起来难，而西双版纳，无疑走在了我们的前面，给我们提供了很好的示范。以后，无论到什么地方，遇上蚂蚁、蜘蛛和壁虎，我再不会感到惊慌，因为它们对人无害，不是人类的敌人，而是人类的朋友。

于宁和他的未来小镇

这次西双版纳文学采风活动是由《中国作家》杂志社主办的，协办单位是西双版纳州委宣传部，具体承办者则是著名的富盎得集团。抵达西双版纳的当天晚上，州委宣传部便举行了隆重的欢迎晚宴。

作为富盎得集团的老总，于宁先生自然也参加了当天的晚宴。抱歉的是，我那天晚上对他压根儿没什么印象。出席晚宴的领导和老总很多，而我一向对领导和老总缺乏兴趣，所以就没怎么关注。还有一个原因是，在参加本次采风活动的作家中，好多都是我渴望见面已久的人。比如著名评论家王山老师，他在担任《文艺报》评论部主任期间，曾为我获得首届蒲松龄短篇小说奖的《侯己的汇款单》写过授奖辞。比如著名小说家徐坤老师，我是她的老粉丝，至今把她的《白话》《先锋》《狗日的足球》等作品视为经典。比如著名诗人杨克老师，上个世纪九十年代，他任广东文学院院长的时候，曾把我聘到广东做了三年合同制作家。见到这些老师，我欣喜若狂，便把主要精力集中到了他们身上，因此就无暇顾及他人，包括富盎得集团的老总于宁先生。

到达西双版纳的第二天，组织者安排我们去参观了一个未来小镇。我之所以这么称呼，是因为它尚未落成，还处于规划之中，还挂在蓝图之上。我们看到的，只是一座刚刚被开垦出来的小山，新翻的泥土还散发着略带腥味的芬芳，像一片动人的处女地。老实说，这是一个建镇的好地方，甚至可以称为风水宝地。小山迎面正对着碧玉一般的澜沧江，另外三面都被绿色的红木林簇拥着。上到山顶，我环顾着三面的红木林问，这里怎么会有这么多红木？一位陪同我们参观的年轻人，马上满脸堆笑地回答我说，这里是中国红木基地。他还告诉我们，基地上的很多红木都是他们集团从老挝、缅甸、越南等地买来栽下的。年轻人四十出头，戴副眼镜，普通话里带着明显的河南口音。我有点儿木讷地问，请问你是？我话音未落，另外一位更加年轻的人连忙介绍说，这是我们富盎得集团的老总，名叫于宁。我听了不禁有些尴尬，赶紧双手抱拳说，对不起，对不起！于宁显得很低调，丝毫没怪我有眼不识泰山。

不过从外表上看，于宁不太像我们司空见惯的那些老总。在我的印象中，老总大都肥头大耳，满脸横肉，挺着一个孕妇肚，说话牛逼哄哄的。于宁却面目清秀，身材匀称，小腹还有点儿内凹，说话文质彬彬，看上去倒像一个秀才。然而，他的确是个老总，并且是富盎得集团的老总，而且是一位有思想、有情怀、有智慧的老总。待作家们都从车上下来之后，于宁便开始给大家介绍关于这个小镇的基本构想。他给小镇取了一个十分诱人的名字：中国红木颐养小镇。他说，热带雨林，乃地球之肺。富盎得集团在此种植红木，目的就是保护热带雨林，修复地球之肺。三年之内，中国第一个红木颐养小镇便会在这里诞生。到那时，世界各地的人们将络绎不绝地来到这个小镇，颐养天年。

于宁讲完，作家们都使劲鼓掌，掌声如雷。我们觉得，于宁不是在吹牛，不是在忽悠，不是在做梦。他的构想有先进理念支撑，有雄厚资本支撑，有强大市场支撑。我们坚信，中国红木颐养小镇一定会在西双版纳如期落成。

澜沧江与湄公河

在去西双版纳之前，我一直以为澜沧江和湄公河说的是两回事。其实不然，它们原来是同一条江，是同一条河。

这次的采风，专门安排了澜沧江观光。上船的时候，我对玉旺小姐说，要是能游览一下湄公河就更好了。玉旺小姐瞪大眼睛告诉我，澜沧江就是湄公河吔！身边的几位船员也怪异地看了我几眼，然后主动给我补课。其中一位还掏出手机，迅速为我百度出了一段文字："湄公河发源于中国唐古拉山，在中国境内叫澜沧江，流入中南半岛后的河段称为湄公河，干流全长4880公里，是亚洲最重要的跨国水系，世界第七大河流，流经中国、老挝、缅甸、泰国、柬埔寨和越南，于越南胡志明市流入南海。"看完这段文字，我不禁脸红脖粗。这都怪我当年没把地理课学好，加上又孤陋寡闻，所以闹了个大笑话。

不过，我虽然弄明白了澜沧江和湄公河是一回事，但心里还是觉得它们有些不同。对于同一件事物，称呼不一样，感觉就不一样。比如妻子，称之为爱人，显然包含着亲近、喜欢、怜惜等情愫；若称之为老婆，则多少带有疏远、厌倦、嫌弃的意味。再比如相好，如果称之为情人，给人的感觉肯定是欣赏、艳羡和赞美；倘若称之为姘头，给人的感觉明显是不齿、鄙夷和谴责。同理，对于同一条江或同一条河，称呼不同，给人的感觉肯定不同。比如这条既叫澜沧江又叫湄公河的水流，称它为澜沧江的时候，我们的感觉是欢快、温馨而浪漫；称它为湄公河的时候，我们的感觉中则充满了紧张、惊悚和恐怖。也许正是心理的原因，我才一直没能把澜沧江与湄公河合二为一。

感觉这玩意儿，十分有意思。它与我们的积累有关，与我们的记忆有关，与我们的联想有关。对于从事文学和艺术的人来讲，感觉是个难得的好东西。可以这么说，没有感觉就没有文学，没有感觉就没有艺术。

澜沧江之所以让我产生欢快、温馨而浪漫的感觉，是因为我从屏幕上欣赏过西双版纳的泼水节，还拜读过著名文学家冯牧先生的散文名篇《澜沧江边的蝴蝶会》。西双版纳的泼水节一般都在澜沧江畔举行，当晨曦映红江面的时候，身着盛装的群众便从四面八方汇聚到江边。泼水伊始，风情万种的傣家姑娘一边说着祝福的话，一边用竹叶或树枝蘸着从澜沧江取上来的圣水洒向对方。高潮到来时，人们便进入狂欢状态，大家用铜钵盛水，用脸盆盛水，甚至用水桶盛水，见人就泼，尽情挥洒，一时间，到处都是盛开的水花，人们被泼得浑身透湿，一个个却兴高采烈，欢笑不已。冯牧先生描写澜沧江边蝴蝶的文字，我至今记忆犹新，"蝴蝶越聚越多，一群群、一堆堆从林中飞到路径上……它们上下翻飞，左右盘旋；它们在花丛树影中飞快地煽动着彩色的翅膀，闪得人眼花缭乱……在一片令人心旷神怡的、美妙的自然景色中间，到处都是密密匝匝、层层叠叠的蝴蝶。"

我对湄公河的感觉，主要来源于影视，如近几年热映热播的《湄公河行动》和《湄公河大案》。这些影视作品中，有毒品，有毒枭，有金钱，有美色，有诱惑，有勾引，有跟踪，有盯梢，有奸细，有卧底，有陷阱，有圈套，有枪杀，有血战，有伤残，有死亡……正是因为这些元素，我对湄公河产生了紧张、惊悚而恐怖的感觉。一听到湄公河三个字，我便不寒而栗。

吃竹虫的感觉

西双版纳的饮食文化也独具特色，别有魅力，让人流连忘返。那天参观傣族园，导游小崔十分幽默地介绍说，这里的傣族人什么都吃，他们才是真正的吃货。我问小崔，你是不是傣族人？小崔说，我是汉族人，但我老婆是傣族人，我入赘她家后便成了汉傣。小崔成为汉傣已有十多年，对当地人的饮食习惯了如指掌。他告诉我们，在傣家人眼里，会动的都是肉，绿色的都是菜，山珍野味是他们的最爱。小崔还补充说，傣族人也很好酒，并且还有自己的祝酒歌。

《中国作家》杂志的主编王山老师，小时候曾随父亲王蒙先生在新疆生活多年，所以有点喜酒。这次到西双版纳采风，每逢酒席，他都要小酌两盅。不过，醉翁之意不在酒，而在于文艺之间也。我注意到，每次喝酒，王主编最感兴趣的，是听傣族姑娘们绕着他唱祝酒歌。一群身着傣族盛装的妙龄女子，像蝴蝶一样翩翩来到王主编身旁，先将他簇拥起来，然后边跳边唱："今天是欢乐吉祥的日子，亲朋好友欢聚一堂。清香的米酒斟满酒杯，我们的友谊地久天长。来吧，朋友，举起酒杯，祝愿大家幸福安康！"每到这个时候，王主编都激动得满脸通红，难以自持，于是便和姑娘们一道载歌载舞。

著名散文家谢宗玉先生有些不胜酒力，却对傣族园的菠萝饭情有独钟。每次菠萝饭一上来，他都要率先动筷剪彩，并且连吃好几筷子，吃得津津有味。菠萝饭这个名字取得好，实事求是，名副其实。它的外形看上去是一只完整的菠萝，美观大方；内里则是菠萝肉与糯米饭紧密糅合的饭团，带着扑鼻的菠萝香味，吃起来甜而不腻，非常爽口。谢先生如此青睐菠萝饭，还有着一个重要原因。他一边吃一边低声对我说，这饭不仅好吃，还能补血润肺，滋阴壮阳。听他这么一说，我也马上吃了一口。

不过，在西双版纳的美食中，我最喜欢吃的还是竹虫。西双版纳多竹，并且用途广泛，小到竹椅，中到竹床，大到竹楼，到处可见竹的影子。不仅如此，与竹有关的食物也异常丰富，比如竹笋，比如竹衣，比如竹虫。竹虫又名竹蜂，也称竹蛆。它以啃吃幼嫩竹笋为生，二十天之内可以从米粒大小长到指头粗细。它寄生在竹筒内，从竹尖一节一节往下吃，后来藏于竹的根部，体肥停食，然后破蛹而出。竹虫形似纺锤，浑圆白嫩，眼小嘴黑，看起来既可爱又可恶。但它含有丰富的蛋白质和氨基酸，用油一炸，色泽金黄，香脆可口，堪称美食。

不过，从外地来西双版纳观光的游客，十有七八都不敢吃竹虫，尤其是那些斯文的女性。他们觉得竹虫看上去太像蛆，令人恶心，甚至反胃。

然而，我却特别喜欢吃西双版纳的竹虫。那天中午在傣家竹楼上，一盘油炸竹虫差点被我一个人吃光了。我喜欢吃竹虫，并不是因为它的味道好，也不是因为它的营养高，主要是吃起来有一种特殊的感觉。这种感觉，的确有点儿特殊，以至于让我无法对它进行描述。好在，我猛然想到了我年轻那会儿看《红高粱》时的一种体验。那是张艺谋根据莫言同名小说拍成的电影，其中有一个剥人皮的场面。那个场面十分血腥，真是让人惨不忍睹。很多观众被吓得尖叫，有的甚至转过头去。老实说，我当时也被那血腥场面吓住了，并且连呼吸也失去了节奏。但是，我没有尖叫，也没有转过头去。我像小孩玩蛇一样，怀着既怕又爱的复杂心情，坚持看完了那一串剥人皮的镜头。看完后，我深受震撼，也大受启发。我发现，我从这个血腥场面中看到了人性的另一面。我还进一步发现，血腥原来也可以成为审美对象。

我在西双版纳吃竹虫的感觉，与当年在电影中看剥人皮的感觉十分相似。听起来，这似乎有点儿风马牛不相及，但的确如此。再说，感觉这东西，本来就是稀奇古怪的。

第一次看大象撒尿

在西双版纳的野象谷，我有幸看见了大象撒尿。看大象撒尿，这对我来说还是第一次，让我大开眼界，大饱眼福，大长见识。

那天上午，我们先是游览了著名的孔雀山庄，欣赏了孔雀们的集体开屏。实话实说，在孔雀山庄，我没有感到任何惊喜。从孔雀们珊珊飞来，到孔雀们渐渐开屏，再到孔雀们缓缓离开，一切都在我们的意料之中。稍感意外的是，有一公一母两只孔雀，它们是从湖那边结伴飞来的，应该是一对夫妻。飞到湖边沙洲上之后，公孔雀看见了一只比它妻子更年轻、更漂亮的孔雀小姐，于是迈着碎步走了过去，撒开翅膀跟孔雀小姐亲热了一会儿。敏感的母孔雀发现了这一幕，顿时醋意大发，不仅不吃不喝，还怪喊怪叫。孔雀们集体开屏结束后，又陆续结对飞回了湖那边的山林。可是，那只母孔雀到这时气还未消，居然不愿意再跟丈夫回家，便赖在沙洲上一动不动。公孔雀无论怎么道歉，母孔雀就是不肯原谅。后来，直到沙洲上的管理员举起竹枝开赶，母孔雀再也待不下去了，才勉强跟着公孔雀飞走。

孔雀吃醋的这个插曲，虽说有那么一点儿意思，但我觉得意思不大。因为，它和人类的情感纠葛过于相似，我们早就看腻了。相比之下，看大象撒尿，那才叫新鲜，那才叫刺激，那才叫震撼。

我们从孔雀山庄来到野象谷，正巧赶上大象表演。不过，我对大象表演也没多大兴趣，因为以前在国内国外都看过多次，无非那几个传统节目。然而，在表演快要结束的时候，那头又高又长又粗的大象，突然当众撒起尿来，我一下子惊呆了。那头大象真叫大，大得简直无法形容。有一个可以用来形容大象之大的成语，叫庞然大物。遗憾的是，在那头大象面前，这个成语也显得苍白无力，压根儿反映不出它的大来。它看上去就像一座建筑，四条腿就好比是四根大理石柱子。我还特别看了一下它的两个耳朵，都往下垂着，像是一边挂着一个竹筛。

那头大象在撒尿之前没有任何预兆，连屁股都没摆一下。它说撒就撒，让所有人都猝不及防，包括在场的工作人员。当时，我正埋头看手机，忽然听到哗啦一声巨响，抬头看时，大象下面已经是一片汪洋。开始，我还以为是游乐场附近的水塘决了堤，仔细一看，才发现是大象在撒尿。大象撒尿，无比壮观，如山洪暴发，如水库开闸，如瀑布飞溅。我顿时傻掉了，眼睛陡然胀大了一圈，两颗眼珠被卡在眼眶里无法转动，像两枚黑药丸。我憋住呼吸，目光直直地看着大象撒尿，默默地感受着什么叫来势凶猛，什么叫势不可挡，什么叫气势恢宏，什么叫势若破竹，什么叫一泻千里，什么叫汹涌澎湃，什么叫酣畅淋漓……

直到大家开始退场，我还深深地沉浸在大象撒尿对我的冲击之中。如果不是富盎得集团的老总于宁走过来喊我，我真不知道何时才能从中自拔。好在，于宁一喊，我马上便回过神来了。从野象谷出来的时候，我忽然对于宁说，等你的中国红木颐养小镇落成时，我争取到你镇上买套别墅。于宁听了不由一愣，觉得我这话说得有些突然。事实上，我说这话一点也不突然。因为，在看大象撒尿时，我就情不自禁地想到了于宁，以及他的未来小镇。

【于 2017 年】

王家大屋的慢生活

我们当下的生活，节奏太快了，马不停蹄，东奔西跑，一天到晚连轴转，简直像打仗。这样的快生活，让人感到身体疲惫不说，关键是心累。被快生活折磨久了，我做梦都想让生活慢一点，再慢一点。还别说，去年初秋的一天，我居然好梦成真，终于遇见了一回慢生活。

那天，《半月谈》杂志社的记者王明瑞，盛情邀我去他老家玩。他的老家叫王家大屋，藏在保康与远安交界的一片山林里。那地方远离公路，车只能开到村委会。下车以后，我们走了好几里土路，才到达王家大屋。

我非常喜欢那段土路。一走上那段土路，我感觉到生活顿时慢下来了。说实话，我特别不爱走水泥路，一走上去就忍不住脚步加快，总担心后面有车追上来把人辗了。我们在土路上慢慢地走着，走走停停，说说笑笑，有时还可以背着手迈八字步，感到好轻松，好悠闲，好自由。除了黄土，路上还有碎石，还有落叶，还有枯草，看上去就像一幅细长的油画。我们一边走一边欣赏，仿佛行走在一幅画上。

王家大屋是一栋老房子，墙是土打的，瓦是窑烧的，门窗是木头做的，台阶是石头砌的，古色古香，精致典雅，别具韵味。一到王家大屋，我便产生了一种幻觉，如同时光倒流，一下子回到了从前，回到了本真，回到了工匠时代，回到了农耕文明，回到了久违的慢生活。在王家大屋，我们看不到钢筋，看不到水泥，看不到瓷砖，看不到任何快生活的影子。

开始，我还以为这是一个被当今社会遗忘的角落。后来，认识了明瑞老家的几位亲人，我才突然发现，或者说恍然大悟，王家大屋原来是在刻意与我们眼下的快生活保持距离。

我先见到的是明瑞的母亲，当时她正在厨房门口择菜。她穿着一身素朴的棉布衣裳，样子也是老式的，一看就是一个农家妇女的打扮。按说，她的年纪已经过了五十，但看上去只有四十多岁，身材匀称，不胖不瘦，脸说不上白，却很饱满，笑起来红红的，一丝皱纹也看不到。我的意思是说，她保养得很好，一点儿都不显老，连憔悴也看不出来。

不过，明瑞母亲的保养肯定与别处的女人不同。别处的女人，尤其是城里的女人，为了延缓衰老，不仅要买护肤品，而且要进美容院，有的甚至还要做手术，又是抽脂，又是打针，又是动刀子。而明瑞的母亲，我想她恐怕连面膜都没敷过一张。要说起来，她的保养其实很简单，主要靠日复一日的劳动，靠与生俱来的勤俭，靠顺其自然的淡泊。或者说，主要靠她所持的那种慢生活态度。我这里所说的慢生活态度，指的是不慌不忙，不急不躁，不卑不亢；还有，不眼红，不攀比，不跟风潮，不赶时髦，不怨天尤人，不哭贫喊穷；另外还有，慢工出细活，凉水泡茶慢慢浓，慢人自有慢人福。正是因为有了这样一种慢生活态度，明瑞的母亲才活得如此自在、宁静、充实、快乐、年轻。

明瑞的父亲是一位小学老师，原来在镇上教书，退休后便回到了王家大屋。我刚到达时，他陪我坐了一会儿，然后就匆匆去了厨房，说是要亲手去做一盘鱼。直到吃午饭，我才有机会与他交流。午饭非常丰盛，鸡鸭鱼肉，一应俱全，还有魔芋、橡子粉和懒豆腐。一上桌子，他就把一盘诱人的柴火炕鱼推到我面前，恳请我尝一条。鱼都不大，只有拃把长，炕得黄黄的，异香扑鼻。看着，闻着，口水一下子就漫过了我的嗓子眼。

我忍不住拣了一条，埋头品尝起来。哎呀，这鱼太好吃了！它干湿有度，松紧相宜，咸淡适中，口感真是好极了。最叫绝的是，它让我吃出了真正的鱼香。这种香，不是外加的，它来自鱼的本身，是从鱼肉里炕出来的，是从鱼肚里炕出来的，是从鱼刺里炕出来的。明瑞的父亲告诉我，这盘鱼，他前后炕了三次，第一次把鱼炕干，第二次把鱼炕熟，第三次把鱼炕黄。每次炕一两个小时，用小火炕，火要用木柴火，并且要用暗火，炕的时候不能着急，一定得慢慢来。三次之间必须有间隔，少则隔半天，多则隔上一夜，一定要等鱼完全冷却以后才能再炕。他说，只有这样慢慢地炕，才能把真正的鱼香炕出来。

我尤其喜欢明瑞的奶奶。老人家八十八岁了，却耳不聋，眼不花，牙齿还整齐得像一排玉米。我们到达的时候，她刚从山上回来，手上提了一个竹筐，里面装着她在山上捡的野板栗。她非常好客，一见面就抓野板栗给我们吃，一抓一大把。她还特别健谈，记忆力又格外好，当姑娘时候的事情都记得一清二楚。我一边吃野板栗，一边听她讲自己的经历。

明瑞的奶奶是远安那边的人，娘家比较富裕。刚嫁到保康这边时，王家还十分贫穷。但她不在乎，说，穷怕啥子么？只要有一双手，慢慢地过，日子总会过好的。经过几年的勤扒苦做，家里终于吃穿不愁了。不过，她那两年也够辛苦的，经常起早贪黑，披星戴月。有一天，她天不亮就起床下地去干活。头天晚上下过一场雨，路上的低凹处积了一摊水，她以为是月光，一脚踩下去才晓得上了当，鞋袜全都打湿了。但她没有回家换鞋，硬是穿着一双水淋淋的鞋到地里劳动了几个钟头，直到旭日东升。她还着重讲了她和明瑞爷爷的感情。结婚头几年，两口子并不和谐，动不动闹别扭，赌气和吵嘴是家常便饭。可她没有灰心，更没有失望，心想，自己的牙齿和嘴唇有时还咬一下呢，何况是夫妻。慢慢过吧，时间一长就会慢慢适应。果然，慢慢地，夫妻俩就过好了，好得就像一个人的牙齿和嘴唇。两年前，老伴因病走了，她有大半年像丢了魂儿。讲到这里，她突然起身，把我们带进了她的寝室，捧出她和老伴的合影给我们看。我们看时，她自己也看，看得目不转睛，泪花在眼眶里直打转。

衷心感谢明瑞邀我去王家大屋，让我感受了一回幸福的慢生活。

【于2018年】

第三辑

谈与话

有意思的小说

我这里所说的有意思的小说，是相对有意义的小说而言的。有意义指的是有思想价值，有意思指的是有情调有趣味。

最好的小说，无疑是既有意义又有意思的那种。在我看来，这是一种完美的小说。在这种小说中，意义和意思这两个元素不仅都有，而且两者是水乳交融的，是严丝合缝的，是浑然一体的。打个比喻，它们有点像一对情人正一丝不挂地缠绕着，如胶似漆，难舍难分，割都割不开。然而，令人遗憾的是，这种完美的小说却少而又少，不但在中国罕见，就是在世界范围内也不是太多。

我想，任何一位小说家，毫无疑问都希望自己能够写出既有意义又有意思的小说。但是，这种小说不是想写就能写得出来的！它的诞生需要足够而苛刻的条件，除了生活的积淀、思想的指引和艺术的支撑，还要依靠情感的渗透与智慧的照耀，更为重要的是，恐怕还要等待天赐良机，或者说灵感来袭。总之，这种完美的小说往往是可望而不可即的。

许多貌似完美的小说，包括一些所谓的优秀小说，粗看上去似乎意义和意思都有，但不能细看，一细看就会发现，其中的意义和意思并没有达到完美的融合。它们经常是两张皮，要么牵强附会，要么生拉硬扯，要么风马牛不相及。老实说，我不喜欢这种小说。它们很像蹩脚的裁缝师傅缝制的衣服，虽然两块布连在了一起，但针脚线头都能看出来，让人觉得刺眼。这种小说很不自然，读起来别扭，难受，有时候还感到肉麻，甚至起鸡皮疙瘩。

既然完美的小说一时半会难以写出来，那小说家们就只好退而求其次了。因此，我们经常读到这样几种小说，一种是有意义没意思的，一种是有意思没意义的，还有一种是既没意义也没意思的。既没意义也没意思的，显然是最差的小说了，如果我们还把它称为小说的话。这种小说不写也罢，也不值一读。至于另外两种小说，我们见到最多的是有意义没意思的这种。毫不夸张地说，这种小说差不多占据了小说的大半个世界。但是，就我的审美趣味而言，我也很不喜欢这种小说。原因是，这种小说过于追求所谓的思想价值，有的故作高深，总是削尖脑袋往哲学的象牙塔里钻；有的则假装激进，笔锋一转就溜上了政治的跑马场。说实话，这种小说没什么读头。如果仅仅为了获取某种思想，我们还不如直接去读那些哲学原著和政治文件。

相对来说，我比较喜欢那种有意思的小说。有意思的小说是从情调和趣味出发的，它不求宏大，也不求深刻，或者说，它不怎么重视意义的建构，只求渲染一种情调，传达一种趣味。这种小说不端架子，不板面孔，也不怎么作秀，更不装神弄鬼，往往显得很低调，很平实，有时候还有点世俗，因此让读者感到亲切，轻松，好玩，换句话说就是有意思！

我之所以喜欢有意思的小说，还有一个原因是，我们的现实生活太没意思了。物质病态地繁荣，科技疯狂地进步，阶层剧烈地分化，社会严重地不公，人心空前地冷漠……生活在这样一个既无情又无趣的时代，大部分人都感到沉重，压抑，紧张，不安，真是没意思透了！正是因为我们的生活没意思，所以我们就特别需要有意思的小说，希望这种小说给读者带来一点情调和趣味，让人们的心灵得到一丝放松与抚慰，从而使没意思的生活变得稍微有意思一些。

上面可能扯远了点，现在还是集中到文学上来。从文学与生活的关系上来看，我认为有意思的小说比有意义的小说更接近文学的本质。有意义的小说虽然也写生活，但它往往只把生活当作材料，目的在于从生活中提取意义，这有点像那些磨豆腐的人，他们并不看重黄豆，眼睛只盯着豆腐，一旦豆腐磨出来，黄豆就没用了，成了一包不值钱的豆渣。而有意思的小说则不同，它更看重生活本身，至于能不能从中发现意义并不重要，重要的是要让这生活本身显出情调和趣味来，这又好比那些热爱黄豆的人，他们虽然没把握从黄豆中磨出豆腐，却能够把黄豆处理好，或者炒，或者煮，或者泡，将它变得光彩夺目，有滋有味，香气扑鼻。文学说到底还是为生活服务的，它有责任让生活变得更有意思。所以我说，有意思的小说离文学的本质更近。

再从美学上来讲，我觉得有意思的小说代表了一种独特的美学追求。如果说有意义的小说属于理性审美主义范畴的话，那么，有意思的小说就应该归为感性审美主义了。与传统的理性美学相比，当下流行的感性美学更加关注人们的日常生活，尤其是人们在日常生活中的情感体验。出于对感性美学的崇尚，有意思的小说开始重新梳理文学与生活的关系，特别看重生活本身的审美价值，从而将文学的兴奋点和着力点转移到了日常生活的感性层面上，尽力去发现、捕捉和传达潜藏在人们日常生活中的微妙情调和独特趣味，进而彰显出感性生命的无限丰富性与多种可能性。

本来，我不想因为自己喜欢有意思的小说就去故意贬低那些只有意义的小说。但实话实说，有意思的小说的确比有意义的小说更有审美价值。我这么说是有道理的。首先，意义是理性的，意思是感性的，感性的东西肯定比理性的东西显得直观，因此更具审美性；其次，意义是大同小异的，意思则是千差万别的，千差万别带来的美感显然比大同小异更加丰富多样；第三，意义一般是从内容中生发出来的，而意思却来自内容和形式两个方面，所以与意义相比，意思就多了一种形式感，而形式感正是美感的一个重要来源。

基于上述一些认识，作为一个热爱小说写作的人，在我没有足够把握写出既有意义又有意思这种完美的小说之前，我希望自己能够写出一些有意思的小说来。

【于 2011 年】

短篇小说像少妇

在我看来，短篇小说是一种十分迷人的文体。假如说长篇小说是一位饱经沧桑的八旬老妪，中篇小说是一位风情万种的半百徐娘，那短篇小说就是一位三十刚出头的少妇。它表面上静如止水，风平浪静，欲说还休，实际上动若脱兔，暗流汹涌，思绪千载。

无论是长篇小说，还是中篇小说，或者是短篇小说，它们都属于叙事文体。从叙事学的角度来说，叙事包括两个方面，一是叙之事，二是事之叙。叙之事指的是叙事内容，即我们常常所说的故事；事之叙指的是叙事形式，也就是我们常常所说的叙事策略，包括叙事立场、叙事角度、叙事结构、叙事语言，还有叙事美学。长中短三种文体的小说，虽然都离不开叙之事和事之叙这两个基本元素，但由于它们各自的体格不同，所以在叙事上也呈现出三种不同的形态。

作为八旬老妪，长篇小说的叙之事便是她丰富的、纷繁的、曲折的阅历，其事之叙通常采取追忆的形式。她因为饱经风霜，所以倚老卖老，叙述的时候不急不躁，一张一弛，时纵时横，显示出宏大而厚重的叙事风貌。这种叙事一般带有明显的线型特征，我把这一形态称为线型叙事。

作为半百徐娘，中篇小说的叙之事即是她鲜活的、独特的、复杂的状态，其事之叙大多运用坦陈的形式。她因为风情万种，所以别开生面，叙述的时候搔首弄姿，直言不讳，口若悬河，显示出热烈而酣畅的叙事特点。这种叙事一般带有鲜明的面状特征，我把这一形态称为面状叙事。

作为三十刚出头的少妇，短篇小说的叙之事往往不太长，不太大，也不太完整，甚至不太确定。要么是故事的一个侧面，要么是故事的一个倒影，要么是故事的一个回声。我把这些故事层面的因素称之为可能。短篇小说所要叙述的内容，实际上就是故事的各种可能性。与此相适应，短篇小说的事之叙主要选择了暗示的形式。这种叙事策略与少妇身份密切相关。它含而不露，即便是欲念丛生，激情万丈，心旌摇荡，也要尽量克制，努力隐藏，使劲遮盖。叙述的时候，经常运用隐喻和象征，言此意彼，声东击西，闪烁其词，模棱两可，欲言又止，似是而非，雾里看花，半明半昧，犹抱琵琶半遮面，显示出混沌而暧昧的叙事格调。这种叙事显而易见带有点式特征，我把这一形态称为点式叙事。

对作家来说，短篇小说文体虽然像少妇一样迷人，但它同时也更具挑战性。我的意思是说，与长篇小说和中篇小说比起来，短篇小说这一文体更加难以驾驭。它既不像八旬老妪那么慈祥，那么宽容，那么平易近人，也不像半百徐娘那样热情，那样随便，那样半推半就。它显得那般清高，那般矜持，那般挑剔，那般冷若冰霜，那般无从下手。可以说，在所有的文体中，短篇小说是最能考验作家智慧和才华的一种文体。

首先，短篇小说是一种限制性叙事。长篇小说的叙事是线型的，线是自由的，可直可曲，可缠可绕，可松可紧，收放随心，无拘无束。中篇小说的叙事是面状的，面是敞开的，可宽可窄，可明可暗，可实可虚，铺展任意，游刃有余。短篇小说的叙事却不同，它是点式的，所有叙事只能在这个规定的点上进行并完成。所以说，它是一种限制性叙事。短篇小说的写作，实际上就是戴着镣铐在跳舞，其难度不言而喻。唯其如此，它才更需要作家的智慧与才华。作家只有选择到一个巧妙的角度，设置好一个特定的时空，他的叙事才可能获得成功。

其次，短篇小说是一种可能性叙事。长篇小说的叙事重点是阅历，或者叫历史，处于过去完成时态，属于必然性叙事。中篇小说的叙事重点是状态，或者叫现实，处于现在进行时态，属于当然性叙事。短篇小说叙述的重点则是各种各样的可能，或者是走势，或者是方向，或者是念头，处于将来发展时态，属于或然性叙事。或然意味着一切皆有可能，所以我把或然性叙事又称为可能性叙事。短篇小说的第一要务，就是要给读者提供更多的可能性。为了完成这一重任，作家在写作短篇小说时，必须要开放。观念要开放，故事要开放，结构要开放，语言要开放，主题更要开放。只有这样，可能性叙事才能成为可能。

另外，短篇小说是一种意思性叙事。我曾经把小说分为有意思和有意义两种。有意思的小说，是相对有意义的小说而言的。有意义指的是有思想价值，有意思指的是有情调有趣味。长篇小说重在对历史规律的思考与总结，力图打捞历史的意义。中篇小说重在对社会现实的展示与分析，力求发现社会的意义。短篇小说则特别关注那些被正统历史和主流社会所有意或无意忽略与遮蔽的存在，有时是生活的一个暗角，有时是人性的一道裂缝，有时是晴空的一声霹雳，有时是雨天的一抹阳光，这些都是有意思的存在。短篇小说的责任，就是要千方百计地将这些处于沉睡状态的意思唤醒并激活，让情调和趣味展翅飞翔。

综上而言，老妪似的长篇小说主要用阅历和追忆让人陶醉，徐娘似的中篇小说主要靠状态和坦陈引人入胜，少妇似的短篇小说则主要凭可能和暗示令人神往。坦率地说，短篇小说这种文体对我更有诱惑力。

【于 2014 年】

回忆三篇乡村小说的写作

在1990年前后，我写过几十篇乡村小说，主要是短篇。二十年过去了，回顾那段时间的写作，有三个短篇的写作背景以及它们的发表情况仍历历在目，似乎永远难忘。

《两个人的会场》

这个短篇写于1989年。记得正在写作的那个晚上，写到三分之一的时候，好多学生上街，脚步声和呼喊声使我的笔被迫中断了半个小时。那会儿，我也跑出去看热闹，跑到行政大楼门口时，校园里渐渐平静下来。当时是夜里九点多钟，月光如水照着行政大楼门口的一块草坪。我正要折身回家继续写作时，忽然看见有一男一女两个学生在那草坪上谈恋爱，而且谈得比较深入。我气不过，便跑上去大吼一声：干什么，你们？两人马上分开了，但并不惊慌。那男的对我说，我们不……在这儿躺会儿还不行吗？我没话可说，便转身离去。那天晚上回到家中，我完成了《两个人的会场》的后三分之二。

《两个人的会场》实际上是有原型的。作品中的老别，说起来就是我的一位堂兄，原来在每年正月初四开大会开惯了，后来不开了反而不习惯。有一年我回家过年碰到他，他说，这正月初四不开个大会，就像是过年没过好似的。就因为堂兄的这句话，我有了写《两个人的会场》的冲动。小说写出来后，评论家们比较喜欢，他们说是表现了人性的一种，那就是没有自由时追求自由，有了自由却逃避自由，反而还追求束缚。评论家到底是评论家，他们能把我八千多字的小说用几句话说透，我钦佩他们。王先霈教授、於可训教授都十分喜欢这篇作品，曾在许多场合和文章中提及此篇。后来王先霈教授主编《湖北新时期文学大系》之中的小说选本，就在短篇小说卷中收入了这一篇。著名作家刘富道先生也很喜欢《两个人的会场》，他曾在《湖北日报》上撰文，称之为新时期农村题材短篇小说的精品。我非常感谢这位著名小说家当时对一个年轻写作者的鼓励。

然而，小说写出来后发表并不顺利。因为自己一开始就喜欢它，所以将它投到了《上海文学》。编辑倒是很负责，不久便退了回来，夹了一张铅印的退稿单。接着我把它寄给了《当代作家》的周百义先生，那时他还是一位普通编辑，他倒是挺喜欢，可最后被负责人枪毙了。小说开头不久有一段关于老别屙尿的描写，写得比较过细，从动作到响声都写了，正是因为这一细节，那位负责人在稿笺上批字，说过于低级趣味，把稿子枪毙了。我后来又给了《芳草》的主编朱子昂老师，他倒是很快给我发了，还发了头条，并且插了一个很传神的图。以后见到朱老师感谢他时，他说，那个屙尿的细节写得非常好，所以我很快发稿了。我听到这话后颇有感触。

这篇小说写起来是非常顺手的，有些细节和句子我至今记得。比如老别在当年的会场上与小寡妇调情的对话。老别说："喂，妹子，你裤裆的那块田又干了吧?"小寡妇说："死老别，我打你的臭嘴!"老别说："要是干了，我夜里来给你抽水抗旱。"小寡妇说："死老别，我打你的臭嘴!"老别还死皮赖脸地说："我自己带抽水的管子来。我的管子又粗又长。"这个细节只用了这么两句简短的对话就把人物性格刻画出来了。作品中还使用了不少比喻，想起来很有艺术的意味，比如写日头挂在天上像一个晒干的胡萝卜。我不知道当时我为什么会这么形容太阳，只觉得只有这么写才能写出人物当时的心境。

对了，《湖北新时期文学大系》出版后，上海的一位小说编辑来到武汉，问我这篇最初发于何刊，我说《芳草》。该编辑说，其实这篇作品我们刊物也能发的。我听了哑然失笑。

《吃的喜剧》

这个短篇写一个农民受到村长的捉弄，后来又想办法让村长受到乡长捉弄的故事。此篇发于江西的《小说天地》，这是一个地方小刊物，发在一个很不起眼的版面上，没想到《小说月报》的编辑会看见它。《小说天地》是 1991 年第 1 期发表的，《小说月报》同年第 4 期选了它。这是我的小说第一次上《小说月报》，当我的爱人把登有该期要目广告的《中国青年报》送给我看时，我居然喊了一声毛主席万岁。那张青年报我至今保存着，因为它给我带来过好消息，并让我兴奋了好多天。后来当我读到 1991 年第 4 期的《小说月报》时，我的眼睛里泪水汪汪。

《吃的喜剧》写于 1990 年的夏天，是在我的家乡保康一位堂姐的缝纫机上写出来的。当时，我的父亲正在保康受冤枉坐监狱，我到处找人为他鸣冤叫屈，检察院答应重新考虑这个案子。我每天住在县城里等消息，等得很苦闷，便在我堂姐家找到一些写信的材料纸，伏在缝纫机上写了《吃的喜剧》。此篇八千字，只写了一天时间。之所以伏在缝纫机上写，是因为这台缝纫机就放在供我休息的那间房里，我喜欢把自己关在一个单独的地方写作，所以就没去用客厅的那张桌子。写完后，我怕材料纸丢页，便马上用缝纫机缝了边。就在这篇小说写出来的第二天上午，我父亲夹着被子从看守所里出来了。我和堂姐去接他时，我对父亲说，我昨天写了一篇小说。

《吃的喜剧》原名叫《乡村喜剧》，编辑发表时改了标题。我还是喜欢原来的篇名。小说的开头我特别喜欢，是这样的：朱八桂独自坐在门槛上用拳头捶胸脯。他想用拳头把那股气捶出来。如果把那股气捶出来他就会好受一些。可是他一连捶了好半天，那股气仍然憋在心口那里。后来，朱八桂就对着远处的一个地方骂了一句："狗日的村长!"

人民文学出版社每年都要出一本小说年选，我的这篇小说居然被选进去了。进入那本年选的作者大都是文坛名家，我夹入其中除了有些不好意思就是无比高兴了。那也是我的作品第一次进入年选，随后连续三年，每年都有一篇被选进去。

《三个人的故事》

这是一个给我带来了许多荣誉的短篇。这部作品写于 1992 年 5 月，发表于《长江文艺》1992 年 9 月号，转载于《小说月报》1992 年 12 月号。同年《长江文艺》杂志社开展年度小说评奖，《三个人的故事》荣获金叶杯小说奖，不但得了奖金，而且还捧回了一个很漂亮的奖杯。在颁奖大会上，当时主持《长江文艺》工作的刘益善先生还特意安排我在会上代表获奖作者讲了话。第二年，《中国文学》英文版和法文版分别以英文和法文向海外译介了这篇小说。

在这篇作品中，我自己最满意的是对黑水和白丘三次扳手腕的描写。第一次扳手腕纯属闲得无聊，没有任何意义；而第二次扳手腕是白丘提出来的，他是为了打黑水的主意。这时聪明的黑水突然想到找白丘借钱办瓦厂，于是说："如果你扳输了，你帮我借三千块钱。"白丘同意，但他问："要是你扳输了呢？"黑水说扳输了就让白丘亲一个嘴。这一次，黑水扳赢了，结果白丘借了黑水三千块钱。第三次扳手腕是黑水主动提出来的，这时她的瓦场已经有了效益，而且在共同办瓦场的过程中她爱上了白丘，所以她主动提出和白丘再扳手腕，并且说："你输了我睡你上面，我输了你睡我上面。"白丘一听，就明白了她这话中的深意，所以他们扳一下没扳出输赢就上床了。这三次扳手腕的细节在小说中既刻画了人物性格，又推动了情节发展，很有一些作用。

《三个人的故事》的责任编辑周昉先生为这篇作品问世起了很大作用，他还写了编者手记，与作品同期发表于《长江文艺》，给我的作品以高度评价。我想，如果周老师不在同期配发一篇评论性质的编者手记，也许读者和选家不会那么关注这篇作品。

在《三个人的故事》中，女主人公黑水和男主人公白丘是我使用笔墨最多的，另一位人物龚自安，虽然正面写他不多，但我自己觉得这个人物在作品中最重要，也是这个人物才使我动念头写这篇作品的。龚自安是黑水的丈夫，一年四季给别人打工，是一个做帮工的好手。当妻子黑水要他回来自己干时，他却怕冒风险，也不愿操那份心，还是去给别人打工了。黑水正是在这种情况下与第三者白丘合伙办了瓦场，发生了爱情。龚自安这种人在我的家乡到处都是，差不多有一多半的男人都不愿意操心伤神，而宁愿去出苦力流黑汗。我当时觉得，有些人一生下来就是劳力者，他们一生注定要受劳心者的统治。

这篇小说后来在我家乡油菜坡传播很广，许多人都读了，读后都议论纷纷，甲说龚自安是乙，乙说龚自安是丙，丙说龚自安是甲，我知道后，心里不知道是一种什么滋味。

【于2010年】

关于几篇小说的创作谈

关于《三个乞丐》

我的《三个乞丐》首发《天涯》2015年第2期，进入当年中国小说学会主持的中国年度小说排行榜，然后又获得第五届汪曾祺文学奖。

能获汪曾祺文学奖，是我多年梦寐以求的事情。汪曾祺先生是我崇拜得五体投地的短篇小说大师，他的《受戒》《大淖记事》《故里三陈》，堪称短篇小说经典，让我百读不厌，常读常新。老实说，我走上文学创作之路，在很大程度上受到了汪曾祺先生的诱惑与指引。在我看来，汪曾祺先生的小说不属于有意义的那种，而是典型的有意思的小说。有意义，指的是有思想价值；有意思，指的是有情调，有趣味，有美感。汪曾祺先生小说的独特魅力，就在于它有意淡化了意义的建构，从而有效强化了意思的彰显。为了追求小说的情调、趣味与美感，汪曾祺先生特别注重对人性的探寻。他总是能够把他的那支敏感之笔，从一个不易为人察觉的入口，慢慢插进人性深处，让读者看到人性的复杂与多样、神秘与诡异、矛盾与荒诞，进而为我们呈现出一个真假共舞、善恶同构、美丑互涉的有意思的人性世界。

我的《三个乞丐》，是一篇没有结论、没有结果、没有结局的小说。对于走村串户的那三个乞丐似的人物之间的关系，虽然餐馆的三个人都根据各自的生活经历、人生经验和审美趣味做出了截然不同的猜测与想象，但作者却没有倾向于任何一方。我这么写，只是想把我们这个时代的表象生活有意思地展示出来，至于故事背后的真相，我不想妄加判断，以免以己度人、以偏概全，从而影响和制约了读者的思考与发现。我选择这种写法，也是出于对人性的正视和尊重。

关于《姑嫂树》

《姑嫂树》首发《长城》2009 年第 3 期，随后被多家选刊转载，还进入了几个年度选本。

我的小说差不多都是有生活原型的，纯粹的想象与虚构几乎没有。这篇《姑嫂树》也不例外，它是我根据一个真实的故事演绎而成的。故事的提供者是我的老师王先霈教授，他是一位很有名的文学评论家，曾经担任过湖北省作家协会的主席。王老师是我的恩师，二十多年来，他一直关心着我的创作，不仅在思想和艺术上给了我许多有效的启迪与指导，而且还经常为我提供写作素材。有一天，我打电话找王老师说点事。事说完，我正准备挂电话，王老师说，我给你讲两个故事，你可以写成小说。他先讲了一个外国的，说一个单身男子临死前特别想行一回房事，家人就找来了一个妓女，满足了他人生的最后一个愿望。然后这个男子就安然地走了。接下来，王老师又讲了一个国内的，讲一个已婚女人和一个未婚女子被两个流氓劫持到一个公园里，两个流氓要分别对她们进行强暴，当时是夜晚，又地处偏远，在反抗无效和求助无门的情况下，已婚女人对那个正要对未婚女子下手的流氓说，你放过她吧，要睡也来睡我，她一个黄花姑娘，你把她糟蹋了，她今后怎么嫁人？那个流氓还没丧尽天良，听了已婚女人的央求居然起了恻隐之心，真的放过了未婚女子！这两个故事，我听了都很有感觉，当即对王老师表示了谢意，还说等小说写出来发表之后请他吃饭。

后来，我先根据王老师提供的第一个故事写成了《送一个光棍上天堂》，并很快在《花城》杂志上发表了。这一篇写得很顺利，因为我作品的情节、人物和立意与王老师提供的原型故事基本上是一致的，没有太多的加工与改造。不久，我又根据王老师讲的第二个故事开始创作《姑嫂树》。这一篇的写作就没有第一篇那么简单了，它让我动了许多心思。原型故事中的那个已婚女人虽然很感人，但让读者受到感动之后却不能给读者带来更多的更有价值的思考。为了让这个故事更有意味，我想了好几个方案，最后决定在那个未婚女子身上做文章。我想：如果那个未婚女子早已不是什么黄花闺女，那么那个已婚女人的献身与挽救还有意义吗？经过这么一假设，我的眼睛和我的心不禁豁然一亮，构思一下子就从迷茫走向了明朗。与此同时，我还灵机一动将已婚女人和未婚女子的关系设计成了嫂子和姑子的关系，这一改变无疑对小说主题的表达与强化起到了不可低估的作用。

回过头来看，虽然小说《姑嫂树》与王老师提供的故事相差甚远，但原型故事对这篇小说的意义却是功不可没的，这一点只有作者心知肚明！

关于《酒疯子》

这篇《酒疯子》首发《收获》2013 年第 2 期，岁末被五个小说年度选本收入。它是我用家乡方言写成的第一篇小说，可以说是我的一次探索，也是一次冒险。

我的家乡是一个偏僻落后的乡村，那里的方言土得掉渣。土还不要紧，更要命的是俗。当然，在离开老家之前，我也没觉得它有什么不好，因为我就是听着它说着它长大的。十七岁那年，我到武汉上大学，突然遇上了普通话。从这时候起，我开始嫌弃家乡方言了，同时把家乡方言紧紧地关进了喉咙深处。后来我学着写小说，自然用的都是普通话。即使写我家乡的农村生活，我也不用家乡方言。原因当然是多方面的，一是我阅读的作品几乎都是用普通话写成的，它们是我写作伊始不可避免的参考与借鉴；二是我没有读到过一篇用我家乡方言写成的作品，因此我无法从中找到现成的经验；三是我一直看不起家乡方言，所以不好意思用它写作，好像城里人娶了一个丑陋的村姑，不愿意把她带出来丢人现眼。

大约是在城市里生活得太久了，或者是自己的年纪有点大了，我的心境开始发生了巨变。其中变化最大的，是我对城市产生了厌倦，突然对家乡充满了好感。我一有空闲就往老家跑，一回去就不想再到城市来。与此同时，我对普通话也开始厌倦了，觉得它听起来那么华丽，那么空洞，那么虚假，让人心烦，让人肉麻，让人浑身起鸡皮疙瘩。我忽然发现，家乡的方言原来是那样朴素，那样实在，那样真诚，给人一种一言难尽的亲切感。正是在这样一种特殊的心境中，我开始了《酒疯子》的写作。我决定抛弃普通话，完全用我的家乡方言来进行叙事。

让我始料不及的是，叙事语言的转换给我这篇小说带来了一系列的转换。动笔之前，我的构思已基本定型。因为叙事语言由普通话转换成了方言，所以原来建立在普通话之上的构思不得不推倒重来，否则就会与叙事语言不搭调，甚至格格不入。随之而转换的是叙事角度，我把原定的第三人称改成了第一人称。叙事角度转换本身并不是特别重要，在此之前我也多次尝试过用第一人称叙事。重要的是，这回的第一人称叙事凭借的是方言，因此叙事立场也必须发生改变。以前，我虽然经常从第一人称的角度，并尽量用农民的口吻来展开乡村叙事，但叙事立场总也摆脱不了一个知识分子的身份定位，说到底还是一种精英立场，致使小说在叙事中出现许多裂缝和破绽，导致叙事无法进入到生活的深处。这一次，由于方言的介入，小说的叙事立场实现了根本性的转换，即从精英立场转到了民间立场。这个转换的意义太大了。

在我看来，精英立场和民间立场是两种截然不同的叙事立场。从精英立场出发的叙事，突出的是精英意识；从民间立场出发的叙事，彰显的则是民间意趣。它们代表着两种不同的叙事美学与叙事策略。简单地说，精英叙事强调的是有意义，而民间叙事追求的是有意思。在《酒疯子》的原初构思中，我本想正面描述村长黄仁是怎样贪财和劫色的。到了动笔的时候，因为叙事立场的转换，我便突发奇想设计了一个酒疯子，让他借酒装疯，以毒攻毒，巧妙地把村长黄仁的鬼把戏重演一遍。这样一来，这篇小说就避免了直白，避免了沉闷，避免了一目了然，或者说有了悬念，有了幽默，有了曲里拐弯，换一句话说，就是有意思了。

关于《夜来香宾馆》

《夜来香宾馆》首发《北京文学》2018 年第 4 期，发表之后引起了广泛好评。我自己也喜欢这个作品。

这篇小说，写的是一个做梦、寻梦和圆梦的故事。农村女人胡葱，因为读过高中，所以显得与一般农村女人有些不同。除了衣食住行等物质生活的满足，她还有自己的精神追求，比如浪漫的爱情。少女时代，她有过昙花一现的初恋，差点就和心上人丰收住进了夜来香宾馆，后因姑妈的干扰未能如愿。从此，一颗浪漫的梦的种子便播进了胡葱的心田。后来，胡葱虽然一直生活在农村，结婚生子，赡老养幼，锅盆瓢碗，柴米油盐，过着与普通农妇毫无二致的生活，但是，埋在她内心深处的那颗梦的种子却始终没有消失，并且随时都盼望着发芽、开花、结果。正是因为心里藏着这样一颗种子，胡葱与一般农妇相比，就多了一样看不见摸不着但能感觉得到的东西，即浪漫情怀。也就是说，胡葱在物质生活之上，比其他农村女人多了一种精神生活。我在作品中想要写的，就是这种难得的、宝贵的、迷人的精神生活。虽说这种精神层面的东西虚无缥缈，一不能当饭吃，二不能当衣穿，但它能使一个人变得丰饶，变得充实，变得饱满，变得敏感，变得细腻，变得内在，变得更像一个人。在胡葱人到中年的时候，少女时代的恋人丰收，突然奇迹般地出现在她的眼前，令她感到惊奇，惊慌，惊喜。意外相遇的这个晚上，胡葱和丰收重新约定在夜来香宾馆见面。看起来，胡葱苦苦寻了几十年的梦好像就要圆了。抱歉的是，我可能辜负了读者的美好愿望，丰收后来竟然爽约了，让胡葱空欢喜了一场。

也许有读者会问，作者为什么如此狠心，不让他们好梦成真呢？其实，我完全可以换一种结局，让他们在夜来香宾馆心想事成，彻底圆梦。但是，如果我这样写，这个作品就成了一篇通俗小说，不是我想要看到的样子。还有，在我看来，梦就是梦，它的魅力与美感，主要在于追寻的过程之中。梦，一旦实现，它的魅力与美感便会烟消云散，荡然无存。为了让胡葱们永远抱有梦想，一直生活在寻梦的路上，我必须如此狠心，乃至下手无情。

【于 2018 年】

从良心出发的写作

——与评论家姜广平的对话

姜广平：你是中文系教授，对现代写作理论可以说相当熟悉，但你在短篇小说的写作中，却一一回避了这些现代手法。你在《金米》中的“油菜坡系列”，确实如吴义勤所说的，“注重对生活中隐藏的情绪和人生中那种挥之不去的痛感的捕捉”，体现了你“对现实的批判和对人性的抚摸”。然而，我觉得，先锋之法，现代主义和后现代主义观照下的小说手法，偶尔用上一两回，也不是不行。你为什么坚执于传统的与现实主义的东西呢？

晓　苏：因为本职工作的需要，我对西方现代小说技法并不陌生，诸如意识流，荒诞派，元叙述，迷宫式，碎片与拼贴，戏仿与反讽，变形与魔幻，等等。事实上我在大学里每年都开一门关于现代写作技巧的选修课，听我课的学生多得很，每一堂课都座无虚席。但是说老实话，我从骨子里不喜欢那些过于技术化的东西，总觉得都是一些花招。我从心眼儿里喜欢那种具有生活实感的小说，当然其中必须有作者对生活独特的发现和感悟。我并不是说小说不需要技术，技术创造形式，作为艺术品，形式对于小说无疑是至关重要的。但我认为，技术在小说中应该隐藏起来，退到生活的后面去，不能显得太张扬，更不能让读者只见技术不见生活。好的传统的小说，其实都是有技术的，只不过这些形式范畴的因素都很低调，它们默默地为内容服务，心甘情愿地当着配角。不过，我并不是完全排斥先锋的东西，先锋在我看来既有形式的元素也有思想的元素，我更愿意从中借鉴和吸收一些思想，先锋的思想对我写传统形式的小说有很大的帮助。我老实地、死板地、顽固地写着传统的小说，与我对小说的理解也有关系。小说虽然可以有多种写法，但我觉得，好的小说似乎还是应该有故事，有情节，有人物，这样才有可读性。没有可读性的小说，我不把它看作是好小说。我还认为，好的小说不仅要有可读性，而且还要有可讲性，就是你读了以后觉得好，讲给一个没读过的人听，他听了也觉得很好，忍不住也想找来读。这样的好小说太多了，中外都有，比如霍桑的《威克菲尔德》，比如博尔赫斯的《第三者》，比如辛格的《傻瓜金佩尔》，比如汪曾祺的《陈小手》，比如苏童的《神女峰》，比如迟子建的《野炊图》，这些都是我读了好多遍，也给别人讲了好多遍的作品。有些现代和后现代小说，一个人细细读起来还行，但读过之后就记不清楚了，更无法讲给别人听，这种作品我不觉得特别好。

姜广平：现在油菜坡显然已经成为你的专属了。你从写作一开始，是不是就着意于这一文化版图的构建呢？这方面的意义，可能很多作家都明白，却未必是作家们有这份心力就能够做到的。当代作家中，莫言营造了他的高密东北乡，韩少功有他的马桥，毕飞宇有他的王家庄。再往世界范围内说，威廉·福克纳有他的邮票大小的约克纳帕塔法县和杰弗生镇。

晓　苏：我的小说主要有两个系列，一是乡村小说，二是校园小说。乡村系列的小说基本上都是以我的故乡油菜坡为背景的。油菜坡是我出生的地方，可以说是我的生活之根，甚至是生命之根，我对这个小山村有着深厚而复杂的感情，爱恨交加，哀怒杂糅。只要写到乡村题材，我的心就会马上飞回故乡去。不过，我的乡村小说并非都取材于那里，事实上大部分故事都与油菜坡无关。我之所以把所有的乡村小说都放到油菜坡这个背景上去写，是因为这样一来我的灵感会多一些，写起来更得心应手。还有一点是，我觉得把发生在别处的故事拉到自己最熟悉的地方上去写，会让作品更有生活实感，同时也更有地域特色。小说的地域性很重要，如苏童的枫杨树故乡，贾平凹的商州，迟子建的北极村，还有你刚才提到的莫言的高密东北乡等等，他们的小说都有一种迷人的地域文化的魅力，我想，这种魅力肯定与他们作品中浓郁的地域特色有关。我小说中的油菜坡显然不能与他们作品中特定的地域相比，但我一直将它看作我的文学家园，希望努力地把它打造好。

姜广平：我们先说《金米》中的油菜坡吧。我细细为你这本书中的所有作品做了一次梳理。我觉得，在这本书里，你的笔始终落墨于油菜坡。然而，在像《金米》《人情账本》《最后一间草屋》《三座坟》《母猪桥》《金银花》《侯己的汇款单》《黑木耳》等作品里，你总是通过一些可感的事物，来表达人物的情感纠纷、人物之间的关系以及人与土地的关系。而在《替姐姐告状》《娘家风俗》《老板还乡》《表姐啊表姐》《佘爱竹》《被炒了鱿鱼的人》《村里出了个打字员》《为民旅社》《看望前妻》《一朵黄菊花》等篇什中，则又非常出色地打通了油菜坡与外部世界的通道。这样的通道，在我看来，又是那么自然地将外部世界引入到了油菜坡的人所构成的这个小世界。大格局中的小世界，小格局中的大视野，我觉得，你拿捏得非常到位。

晓　苏：谢谢你认真地读了我这么多作品，真是耽搁你宝贵的时间了！你看出我的乡村小说中有一种通道，我感到很高兴。当下的乡村再不是先前那种封闭的角落，随着时代的变革和社会的转型，乡村人大量涌入城市，城市人偶尔来到乡村，两类人群的对流，城乡文化的互动，使得传统意义上的乡村逐渐变得开放和多元，这为我们的乡村书写带来了新的挑战，同时也带来了新的契机，我们可以从不同的角度去观照乡村，努力拓展乡村小说的深度和广度。就我的身份而言，我生于乡村，长于乡村，是个地地道道的乡村人，但十七岁进入城市读书，毕业后又留在城市工作，也算得上是个城市人，乡村人和城市人的双重身份使我在写乡村时就多了一种视角，这也许就是你所说的那种通道吧。不过，在这方面我做得还不是很好，做得最好的恐怕是范小青，她的《城乡简史》堪称打通了城乡文学通道的经典。

姜广平：另有一些作品，譬如《表姐啊表姐》《老板还乡》《村里出了个打字员》等，包括《最后一间草屋》在内，则又将油菜坡那种作为精神家园与归宿的故乡品质写出来了。这样看来，你当初写作油菜坡时，一定早已经在内心为自己的写作做了多重维度的设定。

晓　苏：你刚才说到的这几篇小说，都涉及精神家园和情感归宿问题。任何人都是物质性和精神性的统一，在物质生活得不到基本保证时，他肯定要为温饱而四处奔波，当温饱解决之后，他就要寻找精神生活了。而在我看来，一个人的精神诉求要比物质诉求丰富得多，复杂得多，所以我们写作者应该致力于关注人的精神世界和情感领域。我没有给自己的写作规定一个非常集中的主题，如果说有什么倾向的话，我主要想通过自己的观察与思考去窥探人性深处那些微妙与幽暗的东西。正如你说的，我的写作是多维度的，为了能从人的精神领域捕捉到更多的情感颤动或者说新的人性之光，我愿意进行多维度的观察与思考。

姜广平：当然，《余爱竹》是一篇抛弃主题的小说。同样，像《光棍村》《你们的大哥》《替姐姐告状》《表姐啊表姐》也同样隐含了抛弃的主题。这样的作品，其实隐含了一种疼痛。在读你的《金米》时，我就意识到，你的作品中透着一种大悲悯。也因此，我觉得说到底，小说的技术工作虽然重要，但不是最重要的。最重要的还是得让作品有一种大爱与大善。我们现在很多作家，顾影自怜的多，有大情怀的少。

晓　苏：我非常同意你的说法，写作者应该有一种大爱与大善。大爱与大善，与爱和善不同，而且有着本质的不同。一般意义上的爱和善，可能是狭隘的，泛道德化的，带有偏见的，这种爱和善，我怀疑它的真实性，恐怕称之为伪爱和伪善更恰当。你提出大爱和大善这两个概念，我觉得太有意思了，这里面有很大的理论空间。我非常钦佩的评论家洪治纲先生，他曾经指出，一个作家要有纯正的道德感，我觉得他说的纯正的道德感就是大爱与大善的核心内涵。写作者如果没有纯正的道德感，那他的爱和善就是泛道德化的，就不是你说的大爱和大善。我的很多小说，包括你上面提到的这几篇，我都在力求用大爱和大善去观照人物的精神世界，虽然还不够到位，但我在这样努力。我的这些作品，如《人情账本》《嫂子改嫁》《误诊》等，如果从一般的爱与善的立场去看，可能是读不好的。那些读惯了伪爱与伪善作品的人，恐怕还会指责我的这些小说有思想倾向问题。

姜广平：像《人情账本》这样的小说，说起来，也是有着大悲悯支撑着的。否则，作家在作品中流露的情感，就无法非常妥帖地体现出来。这本书中，我觉得你有着一种非常自觉的主题设定，前面几篇如《金米》《嫂子改嫁》《爱猪的女人》《误诊》《书虹医生》《乡村母亲》《最后一间草屋》都是围绕这样的主题的。《母猪桥》可能是这类作品中最为出色的。

晓　苏：你是第一个称赞《母猪桥》的评论家，也是到目前为止唯一的一个。这篇作品虚构的成分比较多，与其他小说比起来，写这篇小说时，我用了更多的想象。我的小说都比较写实，好多故事和人物都来源于真实的生活，当然写起来也有虚构，但基本上是六成实四成虚。《母猪桥》则不同，其中只有未婚女护士为已婚男人包扎生殖器这个细节是生活中出现过的，后面的情节全都是凭想象虚构出来的。你这么一说，我倒突然明白了一点，是不是我的小说写得太实了，以后应该在虚上多下些功夫。或者说，我的小说还要适当增加一些技术含量。

姜广平：其实，谈技术问题，我觉得可能也还是对你的误读。你的作品中不缺乏精当而精致的技术。《你们的大哥》全篇用独白连缀而成，而在独白中，又表现出强烈的对话性，这是非常有意味的。当代文坛，能够非常精妙地进行对话写作的作家，确实是不多的。

晓　苏：要说起来，我在上个世纪九十年代初曾经有意识地做过一年的小说技术训练，那一年我一口气写了二十四个短篇小说，都是写大学生活的，并且都很顺利地发表了，当年颇有影响的《青年文学》还连续发了好几篇，《小说月报》和《小说选刊》先后转载了五篇，后来结集为《大学故事》由长江文艺出版社出版。在那些作品中，我把诸如人称变转、时空切换、多重叙事等手法都用过了。但到了新世纪，我突然不喜欢那批作品了，觉得形式遮蔽了内容，不自然，不大气。我决定还是回到我的传统的路上来。不过，那一年的技术训练对我后来的写作还是有帮助的，比如你说的《你们的大哥》，我在叙事形式上就用到了比较现代的对话技术，并且还尝试着省略了对话的另一方，给读者留下更多的想象空间。又如《金米》这一篇的死者视角，我也是借鉴了一些先锋的东西。当然，我在借用这些技术时有一个原则，那就是，这些形式感的东西必须有助于增加我的作品的可读性和可讲性。

姜广平：还有，在你的油菜坡系列中，我觉得你对油菜坡的生活，对农民的生活，是非常熟悉的。这让我惊讶于你的感悟的深刻、观察的细致和贴近生活的程度。事实上，我们很多作家为什么写不出一流的小说，说到底，就是与生活贴近的程度还令人遗憾。你的小说中丰富的细节，决定了你的小说品质。虽然，我也时时感受到你的很多细节的处理偏离了小说所要表现的层面，然而，我在评价曹明霞长篇小说《呼兰儿女》时提出过一个观点，偏离所要表现的层面，但只要还是所描写的对象的生活与氛围场里的，都不能算是小说的裂缝。纳博柯夫也曾提醒过我们，《包法利夫人》开头那顶包法利学生时代的帽子，在后来的情节中，怎么也没有再出现过，但那部杰作却是被左拉所称道的新的“艺术法典”。

晓　苏：小说可以虚构，但小说中的细节是难以虚构的。细节必须真实可信，这是小说的纪律。我的每篇小说都有真实的细节打基础，所以我的小说是可信的。从作品中的细节可以看出写作者对生活的熟悉程度，以及作者观察生活的角度和感悟生活的深度。

姜广平：《麦芽糖》这本书，较《金米》而言，我发现你在写作上可能更加纯熟。从批判角度与建设角度看，都应该有了更深入的探讨。这样说吧，我觉得在这两本书里，可能除了萦绕在你心头的，不仅仅是油菜坡情结，更多的还应该有一种对人与土地关系的思考。《麦芽糖》这篇小说本身，就是在处理人与外部世界的关系，处理人与土地的关系。而其中隐含的价值判断，则又给出了一种相对复杂的标准。小说的结尾是："爹说，你呀，真是一个没有出息的人。"但这里存在着一种深刻的悖论。它是一种幽默，但绝不是冷幽默，正好相反，它是一种暖色调的幽默。与《侄儿请客》的情形决然不一样了。

晓　苏：从时间上来说，收入《麦芽糖》这本书中的作品都写于近两年，比《金米》那本集子中的作品都晚。也许是因为社会又有了新的变化，或许还有年龄增加的因素，我看问题可能更全面了一些，更深入了一些，更复杂了一些，多了一些比较，多了一些反思，多了一些伤感，所以作品就显得成熟了一些。比如，其中具有代表性的作品《麦芽糖》，很多评论家都比较喜欢，如北京的吴义勤先生，广州的洪治纲先生，武汉的王先霈先生，他们都给予了充分的肯定。你刚才说我后来的作品有一种暖色调的幽默，与从前的冷幽默不同，你能看出这种变化，我感到非常欣慰。说实话，这正是我的努力方向。

在《麦芽糖》这篇作品中，我刻意创造了麦芽糖这个核心意象，就是想让它给人们苦涩而寒冷的内心带来一点甜头和温暖。作品中的主人公在一般人看来是一个没有出息的人，他在乡村靠熬麦芽糖和卖麦芽糖苦苦营生，陪着父亲，守着老婆，带着孩子，过着平平淡淡的农家生活。而他从前的三个同学却是个个都有作为，一个留学美国，还娶了一个金发碧眼的洋老婆，一个在省里当记者，拿着记者证四处采访，还有一个在县城开公司，腰缠万贯，财大气粗。但是，这三个同学虽然在异国他乡风光无限，可他们的父母却在农村老家备感孤独。与同学们比起来，我小说中的主人公越发显得没有出息了。然而，这个没有出息的人却能每天给他的父亲抓背抠痒。让人感到可悲的是，父亲一边享受着这份天伦之乐，一边却埋怨自己的儿子没有出息！在这里，我着力展示了人们内心深处望子成龙的理想与儿孙绕膝的愿望的矛盾冲突，表达了我对传统农耕文明的凭吊和对古典家庭温情的呼唤。

姜广平：如果我们想分类的话，倒是发现，你在《麦芽糖》这本书里，有一类，是写土地上的人，与土地撕碎一种关系的篇什。如《住在坡上的表哥》《农家饭》《土妈的土黄瓜》《我们应该感谢谁》《陪周立根寻妻》《挽救豌豆》等，都是写一种新型的土地上的人与人之间的关系。这里面有疼痛，也有着无可奈何。可以说是一种进步，也可以说是社会进步过程中不可避免的人际关系的重新组合。

晓　苏：面对急剧变化的乡村，许多人和事的确让我内心感到疼痛，同时又深感无可奈何。正如你所说的，乡村的变化从物质的层面来看，毫无疑问是进步了，但是从精神层面来说，我们的乡村却是在大步倒退，情感的荒漠化现象日趋严重。青年评论家李遇春在评论我这类小说时说："晓苏关怀底层农民的命运，书写他们的悲喜歌哭，揭秘他们的心理波澜，或直陈底层的苦难，或反讽底层的荒诞，以现实主义为本，适当吸纳现代主义的元素，忠实地记录下了九十年代中期以后随着市场经济为标志的后改革时代的到来，中国农村所呈现的从物质到精神的荒漠化景象。"他的这种看法与你的看法基本上是一致的，都非常切合我的作品。

姜广平：另一类别有深意的故事，我觉得是《劝姨妹复婚》。这一故事，我们在《吊带衫》里也看到了，《冯椿的情况》完全是《劝姨妹复婚》的大学版。看来，人性之相通是不分区域与领域的。你在这里显然也在表现着一种打通的努力。

晓　苏：作为一个写作者，面对当下复杂多元的乡村，虽然感到无可奈何，但又无时无刻不在思考和寻求着解决问题的途径。《劝姨妹复婚》可以看作是我在这方面的努力。人与人之间的矛盾，说到底都是人性中善与恶的矛盾，要解决这些矛盾，有效的办法必须从人性中寻找。这里，我又想到了你前面说的大爱和大善，姐夫劝姨妹复婚的故事，初看上去荒唐可笑，实际上我是在呼唤一种大爱和大善。这类作品还有《坦白书》《送一个光棍上天堂》《麦子黄了》等，这都是我自己比较满意的几个小说。

姜广平：《松油灯》显然是另一类的乡村叙事。但这里的疼痛，显然牵涉了一种伦理的疼痛。这种伦理的疼痛里，我觉得决定了这篇小说非常优秀的原因是这篇小说透示出的关怀意识与悲悯情怀。

晓　苏：《松油灯》在我的作品中是比较含蓄的一篇，因为构思有点儿大胆，涉及乱伦与禁忌，所以我就有意设置了许多迷雾与遮盖，遗憾的是很多读者没看出我的别有用心，还有好几个人打电话问我，那个给瞎子送灯的女人到底是谁？你一眼就看出来了其中的伦理疼痛，真让我吃惊！这个小说发在《作家》上，主编宗仁发老师看了稿子之后给我发了一则短信："你的小说越写越好了。"我看到这则短信后激动不已，保留了好长时间都舍不得删除。你说这篇小说非常优秀，我很感谢你的夸奖。你说它优秀的原因是作品中透出了关怀意识和悲悯情怀，我觉得说穿了还是你所说的大爱和大善。

姜广平：我是读这篇小说时，想问你一个问题的。那就是，你在写短篇小说时，状态怎么样？是不是非常顺手，非常轻松？你的短篇开始得非常自然，收束得也非常自然。故有此问了。

晓　苏：我是业余写作，没有任务压力，而且写出作品来在大学里也不算成果，所以我是想写就写，状态很好，非常顺手，非常轻松。不过，我的写作有一个不好的习惯，灵感一来，马上就要动手，并且要一气呵成。我的短篇，差不多都是一天之内写完，有种速战速决的味道。我知道这样不好，好几个作家朋友都劝我放慢速度，一定要写一写停一停，这样才能有节奏，有空白。但我试了几次不行，一停就不想写了。真是没有办法。

姜广平：正像我在说《金米》中的《母猪桥》是一篇相当杰出的

短篇小说一样，我发现，在《麦芽糖》里，这种杰出的短篇更多了。至少，《嫂子调》《疙瘩和疙瘩》《四季歌》这三篇小说，已经超出了题材本身的最高意义层面，而获得了一种经典意味。

晓　苏：谢谢你这么表扬我！你的肯定将增加我的自信。这几篇作品正如你说的那样，我在处理故事时尽力做了一些必要的挖掘、延伸和扩张，使得作品的主题没有局限于故事本身，这就让读者有了多种理解的可能性。至于经典，你太过奖了，不过我会朝这个方向去加倍努力。

姜广平：《嫂子调》和《四季歌》，写了性，却写得干干净净，写得纯美。让性与自然之美结合在一起，让性与纯粹的夫妻之情结合在一起。我觉得这是这两篇小说非常优秀的地方，单纯而优美。像《四季歌》，戏谑与幽默中，透示出一种高贵。现在，这样的作品少了。这样的作品，我觉得，往过去年代寻找大师的话，可能会寻找到沈从文。沈从文写湘江、沅江、资水等岸边的水手与女人，也是写得那么纯粹与优美。

晓　苏：老实说，我的不少作品都写到性。并不是我喜欢写性，主要是性在乡村生活中的地位太重要了，恐怕仅次于吃饭和穿衣，要想真实、全面而深刻地反映乡村生活，性是无论如何也绕不过去的一个内容。另外，一个地方的风情与性的关系异常密切，风情在我看来就是某个地域具有独特意趣和微妙情怀的风土人情，如果要使自己的作品具有浓郁的地域色彩，那就非写风情不可，而要写风情，那首先就要写性。写性容易，但把性写好很难，写出美感更难。我写性不太注重性爱细节的展览，而是尽力彰显蕴藏在性里面的能给人美感的意趣和情怀。你提到的沈从文，我也非常喜欢，还有汪曾祺，我也特别喜欢，他们的作品也常写性，都像你说的，写得纯粹而优美！

姜广平：《疙瘩和疙瘩》的儿童视角非常出彩。你的儿童视角的小说不多，但在不多的儿童视角小说里，《疙瘩和疙瘩》以一个儿童的视角为轴心，写出了油菜坡人的众生相。虽然小说的结尾告诉我们认清了张灯这个人，晓得了自己的那个柏树疙瘩去了哪里，但没有气愤，反而高兴极了，因为解开了一个疙瘩。以这个作结，非常有意味。其他的疙瘩未解开，但实际上草蛇灰线、阳断阴连的一些暗示，读者可以自行解开。就像《松油灯》里，是哪个女人为一个瞎子送去一个美好的生日礼物一样，也都有了你精心布设的暗示引路了。用笔之简省而到位，实在，是这些短篇成为佳作的重要原因。

晓　苏：《疙瘩和疙瘩》能被你喜欢，实在是我没想到的事。这篇作品在我的小说中也算个另类，人物多，故事杂，并且它们相互之间也缺乏必然的联系，看起来像个拼盘。可是，经你上面这么一说，我陡然悟出了一点道理。实际上是，我在写这篇小说时稍稍用了点儿拼贴的技术，所以它的形式感显得强一些。

姜广平：现在，我们再谈一些短篇上的问题。当然，在刚刚我们所做的讨论与对话过程中，我们已经涉及一些技术问题了。在这里，我还想问一个可能你并不愿意回答的问题：在短篇写作过程中，你应该是受欧·亨利的影响比较大吧？

晓　苏：这个问题又不丑，我怎么会不愿意回答呢？坦率地说，欧·亨利是我比较早接触到的外国作家，他的作品我很喜欢，特别是他那种既在情理之中又在意料之外的结尾对我影响很大，甚至让我至今都摆脱不了对他的迷恋。不过，这种结尾也不能用得太多，我现在尽量不用，当然到了非用不可的时候也会用一下。偶尔用用也无妨。

姜广平：有些规定性的话题，还是要问一问的。你是一个学者型的作家，但却是一个极具乡村意识的作家。你如何将这两者糅合在一起的？

晓　苏：我虽然在大学教书，但并不能说就是一个学者，更不能说是一个学者型的作家。而且，我在写作时尽量与学者拉开距离，因为学者与作家是矛盾的，并且有不可调和的矛盾。我的老师王先霈在评论我的小说时说："他虽然是一位文学教授，写的却不是教授小说，不追逐新潮流，不玩儿深沉，不玩儿神秘，不玩儿玄奥。他很看重情节，乐于不慌不忙地讲述有头有尾、有起有伏的故事。他不把自己的思索直接陈述，他本人的想法，都埋在故事的深处。他常在一篇小说里派定一个人物领着读者赶路，领着读者从东村走到西村，从村头走到村尾，从上家走到下家，去和男女老少各色人等晤对。这个人物的眼睛是一个取景框，这个人物的嘴巴吐出的是解说词。每篇小说里领路的人物不同，作品的情调就不一样。”王先生说得没错，我在写作时，已经远离了学者。

姜广平：你最近有什么样的写作打算？还会继续坚持短篇的写作吗？有没有想过在短篇小说写作过程中，从技术与中心两个角度来一次重大突破？当然，你也可以理解我是在谈你的短篇小说的写作状态问题。

晓　苏：我对短篇的写作还是满怀热情的，所以我还会继续写下去，直到没有兴趣为止。至于突破，我随时都在想这个问题。你提醒得很好，要取得大的突破，必须从技术和主题两个方面下功夫，双管齐下。这几年有两个短篇让我豁然开朗，一个是范小青的《城乡简史》，一个是迟子建的《一坛猪油》，我觉得这是新世纪以来中国短篇小说的两个重大收获。我想，我会在学习和思考中不断进步的。

【于 2010 年】

短篇小说的文体美学及其他

——回答青年作家周聪

周　聪：晓苏老师您好，首先祝贺您的新作《松毛床》在江苏凤凰文艺出版社隆重推出。据我了解，您出版的短篇小说集有十多种了，包括《金米》《吊带衫》《麦芽糖》《我们的隐私》《暗恋者》《花被窝》等，这些作品在文坛上有较大的反响。您对短篇小说的迷恋和探索，我是非常敬佩的。能否请您谈谈短篇小说的文体美学？另外，您认为优秀短篇小说包括哪些要素？

晓　苏：周聪你好！感谢你长期以来对我短篇创作的关注。我知道，你从读研究生开始就特别注重对短篇小说这一文体的探讨与研究，硕士论文就是关于当代短篇小说创作的成果梳理与经验总结。就我本人而言，最先是从短篇创作起步的，早期的《界石岭》《两个人的会场》《吃的喜剧》《三个人的故事》等作品曾广受好评。后来，我也涉猎过中篇和长篇写作，发表和出版过七个中篇和五个长篇。但到了新世纪，我完全放弃了中篇和长篇的写作，全心全意写起短篇来。我之所以热爱短篇，是因为我更喜欢短篇小说这一文体。在我看来，短篇小说是一种限制性叙事。长篇小说的叙事是线型的，线是自由的，可直可曲，可缠可绕，可松可紧，收放随心，无拘无束。中篇小说的叙事是面状的，面是敞开的，可宽可窄，可明可暗，可实可虚，铺展任意，游刃有余。短篇小说的叙事却不同，它是点式的，所有叙事只能在这个规定的点上进行并完成。所以说，它是一种限制性叙事。短篇小说的写作，实际上就是戴着镣铐在跳舞，其难度不言而喻。唯其如此，它才更需要作家的智慧与才华。作家只有选择到一个巧妙的角度，设置好一个特定的时空，他的叙事才可能获得成功。同时，短篇小说是一种可能性叙事。长篇小说的叙事重点是阅历，或者叫历史，处于过去完成时态，属于必然性叙事。中篇小说的叙事重点是状态，或者叫现实，处于现在进行时态，属于当然性叙事。短篇小说叙述的重点则是各种各样的可能，或者是走势，或者是方向，或者是念头，处于将来发展时态，属于或然性叙事。或然意味着一切皆有可能，所以我把或然性叙事又称为可能性叙事。短篇小说的第一要务，就是要给读者提供更多的可能性。为了完成这一重任，作家在写作短篇小说时，必须要开放。观念要开放，故事要开放，结构要开放，语言要开放，主题更要开放。只有这样，可能性叙事才能成为可能。

周　聪：我非常喜欢您的短篇，在阅读过程中，我发现您的小说经常采用中国古典话本小说中“三”的叙事模式，例如《背黑锅的人》。这篇小说讲述了乌鸦给海燕背了三次黑锅的故事：第一次在晴川宾馆海燕与孔雀偷情，被孔雀丈夫发现，误认为是乌鸦在和孔雀偷情。第二次海燕和孔雀在乌鸦家偷情，乌鸦被自己老婆认为和女人存在不正当的关系。第三次在海燕家里，海燕和孔雀偷情后，被海燕老婆发现，乌鸦又一次成为背黑锅的人。海燕和孔雀的三次偷情随着时间和地点的变化，乌鸦被卷入了背黑锅的怪圈之中，三次颇有层次的书写，使得人物的性格、命运表现得淋漓尽致。此外，《给李风叔叔帮忙》和《暗恋者》也是采用“三”这种模式来进行叙述的。我想问的是，您为何对“三”这种叙事模式如此情有独钟？这种叙事模式有哪些优点和不足？

晓　苏：你很敏感，注意到了我的短篇小说常常与“三”有关。的确，我非常喜欢并擅长运用“三”这个数字。在我的短篇小说中，“三”有时是人物设置，有时是细节拓展，有时是情节建构，有时是主题呈现。我之所以喜欢用“三”来支撑我的作品，恐怕与我受中国民间文学影响较大有关。在民间文学里，许多人物，许多故事，许多道理，许多审美趣味，许多人生经验，都与“三”密切相关，如三人行必有我师，一个好汉三个帮，三个臭皮匠合成一个诸葛亮，三个女人一台戏，一波三折，三顾茅庐，桃园三结义，三打白骨精，三打祝家庄，三生万物，事不过三，三思而行，等等等等，不一而足。再从文学本质上来讲，首先，“三”有丰富性，本身有着广阔的想象空间，能有效催发作家的想象力；其次，“三”有稳固性，如果说作品中设置了三个重要人物，那么小说的人物也就立起来了；另外，“三”有复杂性，它可以避免作品的简单化，能反映出生活的复杂况味及多种可能性；同时，“三”有可靠性，有言道，假话说三遍也成了真的，所以“三”能增强作品的可靠性与说服力。正是基于这些原因，我对“三”情有独钟，并对它产生了一定程度的依赖性。评论家夏元明曾在评论我的《三个乞丐》时说，“晓苏特别喜欢‘三’这个数字，他的很多小说都与‘三’有关。‘三’既是他的层次结构，也是心理结构和逻辑结构。晓苏将如此零乱的故事，在‘三’的统筹下有序地铺展开来，散而不乱，散而能成整体。不仅现实中的三人关系都有一个‘三’，作为小说故事的上演场所，‘老三篇食堂’也是‘三’，而老板、打杂的（实为老板的姨妹）、厨师（老板的妻弟）也是一个三人关系。三是稳定结构，但又富于变化”。当然，“三”在小说中也有局限性，最主要的是，它容易让作家产生构思惯性，难以出现突破与创新。还有就是，

“三”用得不好，就会形成某种创作套路，让读者看到前头就能猜到后头，使小说的诱惑力大打折扣。

周　聪：从《水边的相好》开始，到后来的《我们的隐私》《花被窝》《回忆一双绣花鞋》等作品，我觉得您的短篇摆脱了之前的“戏谑”“悖论”“隐喻”等现代色彩，萌生出一种“温暖”的情愫，这种温暖是人性深处散发出的，包括人与人之间的宽宥与包容，以及一些超越家庭伦理的深层次的心灵共颤。这种改变是您的有意调整，还是在不知不觉中完成的？另外，这种调整对于您的写作意味着什么？

晓　苏：你能看出我写作中的这一变化，我很高兴，也很欣慰。我早期的作品充满了黑色幽默，对我认为的荒谬、矛盾、错误的社会现象进行了毫不留情的批判、挖苦和揶揄，正如你所说，我的小说有戏谑的特点。到了新世纪，我的小说不再像从前那样尖酸、刻薄、充满嘲讽，对那些非正常、非正面的事物也能心平气和地看待，并力求发现消极故事的积极意义，发掘反面生活的正面价值。比如你提到的《花被窝》，写了两代留守妇女相同的人生苦恼和相同的情感经历，婆媳俩原来并不和谐，矛盾已到了不可调和的地步，但一当两人都发现了对方有偷情这一并不光彩的道德瑕疵之后，原本冰冻三尺的婆媳关系一下子春暖花开了。又比如《回忆一双绣花鞋》，写到了一个男人的中年出轨，这个有悖于人间伦理的人生插曲，反而成了主人公老年生活的幸福源泉。我的小说之所以由冷漠变得温暖，由尖锐变得柔软，由偏狭变得宽容，恐怕有两个原因。一是随着年龄的增加，阅历的丰富，我的心态也发生了巨大变化，年轻气盛时看不惯的事情，现在也看着顺眼了，越来越认为黑格尔的观点有道理，凡是存在的都是合理的，所以我更多的时候是在为不合理的事物寻找其存在的合理性，这也是小说的天职。二是我重新考察和调整了观念与生活的关系。长期以来，我们都在用观念指导生活，对符合观念的生活进行赞美，对违反观念的生活进行鞭挞。事实上，这是不科学的，更是不人性的。从人性的立场来说，我们应该把生活放在第一位，如果观念影响了生活、阻碍了生活，那就应该让观念立刻为生活让路，包括政治观念、道德观念和伦理观念。正是由于这些认识的巨变，我近几年的小说比以前的小说写得复杂多了，意蕴空间也更宽广了，也增加了人性的深度。

周　聪：从短篇小说处女作《楼上楼下》开始，您的写作至今有三十个年头了，回顾这些年的写作经历，能否请结合一部您自己的作品，谈一下您的创作心得，然后给热爱写作的朋友们提点写作上的建议？

晓　苏：回顾三十年的创作经历，我更多的是教训和伤感。与同龄作家相比，我显得十分黯淡，所以没有多少有价值的心得与大家分享。但是，在小说写作方面，我也有过一些想法，比如关于小说的意义与意思，我觉得可以在这里说一说。我曾把小说分为有意义的和有意思的小说两种。有意思是相对有意义而言的。有意义指的是有思想价值，有意思指的是有情调，有趣味。最好的小说，当然是既有意义又有意思的。但是，这种小说却少而又少，十分罕见。我们经常读到的小说，有以下三种。一种是有意义没意思的，一种是有意思没意义的，还有一种是既没意义也没意思的。第三种显然是最差的小说了，这里不值一提。至于另外两种小说，我们见到最多的，无疑是有意义没意思的这种。可以说，这种小说几乎占据了小说的大半个江山。坦率地讲，我不喜欢这种小说。原因是，它没有可读性。这种小说一味追求所谓的思想价值，要么卖萌，要么作秀，要么贴标签，要么喊口号，要么故作高深，要么假装正经，要么贩卖心灵鸡汤，要么兜售道德膏药。这种小说，读起来脸红，肉麻，恶心，头皮发痒，甚至浑身起鸡皮疙瘩，因此难以卒读。有意思的小说则不同。因为它是从情调和趣味出发的，所以有着很强的可读性。它不求宏大，也不求深刻，只为渲染一种情调，传达一种趣味，显得很低调，很平实，有时候还有点世俗，因此读起来亲切，轻松，愉快，好玩，换句话说就是有意思。毫无疑问，我喜欢这种小说。我为什么喜欢有意思的小说？还有一个重要原因是，跟有意义的小说相比，有意思的小说更具可读性。因为它不仅好读，而且耐读。首先，意义是理性的，意思是感性的，感性的东西肯定比理性的东西显得更直观，更形象，更具体，因此对读者更有吸引力；其次，意义是大同小异的，意思则是千差万别的，千差万别带来的美感显然比大同小异更加丰富和多样，因此对读者更有诱惑力；第三，意义一般是从内容中生发出来的，而意思却来自内容和形式两个方面，所以给读者提供了更多的解读空间。如果说一定要我在这里给朋友们一个写作建议的话，那我就建议大家多写有意思的作品。谢谢周聪！

【于2016年】

从油菜坡生长的小说

——答杜雪琴博士问

杜雪琴（以下简称杜）：我们的对话从油菜坡开始吧。我读你的乡村小说，发现每篇小说都与油菜坡这个地方有关，有时是人物活动的现场，有时是故事发生的背景。我愿意把油菜坡这个地名置于你乡村小说的重要位置，因此，我们关于你小说的对话，也从油菜坡开始，你看怎么样？

晓　苏（以下简称苏）：你这个建议挺好，每个人一生中都会有一个最爱的地方，我最爱的地方就是油菜坡。你一说到油菜坡，我的情绪就会异常，马上有一种说话的欲望，话匣子一下子就被你打开了。我想，从油菜坡开始我们的对话，我们这次对话一定会很流畅，很愉快，同时也会增加对话的有效性。

杜：在你的乡村小说中，这个位于湖北西部的小山村，因为遍地的油菜花，也因为那里纯朴的乡亲和淳厚的乡情，而令人瞩目。现实中的油菜坡，你生长的这个地方，在我看来也是一个富有诗意的地方：想想每到春天，那满地的黄灿灿的花的海洋，想想油菜坡上四季可以变换的颜色，这又是一个原始、神秘而又奇特的地方。你自己觉得，油菜坡对于你来说意味着什么？

苏：油菜坡是我出生的地方，毫无疑问是我现实的家园，即物质上的家园，但是，因为我十七岁的时候就离开了那里，后来又无数次地在作品中写到它，所以，油菜坡实际上又成了我想象中的家园，或者说我的精神家园。因此，油菜坡这个地方，无论对我本人来说，还是对我的小说来说，都具有了物质性和精神性这双重特性。

杜：从某种意义上来说，油菜坡已不仅仅是一个地理位置，现在已经被你演绎成了一种文学符号，成为一种文化的象征。就像马尔克斯笔下的马孔多，福克纳笔下的约克纳帕塔法，余华笔下的江南小镇，苏童笔下的香椿树街，莫言笔下的高密东北乡，这样的城，这样的镇，这样的街，这样的乡村，是作家们所见所感的真实的存在，也是作家们建立起来的一个个相对稳定的艺术世界，更是作家记忆中建构的有关世界的原始图谱。你所叙述的油菜坡有什么样的象征意义？

苏：要说我赋予了它什么明确的象征意义，那我还真没这么想过。从创作的角度来说，我只是把油菜坡当成了作品的一个典型环境。文学中的环境，指的是围绕着人物的一切外部境况的总和，外延很宽泛，内涵也很复杂。在我看来，环境有时间环境和空间环境之分，油菜坡就是我为我的乡村小说设置的一个空间环境。前面我说过，油菜坡是我最喜欢的地方，而且具有物质性和精神性双重特性，用它来作为小说的空间环境，这个空间环境便也有了双重意味，它既是一个物质空间，也是一个精神空间。如果一定要说我笔下的油菜坡有什么象征意义的话，那它的象征意义可能就在这里吧。

杜：关于油菜坡，你已经说得够多了。但我还有个问题想问，你写了将近一百篇乡村小说，难道真的每一篇的故事都与油菜坡有关吗？

苏：你这个问题很有意思。实话告诉你，在我的乡村小说中，直接取材于油菜坡的并不多，往多里说也不到三分之一，其实大部分作品的故事都来自油菜坡之外。你可能要问，那你为什么要把别处的故事放到油菜坡去写？我可以这样回答你，油菜坡好比我的情感出入口，又好比我的故事处理器，别处的人，别处的事，我可能一下子没什么感觉，但一旦把它纳入油菜坡这个特定的空间环境中，我的情感之门便会豁然打开，故事很快会在这里得到有效的艺术处理，写出来的作品也会带上我浓郁的情感。其实，每一个作品都必须依赖一个特定的空间环境，文学如此，其他形式的作品也不例外。如张艺谋的电影，大部分故事都发生在中国西部，就连根据苏童写江南生活的《妻妾成群》改编的《大红灯笼高高挂》，最后也被张艺谋换成了西部背景。我想，一换成西部，张艺谋创作起来肯定会更得心应手。

杜：你关于环境的说法颇有见地，这让我们对你的油菜坡又多了一种认识和理解。接下来，我们就说一说你的乡村小说。从上个世纪九十年代开始，“底层”一直是中国当代人文学者极感兴趣的一个概念，也是文学评论界十分关注的一个话题。你的油菜坡系列小说，无疑属于典型的底层书写。但我觉得，你的底层书写与其他作家不太一样。很多作家在书写底层时，着重反映的是底层群体的物质生存困境。而你，虽然也写了他们的物质生活，但我发现，你的小说最关心的还是他们的精神苦闷以及审美诉求。你自己对此怎么看？

苏：这一点你看得很准。我的写作的确与许多人不同，我把这种不同看作是个体写作与主流写作的区别。主流写作有三个特点，一是官方视角，二是物质关怀，三是口号语言。与之相反，个体写作的三个特点是民间视角、精神关怀和个性语言。其中最重要的一点就是关怀问题。每一个写底层的人毫无疑问都是关怀底层的，但关怀的焦点不一样。有些写作者对底层的关怀只停留在物质生活的表面，我觉得这是不够的，我们应该把笔伸到人物的精神领域中去，伸到他们的内心深处，伸到他们的情感末梢，去触摸他们内心里最温柔的部分，最脆弱的部分，最潮湿的部分，去捕捉他们情感中最敏感的东西，最神秘的东西，最疼痛的东西。只有这样，我们的关怀才是真正的人文关怀，我们的作品才会有一定的文学价值。

杜：也许正是因为你的关怀是精神层面的，我们才从你的小说中读到了许多独特的情感体验。比如你获得了蒲松龄全国短篇小说奖的《侯己的汇款单》，获得了屈原文学奖的《金米》，还有获得了湖北文学奖的《麦芽糖》，这几篇小说都触及了底层农民的精神生活，为读者提供了异常新鲜的情感体验。这里我想问的是，作为创作主体，你是怎样有效地获取到那么丰富那么复杂的底层经验的？

苏：你提到的这几篇小说，也是我自己比较看重的作品。它们能够获奖，也说明它们得到了部分评论家的认可。这几个作品都是有生活原型的，《侯己的汇款单》中的侯己，其原型是我的一位舅舅；《金米》中的九女 ，她的原型是我的一位伯母；《麦芽糖》里的那个没有出息的务农，原型是我的一个堂兄。因为小说来源于真实的生活积累，所以作品中提供的经验是真实可信的。但在处理这些人物和故事时，我没有局限于人物本身，没有拘泥于故事的原始框架，而是退到一定的距离之外，站在比现实生活更高一些的地方，回过头来冷静地打量它，审视它，分析它，适当地加上我的猜测、我的假设和我的想象，这样一来，作品给读者提供的经验就丰富多了，也复杂多了。

杜：说到"经验"，我陡然想起来了，这几年，中国文坛上许多学者，包括一些作家，都非常喜欢使用"经验"这个术语，它差不多成了文学界的一大关键词。你能结合自己的作品，谈谈关于"经验"的看法吗？

苏："经验"在我看来是个内涵异常丰富的概念，它实际上包含了积累和思考两个方面的含义，从字面上讲，也就是某件事情经历过并体验过，是一种收获，是一种结晶，是一种成果。我认为，一篇好的小说给读者提供的经验应该具有三个层面，第一个是生活层面的，即生活经验，它必须真实，鲜活，独特，给读者一种陌生感；第二个是社会层面的，即社会经验，它应该超越生活的层面，对生活进行必要的归纳与总结，要渗透写作者对我们这个社会某些带规律性东西的认识与思考；第三个是审美层面的，即审美经验，要求写作者对社会层面的经验进一步扩张、挖掘、推广和引申，通过象征或暗示，从而得出一种具有普遍意义的，带有审美意味的经验。

杜：很多读者都很喜欢你的《麦芽糖》，在第四届湖北文学奖颁奖典礼上，评委会在授奖辞中说："《麦芽糖》是一篇表面上朴实清新而骨子里忧郁沉重的小说。这个短篇传达了在当下中国日益城市化和现代化的社会进程中，具有传统乡村精神的生活形态的另一种价值。小说中反复出现的麦芽糖这个核心意象正是这种传统乡村诗意生活形态的象征。"你能从经验的角度讲一讲这篇小说的写作吗？

苏：我在前面说过，这个作品是有真实的生活原型的。一个看上去没有出息的农民，一年四季都在农村种田，守着老子，陪着妻子，养着孩子，为了生活得好一点，每到春节前夕就熬麦芽糖卖。按说这是一种很有温情的乡村生活，但父亲一边享受着这种生活，一边又埋怨儿子没有出息。在这里，我想着力展示的，是人们内心深处望子成龙的理想与儿孙绕膝的愿望的矛盾冲突，表达了我对传统农耕文明的凭吊和对古典家庭温情的呼唤。如果从经验的角度来说，我首先有了这种生活积累，有了鲜活的生活经验。接下来，我对这一偶然捕捉到的生活经验进行了放大，突然发现这种情形在社会上是普遍存在的，有一定的社会性。为了把生活层面的经验扩展到社会层面，我在构思时特意为没有出息的务农设计了三个有出息的同学，一个留学美国，还娶了一个金发碧眼的洋老婆，一个在省里当记者，拿着记者证四处采访，还有一个在县城开公司，腰缠万贯，财大气粗。通过对比，生活经验已在我的小说中转化为社会经验了。最后，我还想把社会层面的经验上升到审美的层面上去，于是我在作品中写到了过年的情景，三个同学虽然在异国他乡风光无限，可他们的父母却在农村老家备感孤独，连过年都孤零零的。与三个同学比起来，我小说中的主人公越发显得没有出息了。然而，这个没有出息的人却能每天给他的父亲抓背抠痒。

杜：我认为，《麦芽糖》中最动人的部分就是写儿子给父亲抓背抠痒。开头写："我爹一起床就要坐到我们家大门的门槛上去，两腿张开，双手按膝，将身体朝前一倾，后面就会露出一块门板似的背来。每当我爹摆出这样一种姿势，我就得赶快去给他老人家抓背了。给我爹抓背，简直成了我每天早晨起床后必做的功课，差不多是雷打不动。"后来又写："我给我爹抓背时，我爹把眼睛轻轻地闭上了，显出非常舒服的样子。等我不紧不慢给他抓完背时，我看见他的下嘴唇上挂出了一条半尺长的涎水。太阳这时候从前山尖尖上冒出来了，在初升的阳光下，我爹的那条涎水看上去就像一根彩色的尼龙丝。"小说结尾又一次写道："吃过团年饭，天色已近黄昏了。我爹稍微喝多了一点儿，他歪歪倒倒地走到大门那里，一屁股坐在了门槛上。我也喝多了一点儿，一见我爹坐到门槛上，我就赶紧跑了上去，然后习惯性地把手伸进了他的背。我大着舌头说，爹，我给你抓背！我爹咕哝着说，早晨不是抓过吗？我说，今天过年呢，我给你抓两次！我爹说，你真是一个没有出息的人。"小说三次写到抓背抠痒，给读者一种淡淡的忧伤之美。你说的审美经验，是否就是通过这些细节描写表现出来的？

苏：是的。评论家李遇春先生在评《麦芽糖》时说："为父亲抓背的原生态描述，是这篇小说中最为动人的片段，使整篇作品生气洋溢。这种朴素的描述充满了诗意，其间隐含了传统农耕文明社会里理想的生活形态……这是古老的农业社会中多么动人的诗意场景，但在中国愈益加快的现代化进程中，这种诗意的场景如今只残留在一些底层乡村的生活世界里了。然而，这种底层的活法，在当下的城市消费主义文化语境中，其意义正日益凸显了出来。这就像小说中反复出现的核心意象——麦芽糖，苦中有甜，纯手工制作，作为传统乡村社会的诗意象征，它是不灭的。"我觉得，遇春说的这段话正是我要传达的审美经验，或者说审美理想。

杜：读你的乡村小说，我还发现一个很有趣的现象，你喜欢从性的角度去关怀底层，如《为光棍说话》《松油灯》《桃花桥》《坦白书》，还有发表在《上海文学》上的《四季歌》，这些小说都浓墨重彩地写到了性。我想问一下，你怎样看待文学与性的关系？

苏：性是人生的重要内容，作为反映人生的文学，不可能不涉及性。相比城市，乡村的生活内容和生活形式都单调得多，简单得多，因此性在乡村日常生活中的比重和位置就显得更重要更突出，所以，写乡村小说就离不开写性，如果完全撇开性的内容，那你的乡村小说就没法写，写出来也不真实，也不能全面展示出乡村生活的风貌。还有一点，我觉得性是人性中最幽深、最诡谲、最迷人的部分，如果要让自己的作品具有人性的深度，闪烁人性的光芒，那你就得直面性这个敏感的话题，大胆地写性，严肃地写性，艺术地写性。

杜：你说到这里，我忽然想起曾在《文艺报》上看到过一篇关于你小说的评论，作者是著名文学评论家王先霈先生，文章中也说到你作品中的性描写，他说："晓苏目光所注、笔力所注，不在性的本身，不在性的诱惑力，而在善的感化力。"刚才你说到艺术地写性，现在我想问你的是，作家应该怎样艺术地写性？

苏：艺术地写性，我认为有两方面的意思，一是用艺术的眼光去写性，二是写性中有艺术的部分。所谓用艺术的眼光去写性，指的是不能为了写性而写性，这性必须有它的艺术功能，要么是刻画人物性格的需要，要么是推动情节发展的需要，凡是脱离人物和情节的性描写，都不是艺术的；写性中艺术的部分，也就是王先霈先生说的，不能用性来刺激读者的感官。也就是说，不要过多地去展示性的场面，性的细节，而是应该抓住性心理中那些有美感的地方，用修辞的手法进行展示，努力给读者提供一种性爱之美的艺术享受。

杜：关于艺术地写性，我觉得你谈得很有道理，为了说得更透彻一点，你能结合自己的小说具体地谈一谈吗？

苏：好的。就拿你上面提到的《坦白书》来说吧。这是一篇典型的写性的小说，留守妇女唐水与光棍儿刘贵之间的性事，既是人物命运的切入口，也是故事情节的支撑点，无论如何绕不过去。但我在写的时候，却有意回避了性爱的细节，只是渲染了一种与性有关的意境。作品中有这样一段，是女主人公坦白的："后面的事情我就有点儿说不清楚了，只记得当时我的脑海里很乱，仿佛放电影似的，好多画面闪来闪去，一会儿是那两头连在一起的牛，好像我就是那头母的；一会儿我又变成了一块干得裂口的稻田，老实巴交的刘贵正背着一桶水朝我走来；一会儿我又看见了你，你一丝不挂，腿间的体毛像黑油油的秧苗在风中摇摆，我放开嗓门喊了你一声，然后就朝你扑了过去……那阵儿工夫我一直闭着眼睛，我看不见刘贵，我一直都以为我是和你在一起。高潮到来的时候，忽然起风了，稻谷的香气一下子扑鼻而来，我顿时心花怒放。”我在处理这段文学的时候，尽量不让读者受到生理刺激，只求有一种心理感觉就行了。

杜：在阅读你的乡村小说时，我还有一个很突出的感觉，就是你非常擅长选取一个巧妙而独特的叙述者。其他书写乡村的作家，在叙事时一般都运用的是全知观点的第三人称，而你不同，第三人称用得少而又少，主要是第一人称。更为不同的，你的第一人称“我”并非一个单纯的叙述者，往往是小说中的一个关键人物，要么是作品中的主人公，如《坦白书》中的唐水，《桃花桥》中的红领；要么是人物关系中的一个纽带式人物，如《送一个光棍上天堂》中的胡妞，《怀旧之旅》中的司机小曲。你能谈一谈，你为什么偏爱这种设计？

苏：小说是叙事的艺术，对叙述者的选择，除了写作者的习惯以外，还包含了写作者对一种叙述趣味的追求。我经常让作品中的某个人物充当叙述者，一是为了增强叙事的真实性，二是想加强叙事的生动性，另外还可以造成叙事的多义性。关于后面这一点，王先霈先生在评论我的《侄儿请客》时，还特别提到过。

杜：《侄儿请客》是你的一篇很有代表性的作品，好像最先发表在《作家》杂志上，后来又被《中华文学选刊》转载了，类似的作品还有发在《收获》上的《我们应该感谢谁》和发在《山花》上的《姓孔的老头》，这几篇的主题都是关注乡村伦理的。你能具体谈谈《侄儿请客》的叙述视角吗？

苏：上面我说过，王先霈先生曾经专门写文章讲了这篇小说的叙述者，文章发表在《中华文学选刊》上。文中说：“在《侄儿请客》

里，给我们领路的是一位退休老人，此公心里存留着对往日温馨的怀恋，对世风偎佻、人情淡薄的唏嘘感叹。这位老人是无可怀疑的至诚君子，他讲述的所有情景的真实性都是可以信赖的。但是，他的评判，读者是否必须同意呢？作家没有这样要求。小说只是告诉我们，有这么一位老人，他有这么一次遭遇，看望了他的堂叔，遇到了他的表妹，有一个不怎么成器却也还不能认定为坏人的侄儿。你从他的讲述里可以了解，他出生的村子，二十多年来，在形而下和形而上都发生了很大的变化。我要说，小说里写的油菜坡的状态是眼下内地村庄很有代表性的状态。同样的故事，假若是由侄儿讲，由表妹讲，由堂叔讲，会是别样的色调、别样的气氛、别样的味道。我们该听谁的？该怎么看待这些事？该褒还是该贬？褒什么？贬什么？它会怎么往下发展？这一连串的问题，就是我们读了这个有滋有味的故事之后，自己要来动脑筋想想的了。”王先霈先生是我的老师，他这段话显然是在表扬我，肯定我的叙述者选得好，好就好在，作品中那个老人的叙述为读者提供了对这个作品进行多种解读的可能性。

杜：也许是因为你长期生活在城市吧，我发现你的乡村小说的视野比较开阔，好多作品都把乡村和城市打通了，这种打通，使你的乡村书写显得更有深度和力度了。比如你的《姑嫂树》，好像发在《长城》上，我非常喜欢这篇小说，觉得它是一篇思想性和艺术性都不错的作品。你能讲讲这个小说吗？

苏：正如你所说，我这篇作品的场景已经远远地超越了油菜坡，人物的活动差不多有一半在城市里。小说的情节大概是这样的：邹少芸是刘贝的嫂子，两年前她嫁给刘贝的哥哥刘石。刘石跛了一条腿，邹少芸的婆婆卧病在床，刘贝刚从高中辍学在家。整个家庭全靠邹少芸支撑。邹少芸家门前的土场边上长着两棵奇怪的树，树干下半截是分开的，腰身却紧紧地长在一起，到了一米高的样子，树身又朝两边分开了。油菜坡没有人知道这种树是什么树，于是便有人给它们起了一个非常好听的名字，叫姑嫂树。油菜坡人认为，这两棵树就是刘贝和邹少芸。

邹少芸带着刘贝一起到镇上给婆婆买汤圆粉。邹少芸买好了汤圆粉，刘贝却失踪了。邹少芸在姑嫂树上张贴寻人启事，悬赏寻找刘贝。邹少芸终于得知刘贝在宜昌。为了找回刘贝，邹少芸只身来到宜昌。她在宜昌屡次上当受骗。她被出租车司机算计，遭到卖衣服老板的讹诈。为了节约钱，邹少芸忍饥挨饿，住十元一晚的地下室，天天守候在刘贝曾出现过的水果市场。等候了七天后，邹少芸终于找到了前来买水果的刘贝。邹少芸发现刘贝的衣着打扮发生了很大变化，非常时髦。刘贝为了答谢嫂子，请邹少芸去城郊吃桃花鱼火锅。在回来的路上她们被两名男人所骗。两名男子企图分别占有姑嫂二人。在邹少芸看来，刘贝是黄花闺女，贞操关乎个人日后幸福。为了保护刘贝，邹少芸主动献身两名男子，保全了刘贝。邹少芸终于把刘贝带回了油菜坡。回家的邹少芸看到姑嫂树上的叶片在阳光下闪烁着金色的光斑。回想起在宜昌的遭遇，邹少芸感到阵阵心酸。然而，刘贝回家后的第三天又失踪了。邹少芸在门口的姑嫂树上发现了刘贝给她留下的一张字条，字条上说，嫂子，我走了！请你不要再找我了！上次我是被别人骗走的，这次是我自己走的。后来，邹少芸得知，上次刘贝被骗至宜昌，当了卖淫女，刘贝这次主动出走宜昌，继续当卖淫女。回想起寻找刘贝的种种心酸，回想起为了保护刘贝的贞操所受到的屈辱，邹少芸感到她所极力维护的世界已经坍塌。邹少芸再也站不稳了，她头一歪就倒在了姑嫂树下。

杜：你自己这么一介绍，我们已经对这篇作品的思想价值和艺术形式有了大致的了解。接下来，你能简单谈一谈这个小说的构思吗？

苏：这篇小说是根据一个真实的故事构思的。原始故事是，一个已婚女人和一个未婚女子，被两个流氓劫持到一个公园里，两个流氓要分别对她们进行强暴，当时是夜晚，又地处偏远，在反抗无效和求助无门的情况下，已婚女人对那个正要对未婚女子下手的流氓说，你放过她吧，要睡也来睡我，她一个黄花闺女，你把她糟蹋了，她今后怎么嫁人哪！那个流氓还没丧尽天良，听了已婚女人的央求居然起了恻隐之心，真的放过了未婚女子！原始故事中的那个已婚女子虽然很感人，但让读者受到感动之后却不能给读者带来更多的更有价值的思考。在构思时，为了让这个故事更有意味，我想了好几个方案，最后决定在那个未婚女子身上做文章。我想：如果那个未婚女子早已不是什么黄花闺女，那么那个已婚女人的献身与挽救还有意义吗？经过这么一假设，我的眼睛和我的心不禁豁然一亮，构思一下子就从迷茫走向了明朗。与此同时，我还灵机一动将已婚女人和未婚女子的关系设计成了嫂子和姑子的关系，这一改变无疑对小说主题的表达与强化起到了不可低估的作用。

杜：前不久我读了你发在《收获》上的《我们的隐私》，感觉你对油菜坡的开掘又向前推进了一步，发现你的小说对生活多了一些宽容，出现了一些温暖的东西，这种变化是非常可喜的。最后我想问的是，你近期在写什么？还像《我们的隐私》那样温暖吗？

苏：谢谢你看出我的变化。我近来又写了一组乡村小说，仍然是以油菜坡为背景的，正如你说的，我在努力寻找一种温暖的东西。温暖是一种感觉，温暖是一种姿态，温暖是一种情怀。原来我的小说以冷嘲见长，现在岁数大了，突然喜欢温暖的东西了。我想，我今后的作品可能会越来越温暖。

【于2009年】

一个孤独写作者的人性寓言

——和评论家金立群的一次交流

金立群： 晓苏，你好！你在小说创作上似乎一直和各种写作潮流保持着距离，不结帮，不抱团，不入伙，给人一种形单影只、孤苦伶仃、独步无援的感觉。我不知道，这是因为你的木讷还是因为你的固执。但有一点可以肯定，从名利的角度上讲，你的这种写作是吃亏的。我国的文学批评长期以来都喜欢分门别类，有点像打包批发和捆绑上市。因为你的小说不好划门，不好归类，所以那些主流批评家都很少关注你，甚至忽视你。请问，你自己意识到这个问题没有？

晓　苏： 我的确是一个孤独的写作者，那一拨又一拨的文学浪潮，我一个也没赶上。这不是我木讷，也不是我固执，可能与我的性格有关。我表面上是个很热闹很随和的人，其实骨子里很冷漠很孤僻。不过，作为一个业余写作者，我也没有太在意名利问题。有时候，看到某些专业作家为名利所累甚至为名利所伤，我还觉得好笑呢。另外，我也没觉得我的小说难以划门归类有什么不好。相反，这正好说明我的写作与众不同。

金立群：与众不同，正是你的小说价值所在。事实上，我想和你探讨的也正是这个问题。你的小说，我几乎都读过。我感觉你的写作似乎是一种任性之举，任自己的性。很多作家的写作，好像都有一个明确的外视目标，比如人性善恶的问题、精神家园的问题、底层命运的问题、生命关怀的问题。而你的写作似乎是内视的，更多的是从自己的内心出发，特别看重自己写作时的舒服与畅快。

晓　苏：你说得很对。我写作从来不是先有目标，也没有预设的观念。很多作家是先有了一个观念，然后编写一个故事来加以诠释。这样，我是写不下去的。推动我写作的，首先是我经历过、感受过、体验过的生活。这些生活往往以故事的形态储存在我的脑海里，并且都与人性有关。尤其是那些很微妙的、很暧昧的、很诡秘的、很幽暗的、带有人性颤音的故事，更能激发我的写作冲动。这类故事往往真假难分，善恶难辨，美丑难言，有时甚至让人无法作出有关道德与伦理的判断。老实说，我对这样的故事情有独钟，如痴如醉，流连忘返，有一种难以抑制的表达欲望。在我看来，那些关乎人性的故事不仅有意思，而且有意义，它们意味深长。这类故事含蓄，深沉，内在，杂糅，含混，充满歧义，充满矛盾，充满诱惑，最能彰显人类精神世界的广阔性和情感生活的丰富性。这种广阔性和丰富性是不能用任何模套、标准、范式去描述的，它总是要突破那些明晰的边界，就好像漫过或溢出堤坝的河流。我就是要写那种漫过和溢出的感觉，漫过和溢出是一条河流最感人、最动人、最迷人的状态。比如我的《松油灯》，写的是一个双目失明的光棍，三十六岁了还没和女人睡过。满三十六岁的那个生日之夜，一个神秘的女人默默无闻地来到家中和他睡了一觉，从头到尾连半句话也没说，临走时却留下了一盏松油灯。从过生日的第二天起，光棍就拎着那盏松油灯去四处寻找那个给他送来特殊生日礼物的女人。这个故事既让人觉得好笑，又让人感到心酸。这样一个大真大善大美的女人究竟是谁呢？这就是小说的意思。可是，瞎子光棍拎着松油灯走遍了全村，也没有一个女人承认这盏松油灯是她的。村里有三个同情光棍的女人，她们有可能献礼，但面对松油灯，她们一个个都毫无反应。到最后，瞎子光棍也没能找到那个让他无限感激的女人。这是一篇没有结局的小说，是一个被我故意掏空了的、隐去了许多内容的、超越了故事本身同时也超越了道德和伦理的人性寓言。我特意让瞎子光棍找不到那个女人，从而留下了一个迷惘的人性空间，也给读者提供了多种解读的可能性。我自己十分喜欢这篇小说，它既是现实主义的，又是现代主义的。

金立群：你说到人性寓言，我觉得这个提法很新颖。回头看来，你的很多小说都有一种寓言化的色彩。无论是你的乡村小说，还是你的校园小说，寓言化特征都十分明显。一般来说，寓言化小说与具体的题材书写，或者说地域书写，往往是不同的两个方向的写作路径。有意思的是，你为什么会想到把这两者结合在一起呢？

晓　苏：首先我要纠正你的一个词，就是“结合”。这个词让人感觉好像是要用胶水粘一下，是一种人工的刻意为之。我并没有“想到”寓言化，而是“感到”寓言化。当你从一个具体的题材中发现了它有超越了题材的东西时，你就会感到题材其实只是一件外套。题材背后或者题材深处最动人的地方在哪里呢？其实这也正是人与动物的最大区别，就在于人是矛盾的，是纠结的。正是种种的矛盾和纠结才彰显了人性的复杂，拓展了人性的空间，丰富了人性的内涵，焕发了人性的魅力，才让我们有探索和发现的欲望和冲动。进而，我们还能在这里感到某种普遍性的存在。这也就是文学的价值。文学的价值不是去解决问题，而是去发现，去探索，去言说。所谓寓言化，按我的理解，正是对那种有形的生活形式背后无形的、丰富的生活意味的发现和感悟。

金立群：在一些理论家的笔下，寓言化似乎意味着一种抽象化，是一种形而上的高深的东西，从写作上来讲可能会意味着更多的隐喻与艰涩。

晓　苏：我并不认为只有形而上才具有普遍性。七情六欲，男欢女爱，柴米油盐，喜怒哀乐就没有普遍性吗？寓言化绝对不是像有的理论家所认为的那样，是一种晦涩的抽象。伊索寓言小孩子也喜欢读，怎么是抽象呢？寓言化不是抽象掉血肉后的骷髅，而是一个更完整的更丰满的有血有肉有情有欲的生命。这样的生命，这样的人性，这样的矛盾与纠结，最能够唤起人与人之间的共鸣。我的《花被窝》和《看稀奇》，其实都属于这样的人性寓言。《花被窝》中的婆媳两人本来有解不开的疙瘩，但是花被窝的出现却让这两代人实现了沟通。婆婆的丈夫是为公去远处修路，媳妇的老公是为私去外地打工，这是时代的不同特征，但是他们都留下了性苦闷的妻子。因为花被窝的出现，她们感到了人性中共同的矛盾、共同的纠结、共同的渴望，因此她们真心理解了，宽容了，认同了，这就是一种温暖。这对婆媳在别的方面无法一致，只有在人性的最深处才能实现沟通。人性是不分年代的，也是不分地域的。像这样的故事，虽然题材是乡村的，写的是乡村的婆媳关系，但是因为写到了人性的深处，有了深厚的生活感悟，所以就自然有了普遍的意味，也就自然表现出寓言化的色彩。《看稀奇》也是如此。在这篇小说中，我写到了人性的一种激活。小说中的几个主要人物已经老了，没有能力焕发生命与性的活力，但是心中还是有这样的渴望。正是通过看稀奇，这样的活力又被激发出来并得以重温，而且还以此为纽带化解了夫妻矛盾和邻里矛盾。这里还是说的人性的沟通。欲望与人性在生活中的表现是丰富的、多样的，在你想不到的地方会有惊人的样式和形态，既在意料外，又在情理中。正是这样的寓言化，才使得我的小说既是现实的，也是现代的。

金立群：也就是说，你的小说所要表达的，甚至包括形式上的，不是一种建构，而是一种生成。建构与生成的不同就在于建构是事先有图纸有预案的，而生成是内在的自然成长，是不可预料的。

晓 苏：是的。我前面说过，正是生活中的暧昧、含混、矛盾、神秘引发了我写作的欲望和冲动。这样，意义便是从题材中自然生成的，而不是由外部强加的。它是生成的，我怎么真实怎么写，怎么人性怎么写，怎么舒畅怎么写。因此，我的小说虽然从题材上来讲可以算作什么什么，但实际上是不伦不类的。新写实也不是，新纪实也不是，底层叙事也不是，现实主义冲击波也不是。

金立群：所以你一直是一个孤独的写作者。实际上中国有很多写作团伙，评论家也容易偷懒，只要对个号，按图索骥，发挥一下就是了。可是，你的小说让他们有些为难，所以你的作品就无法受到应有的关注。

晓 苏：我当然希望我的小说获得更多的关注，但是我不会去揣摩，去迎合流行的需要。我乐意揣摩的，还是生活中那些真正让我不安过、疼痛过、酸楚过，从内心深处触动过我的东西。从这个角度来说，我觉得自己是一个真诚的写作者，是一个善良的写作者，是一个纯正的写作者。没有真正激动过我的东西，我不会去写。生活素材其实很多，但是，只有那些能在我内心成长、膨胀、发酵、非写不可的东西我才会去写。那种感觉就好像是和一个情人的交往，从神秘的心仪，到逐渐的了解、相互的默契，但还是不很了解对方，而又渴望了解，经过慢慢地试探，几番的邀请，终于决定约会，好像是去冒险，又怀着羞怯——我的每次写作就好像这样的约会一般。

金立群：听了你上面这番话，我感到其实很多时候我们误解了你。你与你笔下的题材之间是一种邂逅，这里有偶然性。因为你生长在油菜坡，工作在大学城，于是就有了这样两个题材的系列小说，这其实是生活的偶然造就的结果。如果你生在城里，在银行上班，或许会有别的系列。其实题材并不是你关注的核心。你是要穿越题材发现背后的东西。

晓 苏：是这样的。对我来说，小说的题材，人物的身份，其实只是外套。有人说我的乡村小说写得不像乡村，校园小说写得不像校园。比如《卖豆腐的女人》里面的那个郑之教授就不太像教授，除了简单交代他研究鲁迅，侧面介绍他带研究生，我主要写的是他的隐秘心理，或者说，我写了一个人的意淫。因为身份的、物质的、性格的等等局限，一个人往往不可能满足自己的欲望，尤其是性方面的欲望。怎么办呢？只有意淫，也就是通过想象来满足自己的欲望。郑之教授为卖豆腐的女人的大乳房所吸引，于是想入非非，沉溺其中，乐此不疲，通过意淫经历了一次又一次的肉体冒险，同时也获得了一次又一次的欲望满足。从人物身份上来说，郑之是一位大学城的教授，但教授只不过是他的一个外壳，从骨子里来看，他其实更像一个油菜坡的农民。所以说，我的小说与地域、职业并没有太大的关系。

金立群：从你以上的回答，我不禁想到沈从文在《边城》序言里说的一句话："我的作品没有这样也没有那样。你们所要的'思想'，我本人就完全不懂你说的是什么意义。"我觉得我在访问开始提出的那些问题，已经可以从你的回答中找到答案。我相信读者的智商，所以就不再来一番画蛇添足的总结了。最后，我祝愿你用小说将人性深处更多的矛盾与纠结呈现给我们，让我们多一点惊奇，多一点会意，多一点叹息。

【于2014年】

第四辑

感与言

三篇小说的获奖感言

文学与良心

我一直是一个默默无闻的写作者。说老实话，当初湖北省作家协会让我申报蒲松龄短篇小说奖时，我丝毫没想到我的《侯己的汇款单》会获此殊荣。得知自己的作品获奖后，除了感到意外和惊喜，我还感到有些纳闷，不知道评委们为什么会把如此宝贵的票投给我这篇拙作。后来，作为首届蒲松龄短篇小说奖评委之一的评论家王干先生，主编了一本《华文2005年最佳获奖小说》，非常荣幸，我的《侯己的汇款单》也被收入其中。该书的“编后记”里有这样一句话：“晓苏的《侯己的汇款单》对人的善恶冷静地铺陈，令人惊悚的同时忍不住去做有关良心意义的思考。”读到这句表扬我的话，我似乎有点儿明白评委们给我这篇小说投票的原因了。我想，尊敬的评委们一定是在我这篇作品中看到了一个写作者的良心。

事实上，我这么多年来一直都是因为良心在写作。在我们这个作家多如牛毛的国家，像我这种默默无闻的写作者，真是多我一个不多，少我一个不少，如果不是因为良心的原因，我很有可能早就扔笔不写了。作家们在谈论写作的时候，往往都会涉及为什么而写这样一个问题，有的说为人民而写，有的说为艺术而写，有的说为真理而写，答案丰富多彩，五花八门。假如有人要我来回答这个问题，我会毫不犹豫地说，我为良心而写。在现实生活中，耳闻目睹的好多事情让我感到良心不安，于是就会产生强烈的写作冲动，好像不写出来我的良心就永远无法安宁。正是因为良心的不安和为了良心的安宁，我才没有放弃文学，一直在默默无闻中坚持写作。

我经常在作品中拷问良心。就拿《侯己的汇款单》来说吧，我实际上写的就是一个良心被狗吃光了的故事。一个名叫侯己的老人，被不孝的儿子儿媳赶出来一个人生活。为了生活得好一点儿，他就只身外出打工，想挣点儿钱回来买一口铁锅，打一张木床，再缝一个枕头。“和儿子儿媳分家时，儿媳给他分了一口破锅，锅底有一条口子，每次煮饭都朝灶膛里渗水；分给他的那张床只有三条腿，他只好用几块砖支着，可睡在床上心里总不踏实，老担心床会歪倒；分家时没给他枕头，他每天晚上睡觉都用一个老南瓜垫在脖子下面，可那老南瓜太硬，挺得脖子疼。”侯己出去挖了两个月煤，终于挣到了五百块钱，他本来可以把钱带回家，但他害怕在路上被人偷了抢了，于是就自己给自己寄了一张汇款单。侯己没想到汇款单比他走得快，等他回到家时，汇款单已不幸落到了贪婪的儿媳手里。为了取到汇款，侯己不得不层层地托关系，找门路，送人情，还没把汇款取到手，那笔钱已有一半属于别人了。后来，当侯己千辛万苦取到钱时，可恶的儿媳却以与儿子离婚相威胁，把侯己剩下的一半钱全要去了。小说结束时，侯己只剩下了一张已经作废的汇款单，“汇款单皱巴巴的，侯己用手指轻轻地抚着它，想把它抚平，但抚了半天还是皱巴巴的，侯己就继续抚，抚着，抚着，两颗老泪突然落在了汇款单上。”可以坦率地说，这篇小说是我根据发生在我老家的一件真人真事写成的，侯己的原型事实上就是我的一位农村舅舅。在侯己的生活中，几乎所有的人都是那么自私、贪婪、无情，良心好像真的都被狗吃光了！那次回老家听到这个故事后，我的良心非常不安，很快就写下了这篇小说。写完的时候，我发现自己泪流满面。

我在这里反复突出良心这个关键词，并不是说只要有了良心就可以写出好的作品，只是为了强调良心对一个写作者来说是多么的重要。我想，一个有良心的写作者不一定就能够写出好的作品，但一个没有良心的写作者是绝对不可能写出好的作品来的。在我看来，好的作品必须是真诚的，必须进入普通人的基本情感领域，必须在关注人们的物质生存困境的同时关注人们的精神生存困境。一个写作者要写出这样的作品来，他必须具备爱心、同情心和悲悯之心。而我认为，具备爱心、同情心和悲悯之心的前提就是要有良心。如果一个人连起码的良心都没有了，那他还会有爱心、同情心和悲悯之心吗？

《文艺报》的编辑明江小姐打电话通知我到山东省淄博市领奖时，我正在青海省的海北州旅游。那里被称为遥远的地方，西部歌王王洛宾先生的代表作《在那遥远的地方》就是在那里创作的。那地方真是太美了，似梦似幻的青海湖，如诗如画的金银滩草原，无不让人心旷神怡。更令人感动和迷醉的还是那地方的人，无论是旅行社经理，还是出租车司机，无论是在草原上放马的康巴汉子，还是在帐房前给孩子喂奶的藏族妇女，他们都那么热情，那么淳朴，那么善良，你想多给他们一分钱，他们也不会要，良心真是太好了！面对那些可爱的西部人，我总是忍不住想到我长期生活的中部大都市武汉。在武汉，好多人一天到晚都横着眉毛，红着眼睛，嘴巴翻起来，脸上皮笑肉不笑，他们斤斤计较，讨价还价，尔虞我诈，一个个都像是想钱想疯了。与尚未彻底开发的西部相比，武汉人的良心，怎么说呢？不能说大大的坏吧，至少没有西部人好！我在这里丝毫没有反对西部大开发的意思，只是希望在经济开发的同时不要把人们的良心都开发得没有了。

也许我上面扯得有点儿远了，现在我想再回到《侯己的汇款单》上来。小说中有三个铺子，药铺、杂货铺和剃头铺。一开始我把三个铺子的老板都写成了唯利是图的人，他们在真实的生活中其实就是这样。后来我把剃头铺老板改成了一个良心尚存的人，他给了侯已许多关心和帮助。我之所以这样改，是想通过这个人物表达我对良心的渴望与呼唤。当时我想，如果侯已身边连一个有良心的人都没有，那他还有什么理由活下去啊！

为他人的内心写作

非常感谢本届湖北文学奖评委会给我这个殊荣，同时也非常感谢今天颁奖会的主办者给我这个发言的机会！遗憾的是，我在这里可能很难代表所有的获奖作者讲话，而只能代表自己发言。原因是多方面的，一是我水平不高，二是我名气不大，更重要的是，我的写作很可能有些与众不同。

进入新世纪以来，文学创作界开始流行这样一种说法：为自己的内心写作。这句话的意思大概是，写作是个人的事情，写作者要尊重自己的内心，强调个体感受和私人体验，主张书写和展示作者生命深处那些隐秘的情感诉求和幽暗的人性欲望。从文学创作心理学的角度来看，这种说法是没错的。但是，这个本来符合文学创作规律的写作主张，后来却在具体的写作实践中被一部分写作者误读了甚至歪曲了。他们过分地关心自我，迷恋自我，放大自我，好像写作完全是个人的事情，纯粹是个人的事情，与社会无关，与时代无关，与他人无关。结果，一股私人化写作的思潮在文坛上一下子泛滥开来，涌现出了许多小资作家，创作出了一大批展览私人生活、宣泄个人欲望的作品。

而我认为，写作固然要尊重自己的内心，但更要关注他人的内心。我想，一个写作者个人的内心不管多么丰富，多么深刻，多么广大，但与那么多的他人的内心比起来，都是单调的，轻浅的，狭小的。所以，写作者应该从自己的内心出发，走进社会，走进时代，走进他人的内心。只有这样，写作者遮蔽的视野才有可能被打开，沉睡的良知才有可能被唤醒。这时候，我们会突然发现，在这个急剧转型的社会，在这个异常复杂的时代，人们的内心深处原来是多么的苦涩和不安！与此同时，一个写作者的社会责任感就会油然而生，于是就会抑制不住地为他人写点什么！我这次的获奖小说《麦芽糖》就是这样写出来的。

在题为《麦芽糖》的这篇作品中，我有意创造了麦芽糖这个核心意象，我想让它给人们苦涩的内心带来一点甜头。作品中的主人公在一般人看来是一个没有出息的人，他在乡村靠熬麦芽糖和卖麦芽糖苦苦营生，陪着父亲，守着老婆，带着孩子，过着平平淡淡的农家生活。而他从前的三个同学却是个个都有作为，一个留学美国，还娶了一个金发碧眼的洋老婆，一个在省里当记者，拿着记者证四处采访，还有一个在县城开公司，腰缠万贯，财大气粗。但是，这三个同学虽然在异国他乡风光无限，可他们的父母却在农村老家备感孤独。与同学们比起来，我小说中的主人公越发显得没有出息了。然而，这个没有出息的人却能每天给他的父亲抓背抠痒。让人感到可悲的是，父亲一边享受着这份天伦之乐，一边却埋怨自己的儿子没有出息！在这里，我着力展示了人们内心深处望子成龙的理想与儿孙绕膝的愿望的矛盾冲突，表达了我对传统农耕文明的凭吊和对古典家庭温情的呼唤。我希望我的这种写作能够让他人不安的内心稍微得到一丝宁静。

感谢宽容和包容

事情说起来真是很巧。今天上午，几个关心文学的同行偶然碰到一起，大家闲聊时无意中提到了某项文学大奖，都说这个奖不够公正，许多作者都在北京拉关系，活动猖獗。后来有人问我，是不是所有的文学奖都是这样评出来的？我颇犯疑惑，一时真不知道该如何回答。

就在这时，我接到了《滇池》编辑部打来的电话，说我的小说《乡村车祸》获得了2009年度滇池文学奖。听到这个让我深感意外的消息后，我马上对那个提问者说，并非每一项文学奖都靠关系，至少滇池文学奖就是不需要任何活动的。在此之前，我只知道《滇池》编辑部每年都评一次奖，但什么时候开始评？哪些人是评委？这些信息我一点儿都不知道，至今仍是一无所知。

在小说创作上，我一直是一个非常固执的人。我迷恋故事，看重情节，追求可读性，而这种小说在当下好像已经被普遍认为代表着一种低下而拙劣的审美趣味。在那些“先锋”的、“现代”的、“前卫”的写作者和批评者看来，我这种写作似乎早已过时和落伍，应该知趣地从小说殿堂里滚出去，用武汉流行的一句话说，“你赶紧回家洗了睡吧！”但我不知趣，没有滚，还一直默默地坚持写着。我觉得，在小说世界里，不同的叙事形式与美学风格是没有好坏之别和高下之分的，应该多元共存，相得益彰。从这个意义上说，我非常感谢远在昆明的《滇池》。在我眼里，《滇池》是一本比较先锋的刊物，我感谢她能够以一种宽容的心态发表我的小说，更感谢她还能够在评奖时将我的这种小说包容其中。

最后还要说的是，我对《滇池》的感谢并不是从这次获奖才开始的，早在上个世纪八十年代末，张倩老师就从自由来稿中选发了我的小说《矮人塆》，从那时候起，我就对《滇池》心怀感激和谢意了。

以上三篇感言，第一篇是我在拙作《侯已的汇款单》荣获首届蒲松龄全国短篇小说奖后写的，曾在山东淄博的颁奖会上读过；第二篇写于拙作《麦芽糖》荣获第四届湖北文学奖之后，也在颁奖仪式上读过；第三篇是我在拙作《乡村车祸》荣获2009年度滇池文学奖之后应《滇池》编辑部之约写的。特此说明。

【于2012年】

我自己满意的几篇小说

从事小说创作三十多年来，我也写过一些自己比较满意的作品。我最为满意的有三篇，一个是《花被窝》，一个是《回忆一双绣花鞋》，另一个是《三个乞丐》。有意思的是，这三篇小说都获了奖。

关于《花被窝》

《花被窝》发表于《收获》2011 年第 1 期，随后被《小说选刊》和《小说月报》陆续转载，同年进入中国小说年度排行榜，后来获得第五届湖北文学奖，还被改编成广播剧。

这篇小说和我的许多小说一样，也有其生活原型。它来自两个真实的故事。一个发生在一对婆媳之间，媳妇原来对婆婆很不好，不仅恶言恶语，而且还克扣吃穿。后来媳妇有了外遇，因晒一床花被窝让婆婆发现了秘密，从此改变了婆媳关系。另一个故事发生在两个村妇之间，一个是少妇，三十出头，一个是老妇，七十好几了。她们之间本来没有故事，虽然同村，但从不来往。少妇很风流，一个偶然的机会，她听说老妇年轻时也风流过，并且出门与人约会时还扛一床花被窝。少妇从此与老妇亲近起来，平时一有空就去看望，逢年过节还送这送那。我觉得这两个故事很有意思，便将它们整合成了这篇《花被窝》。

当下为数不少的写作者，大都站在两种立场上进行写作，一种是政治立场，一种是道德立场。从政治立场出发的写作，采取的主要是图解策略，积极配合主旋律；从道德立场出发的写作，往往喜欢跳出来说教，目的在于维护某种传统。在我看来，以上两种立场都不是纯正的文学立场。纯正的文学立场应该是人性立场。我的写作基本上都是从人性立场出发的，不太关心政治与道德，只想从人性深处发现一些新奇的东西。

小说写一个名叫秀水的农村留守少妇，与修电视接收器的李随在一个偶然机会发生了特殊关系。他们一次偷情不小心弄脏了花被窝，秀水洗了花被窝晾晒时被婆婆发现。事后秀水怀疑婆婆秦晚香发现了她的秘密，担心婆婆将这个秘密告诉外出打工的丈夫而毁了这个家。为了封住婆婆的口，秀水硬着头皮把被她早先赶出去独居的婆婆接回来与自己同住。因为一床花被窝，原来糟糕的婆媳关系突然得到改善。

不过，秀水只是表面上对婆婆殷勤周到，内心却是极不情愿。后来，秀水偶然听说婆婆年轻时候也有相好，并且约会时还扛一床花被窝。这个发现让秀水一下子把婆婆当成了自己的知己，一种莫可名状的亲切感油然而生。又是因为花被窝，婆媳两人终于心心相印，实现了真正的理解与沟通。

《小说选刊》转载这篇小说时评论说："一床热烈而浪漫的花被窝，象征了人性中复杂难解而又微妙美好的一面。"事实上，我这个作品要探求的正是人性的奥秘。人性是一个复杂的、幽暗的、诡秘的、矛盾的深潭，其中蕴藏着无限的风景，一个优秀的小说家就应该勇敢而大胆地到那个人性的深潭之中去探险览胜。《花被窝》主要探讨了人性之中的性爱问题。性爱，包括偷情，都是人性之中普遍存在的一种欲望，从人性的立场来看，它本身并没有美丑之分，只有动机上的善恶之别。如果发自于恶，它可能结出罪恶的丑之果；如果发自于善，它则可能开出善良的美之花。秀水的红杏出墙和婆婆的越轨，显然都与恶无关，所以给人与人之间带来了同情、理解、宽恕、包容等诸多的正能量。很显然，我通过一床花被窝，对传统的道德和伦理进行了不露声色的解构，极力地张扬了人性。

关于《回忆一双绣花鞋》

《回忆一双绣花鞋》首发于《钟山》2012 年第 6 期，《小说月报》2013 年第 2 期转载，获得第十六届百花文学奖。评委会在评价这篇小说时，认为作品在主题的提炼上有重大创新，它揭示了某些反面生活的正面价值，打捞了那些消极故事的积极意义。

小说写的是一对乡村老年夫妻共同回忆一双绣花鞋的故事。丈夫叫温九，妻子叫金菊。这双绣花鞋，是一个神秘的女人在二十二年前送给温九的。金菊当时就断定送绣花鞋的女人是温九的相好，却又一时猜不出是谁。她要温九老实交代，温九却死活不说。为此，夫妻俩闹得不可开交，还把当年的妇女主任秋红找来调解。秋红也要求温九说出送鞋的是谁，可温九仍然守口如瓶。然而，温九给了金菊一个承诺。他说，等我满了七十岁，我就把送绣花鞋的人告诉你。因为这个承诺，金菊等了二十二年。由于有悬念，有疑团，有盼头，所以金菊在这二十二年的等待中，过得很兴奋，很充实，很精神。在温九过完七十大寿的第二天，他终于把谜底告诉了金菊。原来，送绣花鞋的居然是妇女主任秋红。因为岁月的洗礼，因为情感的沉淀，因为人性的复杂与多元，即使秘密揭开之后，金菊对秋红也失去了恨意，对温九更是在原谅中还暗含了一丝欣赏。昔日的风流与浪漫，经过时空的珍藏与发酵，最终也能化为甘醇的美酒，让人陶醉。

文学评论家李遇春教授在评论这篇小说时指出，一个民间日常生活故事，经晓苏讲出来后，读者虽然无法理喻什么微言大义，比如传统道德叙事视野中的伦理重建主题，比如现代启蒙叙事视野中的文化批判主题，但却能领悟到民间底层视野超越了宏大叙事模式的生命况味。这对民间乡村老夫妻之间一辈子相濡以沫的温情，虽然少不了争吵和斗气，但彼此的忍让、宽容和接纳，正好凸显了民间话语超越宏大叙事的力量。温九的回忆是有意思的人生回忆，没有意思的回忆是不值得回忆的，那样的人生也是没有意思的人生。他从民间化叙事的角度阐述了《回忆一双绣花鞋》的创新意蕴。

文学评论家夏元明教授也发现了此作主题的新意。他说，温九年轻时的一段情事，一直等到二十二年后才真相大白，而其间所有的回忆、讲述，贯穿的都是温九和金菊的日常生活细节，并且是充满情爱和情趣的幸福细节。似乎金菊几十年如一日，同温九相濡以沫，恩恩爱爱，都是为了等待终于有一天温九会告诉她那位送鞋的人到底是谁。一个偷情的故事在岁月的推移中，竟然演变为夫妻二人的一个盛大的节日，一个仪式，一个庆典！小说写绣花鞋的秘密在其次，重点却是借揭穿这个秘密来写温九夫妻几十年的幸福生活。

关于《三个乞丐》

《三个乞丐》发表于《天涯》2015 年第 2 期，同年进入中国小说学会的年度小说排行榜，2017 年荣获第五届汪曾祺文学奖。

能获汪曾祺文学奖，是我多年梦寐以求的事情。汪曾祺先生是我崇拜得五体投地的短篇小说大师，他的《受戒》《大淖记事》《故里三陈》，堪称短篇小说经典，让我百读不厌，常读常新。老实说，我走上文学创作之路，在很大程度上受到了汪曾祺先生的诱惑与指引。在我看来，汪曾祺先生的小说不属于有意义的那种，而是典型的有意思的小说。有意义，指的是有思想价值；有意思，指的是有情调，有趣味，有美感。汪曾祺先生小说的独特魅力，就在于它有意淡化了意义的建构，从而有效强化了意思的彰显。为了追求小说的情调、趣味与美感，汪曾祺先生特别注重对人性的探寻。他总是能够把他的那支敏感之笔，从一个不易为人察觉的入口，慢慢插进人性深处，让读者看到人性的复杂与多样、神秘与诡异、矛盾与荒诞，进而为我们呈现出一个真假共舞、善恶同构、美丑互涉的有意思的人性世界。

我的这篇《三个乞丐》，是一篇没有结论、没有结果、没有结局的小说。对于走村串户的那三个乞丐似的人物之间的关系，虽然餐馆的三个人都根据各自的生活经历、人生经验和审美趣味做出了截然不同的猜测与想象，但作者却没有倾向于任何一方。我这么写，只是想把我们这个时代的表象生活有意思地展示出来，至于故事背后的真相，我不想妄加判断，以免以己度人、以偏概全，从而影响和制约了读者的思考与发现。当然，我选择这种写法，也是出于对人性的正视和尊重，更是出于对汪曾祺先生的热爱与崇敬。

【于 2017 年】

祝福《长江文艺》六十华诞

我敬爱的《长江文艺》杂志，从1949年6月创刊，到今年6月整整60周年了。截至今年6月，杂志共出刊588期。在这588期刊物中，如果要问我最喜欢哪一期，我会毫不犹豫地说，我最喜欢的是1985年第12期。理由是：我的第一篇小说发在这一期的《长江文艺》上。

在我家的书房里，虽然完整地保存着这么多年来的《长江文艺》，但《长江文艺》1985年第12期却被我单独拿出来珍藏在我卧室内一个小皮箱里。这个箱子里装的都是我认为非常贵重的东西，有我的大学毕业证，有我的结婚证，有我的房产证，还有我的职称聘书，另外就是一个存折和1985年第12期《长江文艺》。

我的第一篇小说《楼上楼下》，发在

《长江文艺》1985 年第 12 期“新人第一篇”栏目里。作品写的是住在楼上楼下的一男一女两个青年教师互相取长补短的故事，男老师叫胡有水，女老师叫白灵。同期还发表了署名习桅的评论《“新人第一篇”印象》，文中说：“读晓苏的作品，时常会引得你会心地一笑，究竟是他带着微笑去看生活还是生活的微笑为他所摄取？他似乎那么醉心于表现一种色调明快的律动，他的《楼上楼下》就很带了些喜剧色彩。”我至今不知道习桅是谁，但这段评论给了我足够的自信和无限的力量。

我那篇小说的责任编辑是吴大洪先生。他是我大学中文系的同学，读书时是带薪的，很有钱，经常同时穿两件褂子，里面一件是呢子的，外面一件是涤卡的，显得富贵而有风度，加上人又长得帅，好多女生都追他。但他不近女色，一心读书，没毕业就发过评论文章，所以毕业后就分到《长江文艺》当了编辑。我和他在大学期间交往不多，我把小说寄给他，原以为他不会太当回事，也许看看就扔掉，或者写几句应付的话把稿子退给我。没想到，吴大洪先生收到小说没过多久就给我写了近千字的回信，说我的作品基础很好，已经送审了。我当时很感动，觉得吴大洪这个同学真是够意思！后来我不止一次地想，如果吴大洪先生当时不是那么认真地对待我的处女作，那我以后可能就不会再写小说了。所以，我至今对吴大洪先生充满感激，心里一直把他当作我生命中的贵人。

《楼上楼下》能在《长江文艺》1985 年第 12 期上发表，除了要感谢责任编辑吴大洪先生之外，我还要感谢两位贵人，一位是编辑家周昉老师，一位是著名诗人刘益善老师。

周昉老师当时好像是《长江文艺》的小说组长。小说送审后不久，吴大洪先生就通知我到《长江文艺》编辑部去一趟，说二审要找我谈谈修改意见。我那是第一次去《长江文艺》，找不到路，在东湖的密林中穿了大半天，快到中午了才找到编辑部。那次接待我的就是周昉老师，他用一口黄陂话充分肯定了我的作品，然后让我修改一个细节，还提出几个方案供我参考。周昉老师的一番话对我启发很大，回单位的当天我就把小说改好了。

小说改好寄去不久就通过了终审，但迟迟没有发表出来。这时候，我认识了刘益善老师，他爱人是我的同事。当我与刘益善老师说起这篇小说时，他说，编辑部通过的稿子很多，要慢慢排队，有些稿子运气不好的话，排队时间长了最后还发不了。《长江文艺》时任主编是大诗人徐迟先生，刘益善老师说，他碰到主编就帮我催催这篇小说。后来多亏刘益善老师起了作用，这样我的《楼上楼下》才得以顺利发表出来。

1985 年第 12 期的《长江文艺》，我不知道一个人看过多少遍，无论是内容还是装帧，我至今都记得清清楚楚。那一期的内容很丰富，还发了后来成为著名作家的陈忠实先生的小说《拐子马》，还有著名诗人公刘的诗作《皖南山居四题》，还有於可训老师、刘安海老师和赵国泰普丽华夫妇等几位评论家的评论文章。那一期的封面也非常有诗情画意，取自毛主席手迹的刊名印在封面上方，四个红字分外醒目，中间是一幅画，画着两座相对的山，两山之间是一条奔腾的江水，一条船正在波涛间破浪前进，记得有一座山峰上还升起了一轮红彤彤的太阳，灿烂的阳光把江面都染红了。封底是一个广告，宣传的是黄石出品的高效石膏吸声装饰板。

《长江文艺》1985 年第 12 期，我真是爱不释手，百看不厌。我想，我这一辈子恐怕都不会忘记 1985 年第 12 期的《长江文艺》了。

【于 2009 年】

《长江丛刊》有一双发现的眼睛

我是一九七九年从乡下来武汉读大学的，到二〇一九年整整四十年。正当我打算为自己来汉四十年写点什么的时候，《长江丛刊》杂志社要我为该刊四十年刊庆写一篇短文。《长江丛刊》创刊于一九七九年，到二〇一九年正好四十周年。真没想到，我这么一个小人物，居然和赫赫有名的《长江丛刊》还有着这样一种隐秘的缘分。我于是就愉快地接受了任务。

最近这几年，我与《长江丛刊》的关系比较密切。主要是刊物领导抬举我，加上我这个人很随和，所以他们经常邀我参加刊物的活动。其中参与最多的，是和杂志社的朋友们一起深入市县，与地方作者坐在一起，相互交流写作的甘苦。这项活动很有意思，业已成为《长江丛刊》服务基层作者的一个品牌，也被称为文学下乡。在我的印象中，每逢文学下乡，社长刘诗伟先生差不多都亲自出马，并且每到一处都要给当地作者做一个辅导报告。诗伟先生既是作家又是编辑家，每次做报告都自觉或不自觉地运用了双重身份和复合视角，让基层作者茅塞顿开，对我的启发也很大。我多次听过诗伟先生的报告，虽然报告的内容因时因地有所变化，但有一句话是从来不变的，并且每次必讲。这句话就是："你发现生活，我发现你。"

"你发现生活，我发现你。"我觉得这句话说得特别好，内涵丰富，意味深长，具有宽阔的阐释空间。我们既可以把它看作是《长江丛刊》的用稿标准，也可以说它是《长江丛刊》的办刊宗旨。具体来讲，"你发现生活"指的是用稿标准。意思应该是，只有对生活有独到发现的作品，才符合刊物的用稿要求。其言外之意还有，刊物拒绝那些人云亦云的、跟风起哄的、溜须拍马的、虚情假意的、复制粘贴的稿件。"我发现你"指的是办刊宗旨。意思我想是，刊物应当把发现好作者、培养好作者当作责任和使命。其弦外之音还有，作为一本有责任、有使命的刊物，它不看重关系，不看重人情，不看重利益，只看重那些对生活有独到发现的作者。同时，这句话还生动而形象地揭示了编者与作者之间的辩证关系，那就是，只有作者对生活有了独到的发现，编者才有可能发现这个作者是一个好作者。除此之外，没有其他更好的途径。总之，这句话很凝练，很精辟，很深刻，堪称名言警句，完全可以视之为刊眼。

文有文眼，报有报眼，刊物自然也应该有刊眼。刊眼即刊物之眼，也就是刊物的眼睛，或者称之为刊物的灵魂。我之所以认为"你发现生活，我发现你"这句话可以充当《长江丛刊》的刊眼，是因为我觉得，这句话体现了《长江丛刊》创刊四十年来一以贯之的办刊思想。我的意思是说，《长江丛刊》自创刊伊始，便打开了一双发现的眼睛。这双眼睛由两只构成，一只是作者发现生活，另一只是刊物发现作者。两只眼睛相互对视，含情脉脉，熠熠生辉。

短文写到这里，我不由想起了自己第一次向《长江丛刊》投稿的往事。那是一九八九年，那年我二十七岁，正是一个热血奔腾的文学青年。此前，我虽然已经在《长江文艺》《芳草》《星火》《飞天》《朔方》《鸭绿江》《山东文学》等文学月刊上发表了十几篇小说，但还从来没敢给《长江丛刊》这种大型刊物投稿。这年冬天，我终于鼓足勇气，把刚写完的一个短篇小说投给了《长江丛刊》。那个时候，我在《长江丛刊》没有一个熟人，时任主编是著名作家刘富道先生，虽然我对他仰慕已久，但他却不认识我这个无名小卒。刊物还有三位副主编，分别是陈龄先生、何帆先生和岳恒寿先生，可惜没有一个熟悉我。我大胆投稿，只是想试一烙铁，压根儿没抱什么希望。然而，出乎我意料的是，稿子投出去不到两个月，我竟然收到了编辑部的回信。给我回信的是王社平先生，我当时与他素不相识。他在信中说："你的小说发现了生活中一个被人们忽略的现象，颇有新意。稿子已经三审通过，决定留用，请勿另投。"我收到此信，不禁欣喜若狂，心花怒放，一连兴奋了好多天。次年春季，《长江丛刊》1990 年第 2 期果真发表了我的这篇小说。现在想起来，我真够幸运的，第一次给《长江丛刊》投稿就发表了，并且是自由投稿。因此，我对《长江丛刊》一直怀有一颗感恩之心，尤其感谢王社平先生对我的发现之恩。

我在《长江丛刊》上发表的那篇小说，题目叫《界石岭》。作品中的人物和情节，我至今都还记得。小说的主人公叫刘日高，是一个年轻的乡村警察，当地称作特派员。一天，油菜坡的老宽叔过生日，和老宽叔一不沾亲二不带故的刘日高居然也去为他祝寿。这让老宽叔感到一头雾水，老宽叔的侄女青果也觉得莫名其妙。当然，刘日高去为老宽叔祝寿是有起因的，只是这个起因不宜公开，只有刘日高一个人心知肚明。起因缘于三年前的一次偶遇，当时刘日高十九岁，还是一个放牛娃，正处于青春躁动期，对性如饥似渴。那天，刘日高在界石岭上放牛，看见发育良好的青果远远走来，身体一时冲动，不由陡生邪念，随即躲进一片草丛之中，准备等青果走近后便猛扑上去将其强暴。碰巧的是，正当刘日高即将扑向青果的时候，老宽叔突然从此路过，于是打断了他的罪恶计划。更巧的是，就在遇上老宽叔的第二天，刘日高被派出所招去当了特派员。正是因为那次偶遇，刘日高对老宽叔充满了感激。所以，他要特地去为老宽叔祝寿。在去给老宽叔祝寿的前几天，刘日高还在邻村抓了一个十八岁的强奸犯。现在回头去看，这篇小说虽然十分幼稚，但我却从人们司空见惯的生活中发现了人生命运的某种偶然性。我想表达的是，警察和罪犯并非天生的，二者实际上只有一步之遥。他们天差地别的人生命运，其实都是某种机缘巧合。也许正是因为《界石岭》对生活有了这么一点小小的发现，王社平先生才从成堆的自由来稿中发现了我。

回顾上面这段往事，我并不是想借此说明我是一个什么人才，只是想说，发现文学新人是《长江丛刊》与生俱来的一个优良传统。据我所知，池莉、傒浛和古清生等一大批后来活跃于文坛的作家，当年都是《长江丛刊》最先发现的，大名鼎鼎的刘富道主编还亲自写文章推介过他们。可以说，他们都是从《长江丛刊》出发走向全国的。我认为，凡是优良的传统，都应该继承下来，并且要发扬光大。值得欣喜的是，《长江丛刊》创刊四十年来，那双善于发现的眼睛始终没有停止过发现。尤其是近几年，刊物在湖北省作家协会党组的正确指引下，在诗伟社长的具体带领下，那双发现的眼睛显得更圆、更大、更有神了。它立足湖北，面向基层，发现了一大批对生活有发现能力的文学新人，为繁荣湖北文学做出了切实的贡献。

俗话说，三十而立，四十不惑。在《长江丛刊》迎来四十华诞之际，作为一个受惠于该刊几十年的老作者，我衷心祝愿《长江丛刊》那双发现的眼睛永放光芒，光芒万丈。

【于2019年】

油菜坡上的良心糖

——在油菜坡良心糖坊揭牌仪式上的致辞

今天是个甜蜜的日子，因为油菜坡良心糖坊正式揭牌并开业了。首先，我要代表我的堂兄苏顺良，向知名书法家、真正文化人、保康县人大常委会副主任陈永高先生表示衷心感谢，感谢您为良心糖坊亲笔题字并亲手揭牌。您的题字，朴实刚毅，贤良方正，温文尔雅，赏心悦目，非常形象地传达了良心糖坊的文化精神和事业愿景；您来揭牌，代表了上级领导对农村的关注、对农业的关心、对农民的关爱，也是为良心糖坊助威、鼓劲、加油，预示着油菜坡良心糖坊吉星高照、鸿运当头、前程似锦、风光无限。与此同时，我还要代表我的堂兄苏顺良感谢各位嘉宾、各位亲朋、各位好友、各位乡邻，感谢你们迎风斗雪、爬山越岭、不畏寒冷、不怕艰难，来到油菜坡，为良心糖坊捧场、抬庄、凑光。

坦率地告诉大家，这个良心糖坊是在本人的倡导下组建起来的。我为什么会有这样一个创意？因为油菜坡是我的老家。我生在这里，长在这里，直到十七岁才离乡远行。这里有我至爱的亲人，有我喜欢的乡亲，有我熟悉的田园，有我钟情的山水，更有我一生也挥之不去的童年记忆。

老实说，我的童年记忆是丰富的、复杂的、多样的，可谓酸甜苦辣，五味杂陈，应有尽有。但是，最让我铭心刻骨和念念不忘的，却是关于甜的记忆，具体而言，就是忘不了老家人用苞谷熬的麦芽糖。在油菜坡，麦芽糖又被称为麻糖。它的熬制全靠手工，从石磨推苞谷到铁锅煮浆，从纱布口袋过滤到下麦芽引子，从柴火熬到双手拔，整个过程全是祖上流传下来的老办法，从头到尾不用任何现代机械。麦芽糖有很多吃法，刚出锅的时候，可以用土碗端着喝糖汁子；凝固以后，可以用锤子敲碎了嚼糖坨子；最常见的，是把苞谷炒成高粱泡儿，黏糖果子吃；家境好一点的，会把冻制的阴米炒成米花，黏糖片子吃；富裕的人家，还会在糖片子里掺上其他配料，或者是芝麻，或者是花生，或者是核桃，或者是黄豆，吃起来更脆，更香，更甜，可以称得上是真正的人间美味。

每当想起家乡的麦芽糖，小时候的许多场景、人物和故事，都会向我扑面而来。比如我的姑妈，她非常会黏糖果子，每到过年都要黏上好几坛子，一直可以吃到第二年春夏之交。姑妈为人特别大方，从来不把糖果子藏起来，总是放在人人都能找到的地方，包括我们这些侄儿侄女，都可以在她家里轻而易举地找到。当时，姑妈住在孙家岩，我每逢周末都要去孙家岩砍柴，晌午肚子饿了，我就会跑到姑妈家去找吃的。如果姑妈当时不忙，她就亲自去给我拿糖果子吃；要是手头正在做事，她就会让我自己上楼去坛子里拿糖果子。姑妈黏的糖果子又大又圆，又甜又香，既充饥又爽口，是我童年最喜欢吃的食品之一。又比如，当年我老家这个屋场住着四户人家，除了我们家，还住着大伯的三个儿子，我分别称他们大哥、小哥、幺哥，那时他们都分门立户了，大妈跟幺哥一起生活。每年的正月初一，我们一清早就要起床出行，先放一挂长鞭，然后四家就相互串门拜年。拜年的时候，一不送烟，二不送酒，但是，每家必须有一个代表，端上满满一盘米花糖，见人都要发几块儿。可以说，米花糖就是我们新年的见面礼，它代表着邻居的团结，意味着亲人的和睦，更象征着生活的甜蜜。还比如，我上大学的第二年春天，春节过后返校时，母亲特地为我黏了一包芝麻糖。到了学校，同寝室的同学纷纷把自己从家乡带来的特产拿出来给大家品尝。有人拿出了北京龙须糖，有人拿出了苏州牛皮糖，有人拿出了武穴酥糖，有人拿出了孝感麻糖。直到最后，我才拿出我从油菜坡带去的芝麻糖。始料不及的是，我的芝麻糖虽说来自穷乡僻壤，包装也简陋不堪，但同学们都说好吃，都说我老家的糖甜而不腻，脆而不枯，吃过之后，口齿飘香。

大学毕业之后，我留在了武汉工作。油菜坡成了我的故乡，我成了它的游子。时间过得真快，一转眼，我已经在武汉生活四十个年头了。四十年来，我虽然到过许多地方，还去过不少国家，吃过的糖不计其数，既有乡村的也有城市的，既有中国的也有外国的，但我觉得最好吃的，还是我们油菜坡的麦芽糖。由于岁月的流逝，年龄的变化，乡愁的牵挂，我对麦芽糖的感情也与日俱增，并且还经常在梦中喝糖汁子，嚼糖砣子，吃糖片子。

然而，令人遗憾的是，由于社会的进步，商品的繁荣，物流的发达，工业文明和外来文化便长驱直入地来到了我的家乡。从此，油菜坡就很少有人熬糖了。导致这种情形的原因显然是多方面的，先从客观上来讲，用本地传统的手工熬糖，成本高，工序多，产出少，收入低，不如直接花几个钱买外来的糖吃，既简单又便宜；再从主观上讲，因为改革开放和精准扶贫，农村的生活也一天比一天好起来，与此同时，人们的吃苦耐劳精神便开始减弱，不少人宁愿通宵打牌，也不愿意深夜熬糖。现在，我们从外地回到老家，吃到的糖大都是从其他地方进来的，虽然也有糖果子，也有糖砣子，也有糖片子，但这些糖都不是用手工熬的，它掺入了大量的砂糖，甚至还放了糖精。这种糖品，不仅吃起来口干舌燥，索然无味，而且还有损身体健康。正是因为工业文明的冲击和外来文化的侵袭，油菜坡熬糖的传统手艺正在渐行渐远，日薄西山，濒临失传。

因此，作为一个文化人，我觉得自己有责任、有义务，来保护家乡的优秀文化传统，让家乡的老手艺、老品牌、老味道，能够得以传承、发扬、光大。也只有这样，我的美好的童年记忆才有可能真正被唤醒、被打捞、被点燃。正是因为以上原因，我才极力主张组建油菜坡良心糖坊。我想通过这个糖坊，来留住我的童年记忆，留住我的美丽乡愁，留住我的文化之根。

借此机会，我还要向大家解释一下良心糖坊这个名字。我之所以取这么一个名字，有两个原因。一是，我的堂兄叫苏顺良，良心糖坊与他的名字十分吻合。苏顺良虽然没多少文化，用他自己的话说，斗大的字认不到一箩筐，但他脑壳聪明，心灵手巧，尤其热爱农耕文化，会舂米，会煮酒，会打草鞋，会卷旱烟，会编竹筐子，更会熬麦芽糖。在我们老家这一带，还流传着一首家喻户晓的顺口溜："麦苗儿青，菜花儿黄，油菜坡出了一个苏顺良。虽说有点儿怕老婆，但他会熬麦芽糖。"这么多年来，他一直都在坚持熬糖，每年都熬，从未间断。每到春节前夕，找他买糖的人都成群结队，络绎不绝，他熬的糖总是供不应求。久而久之，苏顺良这个名字便与麦芽糖紧紧地连在了一起，他的麦芽糖已经产生了品牌效应。有一次，他背着麦芽糖去店垭街上卖，顾客们问，是油菜坡苏顺良的糖吗？他说，是的，我就是苏顺良。顾客们一听说卖糖的就是苏顺良本人，顿时把他的糖一抢而光。其二，苏顺良的麦芽糖为什么会深受欢迎？因为他的糖是凭良心熬的，不掺假，不耍滑，一是一，二是二，从来不会偷工减料，从来不会坑蒙拐骗，从来不会花里胡哨。在讲到糖时，苏顺良曾无比自信地说，他的糖，用的是油菜坡的苞谷，苏家龙洞的水，土生土长的麦芽，然后再用木柴火拼命地熬上七八个钟头，等糖起锅后，他还要和他老婆每人抓住糖的一头，像拔河一样，左扯右拽，扯得满头汗流，拽得脸红脖子粗，直到把糖拔白、拔亮、拔紧，才算大功告成。因为苏顺良在整个熬糖过程中倾注了他的真情、他的善意、他的辛勤，还有他难能可贵的工匠精神，所以他熬的糖可以称为真正的良心糖。

最后，我还想说的是，生活应该多一些甜，而甜是离不开糖的。但是，糖只能让我们嘴甜，只有在糖里渗透了良心，我们才可能从嘴里甜到心里。因此，我在这里要郑重地拜托各位，希望大家都来关心和支持油菜坡良心糖坊的建设与发展，让苏顺良的良心糖声名远播，畅销全国，乃至走向世界。

【于2018年】

一个白求恩式的人

——在傅炯业先生金婚庆典上的讲话

今天，热浪席卷江城，烈日炙烤三镇。在这样一个又热又烈的日子里，我们在这里隆重雅集，高朋满座，好友如云，热烈庆祝傅炯业先生和李梅英女士金婚大吉。这个庆祝活动是真正意义上的热烈，天时人和，名副其实，没有半点夸张，没有一丝恭维。

非常感谢傅炯业先生邀请我出席此次盛典并安排我讲话。我和傅先生是忘年之交，相识至少有三十年了。我和傅先生的交往属于文人之交，与君子之交淡如水不同，文人之交浓如汤。水是无色、无臭、无味的，而汤却不一样，它色香味俱全，比如武汉著名的排骨藕汤，色彩养眼，香气扑鼻，美味在舌尖上汩汩流淌。因为，文人是追求情怀、追求趣味、追求美感的，所以不能像一杯白开水。我和傅先生之间的交往就像汤一样，充满了浓烈的情怀、浓厚的趣味、浓郁的美感。正因为如此，我今天才放下一切，趁着热浪，顶着烈日，毫不犹豫地来热烈祝贺傅先生和李女士的金婚大吉了。在这里，我要衷心祝愿二位老人爱情之花长红，婚姻之叶长绿，生命之树长青！

今天在来这里的路上，我忽然想到了毛主席评价白求恩的一段话。毛主席说，白求恩是一个高尚的人，一个纯粹的人，一个有道德的人，一个脱离了低级趣味的人，一个有益于人民的人。这段话虽然是说白求恩同志的，但我觉得，毛主席他老人家说得更像是我们的傅炯业先生。

傅先生是一个高尚的人。他不仅思想高尚，品质高尚，关键是行为高尚。在文人当中，自诩思想高尚和品质高尚者很多，但行为高尚者却相对较少。傅先生作为一个文人，却做到了言行一致。比如他对自己的爱人，五十年如一日，始终爱她、疼她、呵护她，无论她年轻貌美，还是人老珠黄，始终都把她当作手上的宝，爱心从来没变，爱意从来没减。有一次，李梅英女士乘坐火车从外地返回武汉，年近七旬的傅先生亲自骑着摩托车去车站迎接。因为分别日久，相见心切，傅先生过于激动，在前往车站的路上不幸摔了一跤，还把一条腿摔伤了，疼痛难忍。但是，傅先生却忍住疼痛，并且咬着牙坚持着去车站，又骑摩托车把爱人驮回了家。后来去医院一检查，他的那条腿竟是粉碎性骨折。这看似是一个通俗爱情故事，但在爱情背后，在故事深处，却隐藏着一种高尚的人格。

傅先生是一个纯粹的人。这从他对待文学的态度上可见一斑。傅先生自幼热爱文学，孜孜以求，从没放弃。可以说，他对文学的热爱是与生俱来的，不带任何功利，不掺丝毫杂质，已经爱到了骨子里。盛年时，傅先生曾一度涉足官场，当过文化局长和宣传部长。难能可贵的是，他当官的时候，并没有沉溺于官场，更没有陶醉于权力，而是仍然热爱文学，对文学热情不退，痴心不改。在繁忙的工作之余，他坚持文学写作，不仅作品经常见诸报刊，而且还出版了作品专集。更加值得称道的是，傅先生从领导岗位上退下来之后，更是全身心投入到了文学上，四处采风，潜心创作，硕果累累，连续出版了《纤笔一枝》《高飞远走》《蓦然回首》等多部作品，并且还在古稀之年加入了中国作家协会。现在，傅先生已是八旬老人，但身体硬朗，精神矍铄，还能游山玩水，赋诗作文。正是因为他对文学爱得纯粹，所以才青春永驻，文气长存。

傅先生是一个有道德的人。道德不是一个抽象模糊的语词，而是一个又一个具体可感的细节。有些人一天到晚把道德挂在嘴上，行动起来却像是缺了八辈子德。傅先生是一个真正讲道德的人，具有纯正的道德感，并且融化在他的一言一行当中。比如，傅先生重情重义。那年他骑车摔腿不久，便碰上好友陈伯安先生的儿子结婚。陈先生知道傅先生的伤情，心想他肯定不会来参加儿子的婚礼了。可是出人意料的是，婚礼正要开始的时候，傅先生却拄着拐杖，拖着一条打满石膏的腿，举步维艰地来到了酒店门口。当时，陈先生一下子惊呆了，感动得热泪盈眶。又比如，傅先生对他看不惯的事情敢于直言。有一段时间，某区文化局的几位主要领导心不在焉，工作懈怠，不读书，不看报，不研究文化事业，一有空闲就关在办公室打扑克。傅先生知道后异常愤怒，多次在不同场合严厉发声，批评文化局里无文化。倘若没有纯正的道德感，傅先生是不可能如此爱憎分明的。

傅先生是一个脱离了低级趣味的人。俗话说，文人无行，意思是文人不拘小节。换言之，文人可以浪漫一点，风流一点。无论哪种说法，说白了，就是文人无法脱离低级趣味。事实也的确如此，从古至今，无数文人都浪漫无边，风流成性，并且不以为耻，反以为荣。然而，傅先生却是一个例外。他涉入文坛几十载，至今一点绯闻都没有。拈花惹草，打情骂俏，寻欢作乐，这些热词从来都与傅先生无缘。其实，他身边并非没有美女。因为他为人谦和，又诲人不倦，所以隔三岔五总有一些文学女青年登门求教，或者请他到茶座传经送宝。面对这些鲜花烂漫的女子，傅先生从不动手动脚，甚至连玩笑都不跟她们开一个。他总是一本正经，严肃有加，看不到一丝一毫的低级趣味。

傅先生是一个有益于人民的人。许多文人，都有一个自私的毛病，凡事总是为自己打小算盘，心中很少有他人。他们在生活中对人冷淡，冷漠，甚至冷酷。但傅先生却与众不同，他对人热情，待人真诚，从善如流，乐善好施，向来以帮助他人为快。黄陂有一位女作者，因性格不合与丈夫分手，此后独居数年。傅先生知道后，觉得女作者年纪尚轻，应该早日脱单成双，于是四处为她牵线搭桥。傅先生在自己朋友圈里频频发出女作者的个人信息，包括她的简介与照片。功夫不负有心人，在傅先生的关怀下，那位女作者现在已经再婚，并且幸福美满。武汉有一位名叫李锦林的业余作家，退休以后开始写长篇小说，然而写出来却难以出版。傅先生得知后，立即为他寻找出路。他打电话，发邮件，托朋友，找关系，经过多次周折，最后终于让李锦林先生的作品得以出版。作品出版后，傅先生还亲自写了书评，令作者无比感动。

总之，傅炯业先生是一个白求恩式的人。不，在我看来，他比白求恩还要高尚，比白求恩还要纯粹，比白求恩还要有道德，比白求恩还要脱离低级趣味，比白求恩还要有益于人民。因为，我和白求恩同志不熟，对他缺乏了解。而我和傅炯业先生，却熟得不能再熟了，可以说对他了如指掌。

最后，我要再一次热烈祝贺傅炯业先生和李梅英女士金婚大吉，恩爱永远，幸福一生！

【于2018年】

文科课堂应该少用多媒体

——在华中师范大学办学思想大讨论会上的发言

华中师范大学新一届领导班子上任伊始，便在全校开展办学思想大讨论。我觉得此举非常及时，非常必要，非常正确，不仅值得我们称赞，更值得我们积极响应和踊跃参与。

作为本校一位普通教师，因为站得不高，看得不远，想得不多，所以对学校的办学理念、办学目标、办学策略等大政方针，我没什么好说的，也说不出什么新鲜话来。这里，我只想对我比较关心、比较热爱、比较熟悉的课堂教学，发表一点十分粗浅的看法。

众所周知，在任何阶段的学校教育中，课堂教学都是一个必不可少的环节，也是一种无可替代的形式。我们华中师范大学，历来都高度重视课堂教学，并且一直都在不断地进行探索、改革和创新。进入互联网时代之后，随着信息技术的突飞猛进，多媒体便迅速介入了我们的课堂教学。由于多媒体的介入，现在的课堂教学与传统的课堂教学相比，可以说是发生了翻天覆地的变化。过去，教师进入课堂的时候，一手拿着粉笔，一手拿着自己一字一句用心血写成的讲义，然后一边讲一边板书，不仅口干舌燥，而且还弄一身的粉笔灰。现在，每个教室都安装了投影仪和播放器，现代化设备应有尽有，教师走进课堂时只需要带一个U盘，把它往某个洞口里一插，就万事大吉了，随后顶多也只是动一动鼠标。平心而论，这种变化是可喜的。它让知识的传授变得更加简单，更加便利，更加快捷，也更加标准，更加规范，更加全面，同时还更加直观，更加具体，更加形象。正因为这些优越性，我们学校的课堂教学基本上被多媒体主宰了、覆盖了、垄断了。相比之下，传统的课堂教学已经日薄西山，渐行渐远，奄奄一息。这种局面的出现，原因是多方面的，除了大势所趋之外，还有学校有关部门的提倡和强调，更有广大教师的认同与跟进。

然而，我们认识和应对任何事物，都要持辩证观，都要从两面看，不能搞一风吹，不能搞一刀切，应该实事求是，坚持真理，具体问题具体分析，不同情况不同处理。对待多媒体课堂教学，我们当然也应该这样。我的意思是说，虽然多媒体课堂教学好处多多，亮点多多，但从教学的有效性来讲，它并非全面超越了传统的课堂教学，更不能完全取代传统的课堂教学。也许，对数理化和体音美这些充满了图案、表格、公式、形状、色彩、声音的学科来说，多媒体课堂教学是非常合适的。但是，对文史哲这些更具有人文性的学科来说，它就不一定十分恰当。原因在于，无论学科性质还是培养目标，文史哲跟数理化都有显著不同，跟体音美也有很大差别。

相对而言，文史哲更侧重于认知、感悟、体验、思辨、判断和发现，更注重培养学生的另类思维、逆向思维与多元思维。由于学科性质和培养目标的特殊性，我们在文史哲等课程的教学中，往往还不能太简单、太标准、太直观，有时甚至还要自觉地避免和抵制简单化、标准化、直观化。从这个角度来看，多媒体课堂在很多时候是不太适合文史哲这类学科的教学实际的，因为它在一定程度上遮蔽和过滤了这些学科固有的复杂性、丰富性和深刻性，从而严重降低和削弱了其教学的有效性。因此，面对已经全面铺开的多媒体课堂教学，我们有必要进行一些细致而深入的反思。

近些年来，出于进取心和好奇心，我听了不少文史哲方面的课。其中，既有本科生的课，也有研究生的课，还有专家的学术讲座。虽然场合不尽一样，有的在教室，有的在会堂，有的在报告厅，但我注意到有一点是相同的，那就是都有多媒体。遗憾的是，听了这么多的课，让我满意的却少而又少。究其原因，可以说都是多媒体惹的祸。我明显感觉到，由于多媒体的强势介入和过度利用，文史哲课堂最具魅力的人文性正在急剧消失。我这样说是有根据的，并非空穴来风，并非夸大其词，并非危言耸听，其根据主要有以下三个方面。

第一，多媒体课堂重技术，轻艺术。在我看来，理想的课堂教学，不仅是一种传授知识的手段，也是一种表达情感的方式。文科的课堂教学更应如此。如果仅仅只是传授知识，只要有了一定的技术介入，目的便可达到；倘若要在传授知识的同时表达情感，那就需要艺术支撑了。我这里所说的艺术，不是指吹拉弹唱和琴棋书画，而是特指教师在对教学内容进行解读、阐释、发掘、拓展、传递过程中所表现出来的情怀、趣味、智慧、才华和美感。例如，邢福义教授一九八一年给我们讲汉语倒装句时，在黑板上写出了小说《荷花淀》中的一句人物对话。水生要出远门之前，不好跟妻子明说，便吞吞吐吐，欲言又止，表情异常。细心的、多情的、敏感的水生嫂就问："怎么了，你?"邢先生一边声情并茂地朗读，一边细致入微地讲解。邢先生说："水生嫂为什么不问'你怎么了?'而要问'怎么了，你?'是因为主语谓语倒装的句式更能反映人物的情感世界。"邢先生动情的讲解，不仅让我们明白了主谓倒装的语法结构，还让我们体会到了水生夫妇的柔情蜜意。那一堂没有多媒体的课，我至今都难以忘怀，包括邢先生朗读时说的海南岛普通话，以及他讲解时紧皱的眉头。可是，多媒体介入课堂之后，我们就难得再碰到像邢先生这样有情感的课了。现在的许多教师，只要掌握了上网、搜索、复制、下载、粘贴、播放等操作技术，就可以大摇大摆地去教室上课。要讲的内容，都拷在U盘里，都放在屏幕上，包括提纲、要点、例证、文献和思考题。教师既不需要粉笔，也不需要黑板，更不需要亲自朗读，有时甚至连讲解都可以省略，因为显示屏上都有。这样一来，我们的课堂就只剩下知识的传授，而失去了情感的表达，导致只有技术而没有艺术了。

第二，多媒体课堂重知识，轻见识。课堂教学的目的，除了传授知识之外，还要培养学生观察问题、发现问题、分析问题、判断问题和解决问题的能力。要达到多重目的，教师必须既有渊博的知识，又有独到的见识。知识指那些已经固化的集体经验，也称为通识或常识。见识指的则是在知识积累的基础上形成的个人见解，也就是我们通常所说的远见卓识。理想的课堂教学，不光要有知识的传授，更应该有见识的启迪。例如，大约在十年前，王先霈教授曾讲过一次文学的形式。在介绍了内容与形式的相关知识后，王先生重点发表了他对形式的独到认识。他先描述了京剧折子戏《苏三起解》里的一个片段。苏三上台后大叫一声："苦哇!"台下居然满堂喝彩。王先生问："苦是令人同情的，观众为何要叫好呢?"然后他解释说："其实，喝彩声不是冲着台词的词意，而只是冲着演员的声腔。"接下来，王先生就水到渠成地把话题转到了文学的形式上。他说："让受众产生共鸣的，很多时候不是由于内容，而只是由于形式。与内容相比，文学的形式更有审美价值。"王先生的这一精辟论断显然具有颠覆性，它让我们对内容与形式的关系有了崭新的认识。我清楚地记得，王先生那次讲课没有U盘。再说，即使有U盘，他的这种见识也无法从网上下载。因为这是他的独到发现，网上根本找不到。对教师来说，知识是可以从网上下载的，用U盘拷到电脑上就可以播放，但见识却只能在教师大脑里生成，再先进的信息技术也无能为力。然而，现在的许多教师由于过分依赖多媒体，久而久之就变得慵懒、麻木、迟钝，大脑也随之丧失了思考、发现和创造的能力。如此一来，课堂教学除了知识的传授，便少有见识的启迪了。

第三，多媒体课堂重共性，轻个性。任何形式的教学，说到底都是为了培养人才。但是，人才不同于产品。产品有统一的标准，可以在车间的流水线上成批成批地生产。人才则是有个性的，必须是有血有肉的。即便是同一个教师用同一种教材和同一种教法教出来的学生，也应该是千差万别的，正所谓一千个读者就有一千个哈姆莱特。个性意味着创造性，一个没有个性的学生绝对成不了一个创造性人才。那么，作为学校教育的一个关键环节，课堂教学如何才能培养出有个性的学生呢？我认为，首先教师的教学必须要有个性，即追求个性化教学，包括教学姿态的个性化、教学策略的个性化和教学风格的个性化。例如，孙绍振教授前年来我们学校讲过一次课，讲的是文本解读。进教室的时候，我问他，有课件没有？他头一摆说，没有。孙先生年近八十了，讲课时却不坐，偏要站着。他讲课不太打手势，两只手总是插在口袋里。十分搞笑的是，他一只手插在裤子口袋，另一只手却插在上衣口袋，样子非常幽默，一下子就把学生吸引住了。孙先生接下来分析了贺知章的《咏柳》，更是幽默至极。诗中有这样两句："不知细叶谁裁出？二月春风似剪刀。"他说："剪刀，显然是个比喻。既然是比喻，那诗人为什么不说二月春风似菜刀呢？因为上句有一个'裁'字，只有剪刀与之搭配才贴切。如果换成菜刀，那就闹笑话了。"孙先生幽默的教学风格，博得台下笑声连连，掌声阵阵，欢呼声一浪高过一浪。孙先生的那堂课，毫无疑问是个性化的。可惜的是，在多媒体主打的课堂上，我们很难见到如此鲜明的教学个性。我发觉，多媒体教学的一个最大特点就是模式化。它注重标准，注重规范，强调一致，强调统一。换一句话说就是，它强化了共性，弱化了个性。

我以上的反思，也许过于偏激。但是，我的用心是良好的。其实，我并不反对多媒体介入课堂教学，也不是要为日渐式微的传统课堂教学唱挽歌，只是建议教师们要因学科而异，因课程而异，因对象而异，在运用多媒体的时候，一定要掌握尺度，把握分寸，合理地用，适当地用，选择地用，慎重地用，千万不能滥用，更不能让多媒体取代了教师在课堂教学中的主导地位。

【于2017年】

让微电影和短小说联姻

——在海峡两岸微电影高峰论坛上的演讲

电影和小说，属于两个不同的艺术门类，一个靠声光电作用于观众，一个靠字词句作用于读者。但艺术都是相通的，电影和小说也不例外，两者之间有着许多一致性和关联性。因此，它们可以沟通，可以结合，可以交融。如果换一个比喻的说法，那就是电影可以和小说联姻。事实上，关于电影和小说联姻的成功范例，我们早就屡见不鲜了。比如德国作家施林克的小说《朗读者》，被英国导演戴德利改成同名电影，曾一度风靡全球。又比如，我国导演张艺谋的电影《红高粱》，便是根据我国作家莫言的同名小说改编而成的。这些联姻的艺术经典，早已成为电影界和小说界的美谈佳话。

不过，我今天在这里不想把话题拉得太开，只想集中讲一讲微电影和短小说的联姻问题。原因很简单，因为这个论坛的主题是关于微电影的，所以，我不能跑题，必须紧扣微电影来讲。

为了讲起来方便，我先给短小说做一个界定。我这里所说的短小说，既包括短篇小说，也包括微型小说。我之所以使用短小说这个概念，是想让它显得与微电影这个概念对称，或者说般配。在我看来，微电影和短小说，无论是身材还是长相，无论是蕴涵还是气质，都更加适合联姻。我的意思是说，微电影和短小说有着更多的姻缘关系，即相似性、相同性、相通性。先从外形来看，它们一个微一个短。微主要指电影的时间长度和空间宽度，短主要指小说的字数和篇幅。再从内涵来看，微并不意味着它的思想性或艺术性微弱。短也不是说它在思想上或艺术上有什么短缺。恰恰相反，正是由于微和短，它们才更有弹性，更有张力，就像压缩饼干和膨胀螺丝，一旦绽放，一旦爆发，便会给我们带来不同凡响的意外和惊喜。

微电影和短小说的姻缘关系虽说千丝万缕，但我认为，其中最关键、最核心、最本质的一点，在于它们都非常注重细节。众所周知，无论在电影中还是在小说里，有两个元素是不可或缺的，一个是细节，一个是情节。但比较而言，大电影和长小说似乎更重视情节，而微电影和短小说则更加重视细节。微电影时间有限，短小说篇幅有限，要想在有限的时间和有限的篇幅内完成任务并达到目的，它们必须淡化情节，强化细节。

说到微电影和短小说的任务与目的，我想不外乎以下三个方面。一是吸引受众，二是感染受众，三是说服受众。由于时间和篇幅的限制，微电影和短小说不可能像大电影和长小说那样，去从容、具体、全面地展示情节，而只能从细节进入，靠细节支撑，用细节发力，从而以小见大，以点带面，以少胜多，进而完成任务，达到目的。值得欣喜的是，细节描写正好是短小说的优势，并且具有强大的吸引力、感染力和说服力。这也是细节的三大功能。如果微电影和短小说实现了联姻，短小说在细节方面的优势便能够在微电影中得到充分发挥。

下面，我想通过几篇在细节描写上特别出色的短小说，来具体阐释一下细节的三大艺术功能。

首先，我们看看细节的吸引功能。这一功能主要是从“事”的角度来说的，指的是以事抓人。它要求细节中必须有“事”，而且这“事”还必须新鲜，或奇特，或怪异，或诡谲，能紧紧地吸引读者。马来西亚有个叫黎紫书的作家，她写了一篇颇有现代意味的小说，题为《天花板上的同居者》。小说刚一开头，就出现了一个十分荒诞的细节。有一个单身女子，她在一个租住的房子里孤独地生活了将近十年，却不知道房子的天花板上藏着一个秘密。这天她的水管坏了，水管工从一个黑洞爬进天花板去修水管。修好水管出来，水管工告诉单身女子：有个男人住在天花板上。她开始不相信，水管工于是展示了男人的一些物品，有衬衫、袜子、香烟、杂志和半瓶矿泉水，还有一个小抱枕。单身女子顿时惊呆了，既有惊恐又有惊喜。让她惊恐的是，她担心天花板上的男人会伤害她；让她惊喜的是，她觉得有个男人和她同居了。这个细节太有吸引力了，像块磁铁，一下子就把读者牢牢地吸引住了。我想，如果能把这个引人入胜的细节用到某部微电影里去，那这部微电影的吸引功能无疑会大大增强。

接下来，我们再看看细节的感染功能。这一功能主要是从“情”的角度来说的，指的是以情动人。它要求细节中必须有“情”，而且这“情”还必须罕见，或有突发性，或有变异性，或有杂糅性，能强烈地感染读者。最近，我有幸读到青年作家朱山坡的一篇小说，题目叫《深山来客》。作品写一对恩爱夫妻，家住遥远的深山。妻子患了绝症，在剩下不多的日子里，唯一让她高兴的事情，是看电影。但是，深山里没有电影看，她要看电影必须跋山涉水到蛋镇电影院。丈夫为了让妻子高兴，每个月都要把妻子从深山背到蛋镇，让她看一场电影。夏季的一天，蛋镇突然接到了台风即将来袭的警报。警报一来，全镇恐慌，大小店铺纷纷关门歇业，电影院的院长老吴也在电影院门口贴出一张告示：“台风将至，今天不放电影。”不巧的是，家住深山的那个男人，这天又背着妻子来蛋镇看电影了。当妻子看到那张告示后，她先是万分失望，接着便低声抽泣。后来，丈夫安慰她说，等台风过后再背她来看电影，一个月看两场。妻子却说，我等不及了，我等不到台风过后了。说完，她突然号啕大哭。哭声就像山洪暴发，撕心裂肺，悲痛欲绝，电影院都快被她哭塌了。小说写到这里，作者出其不意地安排了这样一个细节："这个时候，电影院院长老吴从电影院走出来说，'这是哪个龟孙子贴的告示？'一把撕下自己亲手贴上的告示，对鹿山人的妻子说，'今天照常放映！'鹿山人妻子的哭声戛然而止，用哀求的眼神将信将疑地盯着老吴。老吴让鹿山人背起妻子跟着他走进电影院。不一会，电影院里便传出片头曲的声音。"这个细节太意外了，太动情了，太有感染力了。它把人间的那种悲悯与大爱突然集中，瞬间放大，让读者深受感动。我想，要是把这个细节搬进哪部微电影，观众肯定会被感动得泪流满面。

最后，我们再来看看细节的说服功能。这一功能主要是从"理"的角度来说的，指的是以理服人。它要求细节中必须有"理"，而且这"理"还必须独到，或探幽发微，或披沙拣金，或拨云见日，能有力地说服读者。几十年前，我读过一篇题为《风雪夜归》的小说，作者叫何蔚萍。主人公是一个未婚的老姑娘，三十多岁，性格内向而孤僻。在一个风雪交加的深夜，她看完电影踏着积雪回到住的地方，却发现院子的大门关上了。她在门外一边左右徘徊，一边想着叫谁为她开门。她前后想到了四个人，但觉得都不合适，便一一放弃了。后来，她想："喊吧，笼统地喊，谁愿意谁来开。她发誓，不管开的是谁，以后都要对他很好很好。"她于是就放开嗓子喊开门，同时用手把门捶了一下。结果，门吱的一声就开了，原来门并没有从里面闩上。小说结尾的这个细节特别精彩，其中蕴含着丰富的人生体验和深刻的人生感悟。一方面，它告诉我们，不要把人际关系想得那么冷漠和功利。人间自有真情在，不然怎么会有人为那个风雪夜归的老姑娘留门呢？另一方面，它暗示读者，在漫长的人生旅途上，我们会遇到各种各样的门，包括有形的门和无形的门。当我们遇到这些门的时候，不要指望别人来开，而是自己主动用手去捶。上述体验和感悟，实际上是作者的一些理性思考。但作者没有直白地说教，而是通过一个形象可感的细节呈现出来，所以充满了说服力，并且能让读者心悦诚服。我想，倘若微电影里能够多一些这样带有哲理的细节，那观众定然会十分欢迎。

以上，我从细节出发，讲了一些关于微电影和短小说联姻的想法，主要讲的是短小说的细节描写对微电影创作的有利因素。其实，微电影的许多优势也可以反过来推动短小说的创作。应该说，微电影和短小说联姻是一件双赢的事情，它们可以互涉、互补、互促。这些问题，还有待于我们今后继续探讨。

【于2018年】

芦何秋周易婚礼主持词

开场独白

各位领导，各位嘉宾，亲人们，朋友们，女士们，先生们：大家好！非常荣幸担任芦何秋和周易婚礼主持人。现在我宣布，芦何秋和周易婚礼暨芦周结婚联欢会正式开始。

首先，我要对这场婚礼做三点说明。第一，为什么婚礼定于黄昏举行？因为在我国古代，结婚的婚写作黄昏的昏，女子都在黄昏出嫁，明月照路，前途光明。为了让周易姑娘新婚更加吉祥，我们特地把婚礼定在了这个美妙、温馨而浪漫的黄昏。第二，为什么婚礼选在湘鄂情这个地方？因为湘鄂是想我的谐音，湘鄂情就是想我情，今天到场的要么是亲人，要么是友人，要么是恋人，相互之间都充满了想我情，所以我们专门选择了湘鄂情这么一个情意绵绵的酒店。第三，为什么婚礼又叫结婚联欢会？因为新娘周易不是一个普通女孩，而是一个非凡女子，她在香港求过学，在美国读过书，观念非常现代，思想非常前卫，她认为，婚礼就是与亲朋好友分享欢乐，不能太严肃，不能太拘谨，不能太老套，应该轻松一点，自由一点，新鲜一点，所以她提议把婚礼办成一场结婚联欢会。

好了，几点说明就到这里。下面，一个激动人心的时刻马上就要到来，新郎芦何秋和新娘周易即将闪亮入场，请广大来宾伸出你们热情的双手为他们鼓掌，张开你们滚烫的嘴巴为他们喝彩。听，由八一军乐队演奏的《婚礼进行曲》已经响起来了！

介绍新郎

手持鲜花，幸福登场的这位潇洒的小伙子，就是新郎芦何秋。紧随其后的是两位伴郎。

芦何秋，武汉大学新闻与传播学院硕士、博士，华中科技大学新闻与信息传播学院博士后，现为湖北大学新闻与传播学院讲师。他才貌双全，品学兼优，刚柔相济，是一个打着灯笼也难找的八零后好青年。祝贺你，今天要娶老婆啦！

新郎芦何秋，你的新娘很快就要来了，请你赶快踏着红地毯上前，带着鲜花，去迎接你美丽可爱的新娘！

介绍新娘

女士们，先生们，现在请你们把目光投向花厅，新娘周易正挽着她慈祥的父亲朝婚姻殿堂的门口缓缓走来。走在他们身后的是两位伴娘。哇！新娘好漂亮啊！如果西施和王昭君今天在场，她们肯定会羡慕嫉妒恨。

周易，华中科技大学英语与通讯工程双学士，香港中文大学比较文学硕士，华中科技大学文学院博士，现为华中师范大学外国语学院教师。她不仅是个美女，也是个才女，同时还是父母的乖乖女。祝贺你，美女才女乖乖女，你今天要嫁人啦！

新郎已在幸福的门口等你！你们两个天生一对，地设一双，才子佳人，金童玉女，可谓世界上最完美的爱情结合。再次祝贺你们。

翁婿交接

婚礼现在进入翁婿交接环节，新娘的父亲，风流倜傥的、学贯中西的、才情横溢的、被学生们称为当代胡适的著名学者和诗人周晓明教授，将要依依不舍地把他的宝贝女儿交给乘龙快婿芦何秋。

我发现，一向坚硬如冰的周老师，今天突然变得柔软似水。在把周易交给芦何秋的那一瞬间，我看见他眼里有泪花闪烁。可以理解，在女儿这大喜的日子里，作为父亲，周老师心里肯定是五味杂陈，百感交集。周氏父女，都是海归，他们的感情不只是普通父女之间的那种小情怀，而是一种超越了年龄，超越了辈分，超越了性别的大情感。周老师和周易，不仅是父女，更是朋友。

这里，我想与大家分享一个小故事。在筹备这场婚礼的时候，周易希望父亲在婚礼上为她唱一首歌，并且点了要唱上个世纪八十年代一部电影的插曲《驼铃》。周易看上这首歌，我想她可能是喜欢其中的几句歌词，一句是“送战友，踏征程，默默无语两眼泪”。另一句是“革命生涯常分手，一样分别两样情”。但是，周老师觉得这首歌太沉重，太忧伤，太悲凉，与婚礼的气氛不太和谐，经过再三考虑，反复斟酌，最后还是放弃了。今天我讲这个故事，主要是想说，周易和她父亲之间的感情是多么的宽广，多么的宏大，多么的深沉！

新娘的父亲已经把女儿郑重地交给了新郎。现在，一对新人，手拉手，肩并肩，心连心，正欢快而沉稳地步入婚姻的殿堂。

新人答问

两位新人已双双来到前台，下面进入新人宣誓环节。我想提几个问题，请新郎和新娘回答。

第一个，请新郎听题：你的新娘周易，美貌超群，才华出众，人见人爱。周易可爱的地方很多很多，请问，你最爱她的哪一点？

第二个，请新娘听题：据我所知，你是一个很高傲的女孩，一个很矜持的女孩，一个很挑剔的女孩，一个眼睛长在额头上的女孩，新郎芦何秋能打动你的芳心，收获你的爱情，足以说明他是一个了不起的青年才俊，请问，你的新郎最让你欣赏的一点是什么？

第三个，请新郎听题：国家最近出台了新的生育政策，双方都是独生子女的可以生二胎，请问，你和周易打算生几个孩子？

第四个，请新娘听题：如果你和芦何秋只生一个孩子的话，请问，你们的孩子姓芦还是姓周？

第五个，请新郎听题：有句古诗，叫“执子之手，与子偕老”。请你说出这句诗的出处并将它翻译成现代汉语。

第六个，请新娘听题：周易，你爸爸的本色是诗人，自由任性，狂放不羁，生活中又吸烟又喝酒。我发现，芦何秋也吸烟也喝酒，请问，新郎的这些爱好是否受到你爸爸的影响？另外，在今后的生活中，你将对他们两个实行怎样的烟酒政策？

交换信物

现在，我们请出一对天真可爱的小花童为新人送上结婚戒指。

婚戒已送上来了，请新郎新娘为对方戴上。

一枚小小的婚戒，虽说戴在手上，实际上是戴在心上。从此，两个新人的心就被这枚戒指紧紧地牢牢地久久地拴在了一起，一生一世，永不分开。

新人拥吻

女士们，先生们，婚戒戴上之后，又一个激动人心的时刻也就到了，两位新人要当众相拥而吻。

在婚礼吻开始之前，我想简要地介绍一下接吻小常识。吻分四种，一是全吻，嘴唇和嘴唇全部对上，严丝合缝，密不透风；二是半吻，要么吻上嘴唇，要么吻下嘴唇，可以边吻边说悄悄话；三是滑吻，双方的嘴唇不停地左右滑动，有点儿像吹口琴；四是套吻，就是一方的嘴唇被另一方的嘴唇深深地套住，有时连气都喘不过来。在婚礼上，新人们经常采用的是全吻，这种吻显得真诚，庄重，深情。

好了，接吻小常识就介绍到这里。现在，请两位新人选择你们最喜欢的方式亲吻吧！

主婚证婚

婚礼举行到这里，我们将请出主婚人和证婚人上台致辞。

首先，我们要隆重地请出今天的主婚人，武汉大学新闻与传播学院前副院长，新郎的博士导师秦志希教授。有劳秦教授致主婚辞。

接下来，我们要隆重地请出今天的证婚人，华中科技大学文学院院长，新娘的博士导师何锡章教授。有劳何教授致证婚辞。

赠送喜联

下面，我们请出一位嘉宾代表为新人送上一副喜联。这位嘉宾是武汉市洪山区原教委主任，著名楹联专家陈伯安先生。他是新娘父亲周晓明教授的老朋友，这次专门为芦何秋和周易的婚礼作了一副对联。

有请陈伯安先生上台赠送喜联，并有劳陈先生打开朗诵一下，让广大来宾和一对新人共同欣赏。

芦笛融秋水，周易蕴真心。对得太好了，太妙了，太绝了，真是天下绝对！我代表新郎新娘感谢您！请新郎新娘接过喜联，好好珍藏！

婚礼礼成

女士们，先生们，芦何秋和周易的婚礼即将礼成，现在，我们请新郎芦何秋代表一对新人致答谢辞。

接下来，由新娘将鲜花送给自己的好友，以期把幸福传递给下一对有情人。愿天下有情人终成眷属！

女生们，先生们，芦何秋和周易的婚礼到此告一段落，结婚联欢会将在婚宴开始之后进行。现在，我提议全场起立，高举酒杯，满斟美酒，共同为一对新人祝福。祝福芦何秋和周易相亲相爱，百年好合，地久天长，幸福永远！干杯！

【于2014年】

第五辑

序与跋

《王先霈演讲访谈录》序

春天到来时，我突然接到了一个受宠若惊的任务。那天打开电脑，我看到了一则题为“求序”的邮件。这则邮件是我的恩师王先霈教授从美国发来的，他让我为他即将出版的一本演讲录写序。

天啊，老师这不是折煞学生吗？开始我还以为王老师是开玩笑，但仔细一想不对，因为王老师是从来不开玩笑的。接下来我就左右为难了，写吧，怕力不从心；不写吧，又怕王老师说我不识抬举。经过反复斟酌，最后我还是答应了王老师，决定硬着头皮写。

我之所以答应，还有一个很重要的原因是，我是听着王老师的讲演成长起来的。我这么说，并不意味着我已经是一个什么了不起的人物或者人才，只是想说，作为王老师的学生，我听他讲演的时间比较早，次数比较多，跨度也比较长。我想，这也许正是王老师给我布置这个任务的初衷吧。

一九七九年秋天，我考入华中师范大学中文系。第二年秋天，我们开始学文学概论，给我们上这门课的就是王老师。王老师上课，与其他老师很不一样，无论是形式还是内容，都与众不同。换一句话说，王老师上课不像是上课，倒像是在讲演。这么说来，我早在三十年前就开始听王老师讲演了，那时我还是个十七八岁的孩子。

当时老师们来上课，大都会拎一个鼓鼓的包，走上讲台后，先要从包里掏出教材和讲稿，再将它们一一打开，摊好，然后才开始讲。有的老师还一边讲一边看，生怕讲错了或者讲漏了。王老师则不同，他进教室从来不拎包，也不带教材和讲稿，只是偶尔在手里捏一张小卡片。事实上王老师很少看那张小卡片，它更多的时候只是他手中的一个道具，有点像说书人手里的纸扇。当然，王老师并不是没有备课，只是他把课都备在了心里。因为成竹在胸，烂熟于心，所以王老师讲起课来总是环环相扣，有条不紊，一气呵成，酣畅淋漓。

更为不同的是，许多老师上课基本上都是照搬书本，大一二三，小一二三，一切按书上来，连顺序都不变。王老师则不这样，他从来不照本宣科，依据教材却不拘泥于教材，一会儿《文心雕龙》，一会儿《歌德谈话录》，一会儿苏东坡，一会儿莎士比亚，古今中外，南北东西，有点儿天马行空。但是，王老师并不信马由缰，更不脚踩西瓜皮，他每堂课都要紧扣几个关键词，既放得很开，又收得很拢，形散而神聚。他很像一个放风筝的人，即使风筝飞到了天外，那根线也始终攥在手中。

大学毕业后，我有幸留在学校一边学习一边工作。这样一来，我听王老师讲演的机会就更多了。除了在教室里听王老师讲课外，我还能经常在大礼堂或报告厅听到他的学术讲座。上个世纪八十年代末，校园的学术空气非常浓厚，差不多每天晚上都有名师报告会。王老师当时是我们学校最红的名师之一，只要他的名字在海报上一出现，那天的会场肯定是人满为患，座无虚席。为了听王老师讲演，好多人常常都是提前几个小时就去会场抢位子，有的甚至连晚饭也顾不上吃。我虽然每次都很积极，但有好几回还是去晚了，最后只好站着听，有几次还是趴在窗户外面听的。

听王老师讲演，我几乎没听到过重复的内容，甚至连举例也没有雷同的。这一点让很多人都叹为观止。王老师是个谦虚而低调的人，不喜欢别人恭维他，讨厌别人说奉承话。但在这里我还是要貌似奉承实则诚恳地说，王老师是个大学者。他学富五车，满肚子都是学问，所以每次讲演都有新的话题，新的材料，新的见解，不像那些小家子，内存不足，捉襟见肘，一上台就炒现饭。正因为王老师的讲演常讲常新，所以我们才百听不厌。

王老师的专业是文学理论，重点研究文学心理学和文学批评学，但他学贯中西，融汇古今，差不多涉猎了与文学有关的各个领域。因此，他不但能在文学理论方面发出权威的声音，还能对许多涉及文学的话题发表自己的真知灼见。他既能给博士生硕士生深刻地阐释文学与宗教或者文学与科学的关系，也能通俗地告诉大学生和中学生怎样去欣赏中国的四大名著或者外国的现代派诗歌。王老师的大脑就好像一个文学的富矿，里面储满了各种稀奇宝贝，他哪怕随手掏出一块来，对我们来说都是新鲜的，陌生的，金光闪闪的。

还有，王老师的记忆力非常好，简直是好得惊人。博闻强记这个词用在他身上真是一点儿也不夸张。讲演的时候，他不仅能把中国古典诗词中的名篇佳句背得滚瓜烂熟，而且还能把那么多外国文艺理论家的经典论述信手拈来。那些冗长而绕口的外国人的名字，他居然也能脱口而出。至于中外文学名著中的那些精彩细节，王老师更是熟而又熟，手到擒来。有一次，王老师讲《红楼梦》，讲的是小说第二十二回的前半回“听曲文宝玉悟禅机”。他不仅把故事情节讲得清清楚楚，就连人物的对话都能背下来，宝钗怎么说，黛玉怎么说，贾宝玉又怎么说……他竟然背得一字不差。

到上个世纪九十年代初，随着王老师《文学心理学概论》等一系列重要著作的出版与传播，他在学术界已经是闻名遐迩了。由于知名度的日益攀升，邀请王老师讲演的单位便越来越多了，不仅有高等学校和科研院所，还有党政机关和群众团体。坦率地说，王老师是个很清高的人。但他把清高藏在骨子里，表面上还比较好说话。有人请他讲演，如果没有特殊情况，他一般都会答应下来。因为他不愿意让人家没面子。那几年，王老师讲演的范围不断扩大，不仅讲遍了武汉三镇，而且还讲到了其他省市，近至郑州长沙，远及北京上海，几乎大半个中国都留下了王老师讲演的声音。

王老师在武汉地区的讲演，好多次我都去听了。因故漏听的，事后我也及时做了弥补，或者看笔记，或者听录音，或者找一些到场的人打听。可以说，王老师的每一场讲演都很精彩，听过他讲演的人无不交口称赞，钦佩不已。他有许多场大型讲演，至今还被人们铭记着，谈论着，回味着，如在武汉大学讲的《人生的艺术化》，在华中理工大学讲的《禅宗与中国诗学》，在中南民族大学讲的《当前历史题材文艺创作》，在湖北省图书馆讲的《诗歌的形式美》等，这些讲演都堪称经典，具有深远的影响。

王老师讲演，从不故弄玄虚，也不装腔作势，更不装神弄鬼，不管讲多么高深的问题，他都能举重若轻，深入浅出，让听众听有所悟，听有所获。我印象最深的，是他那次讲禅宗与诗学。应该说，这是一个深奥而枯燥的题目，如果换了其他人讲，可能是如讲天书，玄而又玄，让听者不知所云，一头雾水。但王老师却讲得通俗易懂，妙趣横生。他先引用爱因斯坦的名言：“科学如果没有宗教就是瘸子，宗教如果没有科学就是瞎子。”这话既有诗意又有哲理，一下子就把听众抓住了。接下来他又讲了两个寓意深邃的禅宗故事，一个是“磨砖作镜”，一个是“拈花微笑”。他一边讲一边延伸，不知不觉就把话题转移到了诗学上，然后轻而易举便把宗教与艺术的关系讲通了，简直像捅破一层窗户纸那么容易。

虽然王老师是研究文学理论的，但他非常关注文学创作，尤其是当下的创作问题。比如他那次关于历史题材文艺创作的讲演，光涉及的当代历史小说就多达十几部，并且还具体分析了唐浩明的《曾国藩》、凌力的《少年天子》、二月河的《雍正皇帝》以及熊召政的《张居正》。通过分析后他指出，文艺作品中的“历史真实”比历史著作中的“历史真实”包含了更多的主体建构的成分，从而鼓励作家在从事历史题材的文学创作时应当更加充分发挥创作主体的作用。因为王老师把文学理论与文学创作打通了，所以他的很多理论是从创作中总结出来的，这些理论反过来又能有效地指导创作。正因为这样，很多作家都喜欢听王老师讲演。

王老师在外地的讲演，我听的虽然不多，但我知道每一场都引起了很好的反响。比如他在南京大学讲文学思维活动中的无意识现象，在中南大学讲西方文学理论概念的吸纳问题，在苏州大学讲文学与本土文化传统的关系，这些讲演无不受到当地听众的热烈欢迎。后来外出开会，我在不同场合碰到这些学校的师生，当他们知道我来自华中师范大学时，好多人会跟我提到王老师。虽说时过境迁，但他们一说起王老师的讲演来，仍然是激动不已，啧啧称奇。每当这个时候，我就会骄傲地对他们说，我是王老师的学生！听我这么一说，他们马上就对我另眼相看了。说实话，作为王老师的学生，我真是沾了他不少光。

我有时想，王老师的讲演能征服那么多听众，是不是有什么特殊的技巧？但仔细一想，他是不怎么运用技巧的，甚至可以说他的讲演无技巧。他和当下很多人讲演，尤其是那些蹿红的学术明星的讲演不一样。他们讲演，都有全面而精湛的技巧支撑，或者说包装。我把他们惯用的技巧归纳了一下，至少有这样几种。一是炫耀，比如说自己是哪所名牌大学毕业的，师从过某某大师，曾到外国某所大学做过访学，有的还把曾与某位高官同桌吃过饭这种经历拿出来晒；二是卖弄，比如读过多少本书，获过多少次奖，发表过多少篇文章，出版过多少本著作，有的还自曝懂几门外语，甚至隔几分钟还要秀上一个英语单词；三是煽情，比如与听众拉关系，套近乎，耍贫嘴，抛媚眼，有的还俗不可耐地说，在座的都是美女帅哥，我爱你们！四是插科打诨，比如一边讲一边张牙舞爪，搔首弄姿，有的还在中间哼那么一支歌，或者在快结束的时候赋上一首打油诗。

以上种种，王老师从来没用过。他一不炫耀，二不卖弄，三不煽情，四不插科打诨。其实要炫耀要卖弄的话，他也是有货可炫可卖的，并且还是干货，比如他读过何其芳的研究生，比如他很早就在《文学评论》上发过论文。但是，他在讲演中却对这些只字不提。至于煽情，王老师恐怕真不会，别说让他油腔滑调，甜言蜜语，就是一句过于动情的话，他可能也说不出口。插科打诨嘛，按说王老师应该是有这个能力的，打几个手势，唱几句歌，再说几句顺口溜，这些有什么难的？可他不屑于这样，我想他一是怕自己肉麻，更重要的是怕听众起鸡皮疙瘩。

王老师讲演没有技巧，并且拒绝技巧，那他到底靠什么取胜呢？我曾读到一本类似讲演指南的书，上面说成功的讲演要做到三点，一是以声夺人，二是以情动人，三是以理服人。

回忆王老师的讲演，我觉得他在声和情这两个方面都没做到。先说声吧，虽然王老师的普通话说得很标准，也很有磁性，讲起来流畅而精准，但他并不太看重声音的作用，从不像其他讲演者那样，声音忽高忽低，忽粗忽细，忽疾忽缓，故意制造一种落差。王老师的声音从头到尾几乎没什么变化，一直是不大不小，不快不慢，像一条小河冷静而平和地流淌着。再说到情，我觉得这恐怕正是王老师的弱项。他在讲演中不仅不会煽情，而且连必要的情感交流都不是太多，一是他的面部表情不够丰富，除了庄重，就是严肃，你很难看见他笑一下；还有一点，他的深邃而锐利的眼睛很少看听众，大部分时间都平视前方，或者久久地仰视天花板。平易近人与和蔼可亲这两个词都与他相距甚远。

如此说来，王老师的讲演就全靠以理服人了。没错，理就是王老师讲演的核心价值，也是他讲演的制胜法宝，还可以说是他讲演的魅力之源。他的讲演，处处有理，结构上有条理，逻辑上有推理，内容上有道理，有哲理，有真理。总而言之，王老师的讲演始终闪耀着理性的光芒。正是这一道道理性之光，照亮和征服了成千上万的听众。

我永远忘不了王老师在武汉大学的那一次讲演，他给文学院的研究生讲中国古代文学思想的几个特点。讲演是在晚上举行的，讲到一半时，教室突然停电了。电虽然停了，但王老师的讲演并没停下来。他在黑暗中继续讲，居然越讲兴致越高。学生们在黑暗中继续听，反而越听越认真，教室里鸦雀无声。我想，那天晚上礼堂的灯虽说熄了，但王老师讲演中的理性之光却把听众们的心都点亮了。讲演结束时，漆黑的教室里响起了经久不息的掌声。

上个世纪九十年代末，我出任《语文教学与研究》杂志主编。因为王老师是刊物的顾问，所以他参加了我们的很多活动，比如语文教学研讨会，文学教育高峰论坛，中学生作文大赛颁奖典礼……差不多每次活动都有王老师讲演，他的讲演成了我们杂志的一个传统节目。

王老师每次讲演都是我主持的，他讲的好多题目我至今还记得一清二楚，比如在江西庐山讲语文教师的自身素质，在广西北海讲作文的虚实问题，在哈尔滨戈果理宾馆讲形式的意义，在遵义的铁路大酒店讲写作与阅读的互动，在大连海边讲文学写作的创新，在青海湖畔讲文学与科学的关系。王老师讲得最远的地方是新疆的克拉玛依，我记得他是给语文老师讲文本解读。他时间最近的一场讲演是去年夏天，在四川乐山，讲的是作文的真实性与文学性。

参加我们杂志活动的大都是语文教师和中学生，还有一些学生家长。面对这样一群结构复杂的听众，王老师的讲演仍然是以讲理见长。与以前有所不同的是，他更多的时候是把要讲的理与生动有趣的故事紧紧地结合起来，要么把理寄寓在故事中，要么从故事中提取出理来。比如，他在第三届文学教育高峰论坛上讲文学的形式，为了阐明形式的审美价值，他先讲了京剧折子戏《苏三起解》里的一个片段。苏三叫一声“苦哇”！竟博得满堂喝彩。王老师问，苦是令人同情的，观众为何要叫好呢？他接着说，其实喝彩声不是冲着词意而只是冲着演员的声腔，不是由于内容而只是由于形式。他这么一说，老少听众对他要讲的理马上就心领神会了。

在给我布置写序任务的那则邮件中，王老师特别强调说：“我不愿意听颂扬之词，希望平实地评价，也指出弱点。”这虽然是王老师的真心话，却让我写起来困难重重。首先，我听王老师讲演的时间长达三十年，他的讲演是真的好，我也是真的喜欢，要我不写颂扬之词，我是真的做不到。其次，我业余写点小说，也勉强算个作家，但小说没写好，却在遣词造句上染上了修辞的毛病。评价王老师的讲演，我也想尽量做到平实，但由于修辞的积习难以一下子彻底改掉，所以我怕不能完全达到要求。第三，王老师要我对他的讲演也指出弱点，可我想来想去也没想出什么弱点来。其实，指出一个人的弱点比指出一个人的优点要难得多，这不光要胆量和勇气，还必须得有知识与智慧。不过，为了不让王老师太失望，我还是从鸡蛋里挑出一点骨头来。我觉得，幽默感在王老师的讲演里似乎还少了一点，以后可以考虑加大剂量。

前天动笔写这个序的时候，春天虽然来了，但还冷得很，窗外的一株茶花还没开出来。今天要收尾了，扭头一看，那茶花居然已经绽放，简直比桃花还艳，看来春天真的来了。王老师说，他下个月从美国回来，但愿这茶花能延长花期，等王老师回来也看看。

【于2011年】

《史铁生评传》序

叶立文老师是我的老师。这话说起来有点绕，但我实在想不出更好的表达方式。其实我也不想这么绕，可我不这么绕却绕不过去，因此只好这么绕了。叶老师的确是我的老师，虽然他小我十几岁。不过，这没啥好奇怪的，弟子不必小于师，师不必长于弟子。叶老师大器早成，三十多岁就当了教授，很快又升为博士生导师。我却醒事晚，年过半百才想到读个博士。我到武汉大学师从樊星先生读博的时候，叶老师给我上过课，讲的是先锋小说的叙事话语。所以我说，叶立文老师是我的老师。

我绕了半天的舌，其实想说的是，作为学生，我丝毫没想到叶老师会让我为他的新著写序。有一天晚上，我有幸与叶老师一起，被吴道毅教授邀到一个名叫九龙的地方小聚。席间，叶老师仿佛不经意地问我，你喜欢史铁生的小说吗？我说，喜欢，尤其喜欢《我的丁一之旅》。叶老师马上双眼一亮说，太好了，我的《史铁生评传》即将出版，你帮我写个序吧。一开始，我还以为叶老师跟我开玩笑，并没在意，依然津津有味地挥筷吃菜。哪想到，他原来是认真的！看着叶老师一脸的正经，我一下子傻了眼，筷子也挥不动了，菜更是吃不下去了。当时，我曾想到过婉拒，但我没好意思开口。我想，老师既然布置了任务，学生怎么能抗命呢？我于是只好硬着头皮答应下来。那晚回到家中，我心里老想着为老师写序的事，既感到受宠若惊，又感到压力山大，更感到匪夷所思。总之，我的心情十分复杂，忐忑不安，七上八下，哭笑不得，直到半夜三更都没能入睡。后来我想，叶老师思想现代，观念先锋，性格另类，说话办事一向特立独行，从来都不按常规出牌的。这么一想，我才勉强释然。

叶老师对史铁生的研究为时已久，并且硕果累累，这是我早已知道的。我没想到的是，他居然会花这么大的气力，下这么大的功夫，费这么大的心思，来为已经故去的史铁生写一部长达三十万言的评传。这让我不得不再次联想到叶老师的与众不同，包括他的思想、他的观念、他的性格。在中国当代文坛，史铁生的文学成就虽然有口皆碑，但他毕竟过早地离开了我们。如果从功利出发，叶老师完全可以选择一位有权有势的文学大腕，通过为其树碑立传而换取个人利益。事实上，有不少聪明的学者就是这么干的。倘若不愿意趋炎附势，叶老师还可以从人情出发，选择一位与自己私交密切的当红作家作为传主，就像叶开先生写《莫言评传》、洪治纲先生写《余华评传》、孔见先生写《韩少功评传》。然而，叶老师却超凡脱俗，既不看重名利，也不看重人情，只看重自己的艺术良心和学术良知，从而情有独钟地选择了他心目中最优秀的当代作家史铁生。

在通读《史铁生评传》这部书稿之前，我一直没太弄明白，叶老师为何如此喜欢史铁生？学界同行大都知道，叶老师学术研究的主要方向是中国当代先锋小说。他以思潮史研究的架构切入先锋小说的创作实践与理论批评，对先锋小说的启蒙叙事和文体转变进行了全方位的探讨。从文学流派的角度来看，史铁生的创作显然也应该归于先锋小说之列。但是，在余华、苏童、格非、洪峰、马原和孙甘露这群如雷贯耳的先锋小说家当中，史铁生的名字显然不如他们响亮。既然如此，叶老师为什么不从上述作家中选取一位写评作传呢？直到把《史铁生评传》整部书稿读完，我才终于找到问题的答案。原来，叶老师对先锋的理解有自己的标准。在叶老师看来，文学的先锋性主要不在于形式的先锋，而是在于精神的先锋。在形式的探索上，史铁生虽说比不上余华他们，但在精神的发掘上却遥遥领先。因此在叶老师眼里，史铁生才是中国当代最具先锋性的作家。

当然，叶老师选择史铁生作为自己的传主，肯定还有着更为深层的原因。我想，这可能与他本人的人生观、价值观和审美观密切相连。在我看来，一个人的精神世界，主要是由其三观构成的。而我发现，叶老师在三观上和史铁生存在着许多相似性。我感觉到，在精神世界里，叶老师和史铁生是彼此相通的。他们拥有相同的人生追求、相同的价值取向、相同的审美趣味，属于精神知己。比如对待名利，他们都很淡泊，都很超脱；对待生活，他们都很率真，都很诚恳；对待事业，他们都很虔诚，都很执着。更重要的是，他们的精神里都蕴藏着一种难能可贵的先锋性。在《史铁生评传》中，叶老师写有这样一段话："史铁生在面对人生百态和宇宙万物时习惯于穷极一切，由此形成的思辨风格和哲学气质，自然也深刻影响了他的文学创作。"其中提到的思辨风格和哲学气质，无疑正是先锋精神的两个主要特征。我觉得，叶老师这段话虽然是在写史铁生，实际上也是在写他自己。如果说思辨风格和哲学气质一直渗透于史铁生的文学创作的话，那么可以说，叶老师的学术研究也始终体现着思辨风格和哲学气质。正是由于叶老师在精神上和史铁生有着相同的先锋性，所以才有了这样一部热烈、妖娆、丰满、沉郁、可靠的《史铁生评传》。

关于《史铁生评传》这部著作，我在上面已经连用五个词语表达了我的阅读惊喜。五个形容词排在一起，看上去好像是在溢美，其实并非如此。说老实话，这都是我在阅读过程中的真实感受，属于肺腑之言。遗憾的是，我觉得上面用到的这几个词，还过于简单、表面、粗略，尚不足以传达出这部著作的独特价值。保守一点说，我读过的中外作家评传不下于二十部。但是，像《史铁生评传》这样独特的文本，我还是第一次读到。在我以前读过的作家评传中，往往会碰到两种情形。一种情形是，以评为主，以传为辅，评起来长篇大论，探幽发微，传起来却三言两语，甚至语焉不详，最后弄成了一本作品欣赏；另一种情形是，以传为主，以评为辅，传起来一波三折，柳暗花明，评起来却浅尝辄止，或者虚晃一枪，结果弄成了一本作家生平。很显然，这两种写法都是失衡的，都难以写出理想的作家评传。能够将评和传有机结合起来的文本，此前虽然也有，但少而又少。正是从这个角度来看，《史铁生评传》显示了其独特的价值。在这部评传中，作者不仅把评和传有机地结合起来了，而且结合得水乳交融，如胶似漆，严丝合缝，堪称完美。一方面，作者对史铁生的人生经历进行了翔实而生动的描述，包括家庭婚姻、衣食住行、喜怒哀乐、生老病死，同时将他的人生经历和他的文学创作挂起钩来，进而去审视、梳理、发现文学创作与人生经历之间的复杂关系；另一方面，作者又对史铁生的代表作品进行了全面而深入的评论，涉及故事情节、环境背景、人物形象、思想内涵，同时密切联系到他的生活积累和生命体验，进而去反观、寻找、打捞人生经历对文学创作的深刻影响。这样一来，史铁生的人生经历和文学创作便构成了作家的一体两面。与此同时，关于人生经历的描述和关于文学创作的评论也随之构成一种互动，二者相互呼应，相互照耀，相互印证，从而使作家评传中的评和传不再是两张皮，而成为了一个评中有传、传中有评、评传互涉的整体。

上面说到的评和传的完美结合，也可以看成是《史铁生评传》对作家评传这一文体的重要贡献。说到文体，我陡然来劲，不禁想多说几句。从文体的角度来讲，作家评传显然是一种特殊的文体。它既属于学术论著，又属于文学传记，具有明显的双栖性特点。换句话说，这种双栖性文体要求很高，既要求有学术性，又要求有文学性，非常难以驾驭，弄得不好便不伦不类，甚至非驴非马。然而，《史铁生评传》却做得非常成功，由于作者有着深厚的学术造诣和良好的文学修养，使得这部评传的学术性和文学性都得到了充分彰显。不仅如此，《史铁生评传》还对作家评传这一文体的结构进行了大胆的探索。我发现，这部评传采用的是三维结构，一是历史之维，二是文学之维，三是哲学之维。从历史的维度来看，作者运用可靠而丰富的史料，具体而客观地再现了史铁生坎坷而辉煌的一生，包括他的生命史、疾病史、爱情史、创作史、友谊史乃至旅行史。从文学的维度来看，作者通过复述故事、分析人物、欣赏意象、发掘主题，几乎把史铁生所有的代表性作品都展示出来了，比如《我的遥远的清平湾》《我与地坛》《命若琴弦》《务虚笔记》《我的丁一之旅》。从哲学的维度来看，因为作者和传主都有着思辨风格和哲学气质，所以无论是描述史铁生的经历还是评论史铁生的作品，作者最终都会上升到哲理的层面，既有对人类前世来生的冥想，又有对宇宙万物奥秘的沉思。由于有了这样的三个维度，《史铁生评传》便同时具有了历史的真诚与厚重、文学的诗情与画意、哲学的深邃与高远。它们三维一体，形成一种重奏、一种合唱、一种交响，从而极大地丰富了文本的意蕴含量，拓宽了文本的价值空间，进而有效地增强了文本的弹性和张力。

叶立文老师是我的老师。然而，作为学生，我也不能一味地对老师说好话、唱赞歌。我的意思是说，《史铁生评传》虽然写得很好，但也存在着某些不尽人意的地方。比如，我因为业余写点小说，所以每当读作家评传的时候，总是希望能从中看到作家的一些写作经验，尤其是构思技巧和叙述策略。可惜的是，我在《史铁生评传》中获得的写作经验却不是太多。事实上，史铁生在文学创作中积累了许多独特的经验，对于后来的写作者来说，无疑是一笔宝贵的财富。我想，也许是叶老师对那些技术性问题不感兴趣吧，因而就忽略了。

好了，由于水平有限，这个所谓的序就写到这里吧。

【于 2017 年】

《新世纪文学微观察》序

李遇春教授的《新世纪文学微观察》终于要出版了。得知这个消息，我马上想到了白居易的那句名诗：千呼万唤始出来。

老实说，这是我翘盼已久的一本书。我这么说并非煽情，而是发自肺腑的心声。至于理由，少说有三。其一，全书分为上中下三编，收入中编的六十篇关于新世纪短篇小说的评论，全都发表于《文学教育》杂志。当时，我作为刊物的执行主编，诚请遇春为我们连续开了五年的“新作快评”专栏。这个专栏最受读者欢迎，从而有效地扩大了刊物的知名度和发行量。因此，我对这组文章特别有感情。其二，遇春虽然年轻，却已是闻名全国的大评论家。在这之前，他已经出版了多部文学批评专著，如《西部作家精神档案》《走向实证的文学批评》《中国文学传统的复兴》等。然而，上述著作都属于长篇大论的宏观察，评论的对象基本上都是进入文学史的作家和作品。相比而言，我更喜欢读这本集子中的短章小评。原因是，遇春在这些微观察中所关注的，大多是尚未大红大紫的作家及其富有亮色的新作。出于身份的认同，我读这些文字时感到更为亲切，同时也更加来劲。其三，因为近水楼台的缘故，遇春先后为我的小说写过十几篇评论，从篇数上来讲，在作家中恐怕是最多的，仅这本集子就收入了七篇。所以，我对这本书充满了一种带有自私性质的偏爱。

遇春迟至今日才将这批文章结集出版，原因肯定是多方面的。其中最主要的一点，可能是他自己对这类文字有些轻视和小看。作为一个有大志向和大抱负的青年学者，遇春很早就在《文学评论》这样的大刊上频频亮相，连篇累牍地发表了一系列鸿篇巨制，充分展示了他在学术研究上的大手笔和大气象，同时也给他赢得了良好的学术声誉和诸多的学术头衔。从名利的角度出发，遇春显然更加看重他的那些属于宏观察的大块文章。相比之下，这些微观察型的短制在他眼里便成了微不足道的小打小闹。因此，他一直将它们束之高阁，如待休妻。好在，这些文章毕竟是遇春亲手所写，不说付出了他的心血，至少渗透了他的汗水，再短再小，也与他有着一份难以割舍的情感。现在，功成名就的遇春教授，终于在万忙之中对它们回眸一望了。这一望不打紧，没准还心绪异样，五味杂陈。于是，我们才有幸盼来了该书出版的这一天。

坦率地说，对于这批微观察型的文章，遇春是不应该轻视和小看的，相反还要高看一眼，厚爱三分。也许，他本人还没有充分意识到这批文章的意义和价值。然而在我看来，遇春的这批文章，虽是微观，却有宏旨，其意义和价值丝毫不小于他早已汇集出版并广受好评的那些雄文高论。我这么说，是有理由和根据的。如若不信，且听我逐一道来。

在当下的文学评论界，宏观察可谓大行其道。我们经常看到的评论文章，不是走马观花式的作品综述，就是蜻蜓点水式的作家扫描，一篇文章中可以涉及几十位作家、近百部作品，搞得像是作家花名册和作品登记表。这样的文章，一般都口气大，块头大，结论大，看上去似乎很高深、很全面、很权威，实际上是在吹牛皮、放空炮、玩花架子。面对这样一种文学批评时尚，我们迫切需要的，恰恰是遇春对文学的这种微观察。这种微观察型批评，不贪大求全，不好高骛远，不装腔作势，常常是紧扣一部作品，从妙处着眼，以小处着手，往深处着力，从而微观细察、探幽发微、见微知著。比如，遇春在评薛荣的《回家》时，首先便敏锐地抓住了小说的叙事视角。这篇小说的叙述者是女主人公的弟弟，像一个机灵鬼，又像一个小大人。作者通过弟弟的视角来打量眼下的这个社会和他的家庭，尤其是母亲、姐姐、所谓的姐夫，还有死去的父亲，从而叙述了姐姐带着男友回家的故事。遇春认为，作者选取的这一儿童视角既单纯又复杂，所以能够在经验视界和超验视界之间自由游走。弟弟发现，姐姐表面上备受男友宠爱，实际上已落入男人的陷阱，于是决定去拯救姐姐。弟弟急中生智，在关键时刻编造了一则谎言。在弟弟的谎言中，父亲变成了杀人犯，姐姐变成了疯子。更为巧妙的是，父亲的遗像框在弟弟的谎言中居然神奇地从墙上掉了下来，不仅把弟弟的谎言映衬得更加真实，而且成功地吓走了所谓的姐夫。遇春最后总结说，在父亲遗像框落下的那一瞬间，经验的写实与超验的神秘便融为一体，使姐姐的回家之旅顿显深沉。上例可见，遇春的微观察型批评，显得很具体，很实在，很细致，很精准，很深入，与那些大而空、泛而浅的宏观察比起来，显然更有意义和价值。

遇春的这种微观察，不只是篇幅短小，也不止是评论精细，其中还有一个非常重要的特点，那就是对新锐作家和未名作家的特别关注。那些宏观察类的评论，所关注的基本上都是已经进入文学史的名家和正在进入文学史的大腕，对那些知名度不高或尚未走红的作家，一般来说是视而不见、闭口不提的。但作为一个公正的批评家，遇春却不一样。他既尊重名家大腕，同时也不薄新人后秀。就拿他十年前为《文学教育》所写的专栏文章来说吧，六十篇微评之中，至少有三分之二评的是新锐作家和未名作家的作品。比如朱山坡，比如乔叶，比如阿乙。当时，这些作家虽然已经崭露头角，但在全国范围来说，还尚未形成广泛的知名度，也尚未产生强大的影响力。然而，遇春却及时地注意到了他们，并满怀激情地推荐了他们的新作。像朱山坡的《躺在表妹身边的男人》、乔叶的《像天堂在放小小的焰火》、阿乙的《杨村的一则咒语》……这些小说都是遇春率先评论的。对于这批正处于上升势头和冲刺阶段的新锐作家来说，遇春的评论无疑起到了加油打气、鼓劲提神的作用。现在，这批作家已经走向全国，甚至走到前沿，可以说闻名遐迩，红极一时。还有一批作家，比如张忌，遇春当时推介他的《夫妻店》时，他才刚刚踏入文坛，属于典型的未名作家。而今，张忌已成为青年作家中的实力派，其长篇新作《出家》在文坛上反响强烈，好评如潮。值得遇春欣慰的是，这批在走红和成名之前曾经得到过遇春关注的作家，在走红和成名之后并没有忘记遇春的关注之恩。比如乔叶，她曾饱含深情地说："明明和遇春是同龄人，我却一直视他为师长，许是他的评论气质使然：深准精微，宽悯善暖，正如其名，如遇春天。"由此可知，遇春的微观察型批评对于青年作家的成长与发展，可以说有着不可低估的意义和价值。

真正的文学批评，必须是务实的、客观的、有用的。换一句话说，文学批评应该追求有效性。我认为，文学批评的有效性主要体现在两个方面。一方面，它能够推动文学的学术研究；另一方面，它能够促进文学的创作实践。从这个角度来看，遇春的微观察型批评无疑是十分有效的。我的意思是说，遇春的这种微观察，无论对于研究界还是对于创作界，都有十分重要的参考价值和指导意义。有一次，著名学者王先霈先生无意之中对我说，他为了写一篇关于拙作《花被窝》文体形式的研究文章，便上网集中查阅了有关此作的所有评论。在查阅的十多篇评论文章中，长的超过万言，最短的一篇只有两千字，是遇春写的。然而，王先生却认为遇春的这篇短文写得最好，因为它最切近我的这个作品，对他即将动笔的研究文章也最有参考作用。需要说明的是，我在这里把王先霈先生抬出来，并非拉大旗作虎皮，只是为了印证遇春文学微观察对于文学研究的有效性。至于遇春这批微观察型批评对文学创作的促进，我想用著名作家朱山坡的一番话来作为佐证。朱山坡说："李遇春阅读作品的耐心和细致让我吃惊。他没有故弄玄虚、治病救人的架式，又因为他的谦逊、真诚和学养，他总能捕捉和识破作家的内心秘密，然后与你坦诚相见，公平地谈论作品，无关乎对错，只要说出自己的阅读感受和学术认知。这样的评论家是值得作家尊重和信任的。"遇春的微观察型批评之所以能够促进文学创作实践，是因为他首先尊重作品，愿意花工夫、下力气、动脑筋去进行文本细读，然后再把他的阅读体验和独特发现上升到理论高度，最后归纳、总结、提炼出某些带规律性的东西。

在即将结束这篇序文的时候，我忽然想到了一个问题。问题是：我无论在研究界还是在创作界，地位都不高，名气都不大，遇春为何要我为他这本书写序呢？答案其实很简单，因为遇春猜到我会喜欢这本书。在此，我只能说，恭喜遇春猜对了。

【于2018年】

《烨晚》序

坦率地说，开始读这部长篇小说时，我的态度是将信将疑的。作者黄子豪，只是一个中学生，今年才十七岁，尽管我知道他的父亲是一位在民间文学研究领域颇有影响的学者，尽管我也知道他从小学时代就开始发表作品，尽管我还知道他的作文曾在全国中学生作文大赛中获过一等奖……虽然有这么多这么好的文学背景，但我还是没有足够的把握相信黄子豪能够驾驭一部长篇小说，因为他毕竟还是个中学生，毕竟才十七岁。然而，读完小说头两章，我的态度就不知不觉发生了变化，感到自己当初的担心是多余的。读到三分之一的时候，我甚至忘记了作者是谁，以为在读一个成熟作家的作品。读完整部作品，我不禁惊喜万分，简直不敢相信这部小说出自一个年仅十七岁的中学生之手。

如果用传统的文学尺度来衡量这部长篇小说，读者也许会觉得它的故事情节有些简单。的确，作品的故事不够复杂，情节也说不上曲折。它主要写了三个人的故事，或者说两个男孩和一个女孩的故事。其中的核心人物是男孩林烨，他也是整个故事的叙述主线。另外一个男孩叫林末，他是林烨的哥哥，可以说是作品中的一个重要人物。那个女孩叫伍缃，她在小说中的作用至关重要，说得上是个关键人物。他们从小住在夙城，属于少年伙伴，三个人之间既有与生俱来的亲情，也有日积月累的友情，还有朦朦胧胧的爱情。他们真正的故事，是从十年前的一场大雪开始的。那是一场罕见的大雪，飞飞扬扬，铺天盖地。因为那场大雪，林烨失去了记忆，林末失踪不知去向，伍缃一夜之间成为一个孤单的少女。可以说，那是一场无情的大雪，它既无情地埋葬了三个孩子天真而快乐的少年时光，也无情地改写了他们的人生命运。十年之后，因为深深的怀念，因为默默的守望，更因为苦苦的追寻，他们三个人终于在一个名叫远城的地方重逢。然而遗憾的是，十年离散，岁月沧桑，物是而人非，相逢也枉然。

虽然故事情节比较简单，但这部小说的重量和力量并没有受到影响。换一句话说，这部作品并不是靠故事情节取胜的。正是在这一点上，我们欣喜地看到了黄子豪与传统长篇小说写作者的不同路径。传统的长篇小说，往往离不开丰富而复杂的故事和迷离而曲折的情节，它们就像长篇小说的两条腿，不可或缺，否则作品就站不起来。而在黄子豪的这部作品中，故事和情节都只不过是个影子，或者说只是个符号，作者并不看重故事和情节本身，他只是对其中蕴藏的意义感兴趣。这里所说的意义，也就是我们以往所说的主题。其实传统的长篇小说也是有主题的，并且对主题还有许多明确的要求，其中最基本的要求有三个，一是教育性，二是明朗性，三是集中性。与传统的长篇小说所表达的主题相比，黄子豪这部小说所表达的主题却显示出了截然不同的特点。首先，他似乎并不想通过林烨、林末和伍缃三个人之间的悲欢离合来提取什么教育意义，而是在极力渲染一种忧郁的、凄凉的、悲伤的气氛，进而传达出一种独特的审美意识；第二，这部作品的主题并不是显而易见的，它到底是在写亲情？还是在写友情？抑或是在写爱情？读者很难一目了然，它显得含蓄而朦胧，有点雾里看花，有点模棱两可，还有点似是而非；第三，这部小说的主题显然无法用一两句话来进行概括，它既探讨了少年遭遇对人一生挥之不去的影响，又思考了人生命运中的偶然性与必然性，同时还拷问了亲情友情和爱情三者之间那种剪不断理还乱的复杂关系。总而言之，黄子豪这部作品在主题的表达上体现出了审美性、模糊性和多义性三个显著特点，让我们看到了作者身上那种难能可贵的创新精神。

黄子豪的这部小说虽然不以故事情节取胜，但他非常注重故事的处理和情节的安排。我的意思是说，作者在叙事上是煞费苦心的。叙事是长篇小说的主要表达方式，无论是传统的写作者，还是现代的写作者，他们在长篇小说的写作中都非常重视叙事策略的探索与运用。不过，传统叙事和现代叙事在策略上是大不一样的，呈现出两种完全不同的叙事风貌。黄子豪明显选择的是现代叙事技巧，这些技巧差不多都来自西方现代派文学。让我们感到十分惊讶的是，作为一个年仅十七岁的中学生，黄子豪对西方现代小说的叙事套路居然那么熟悉。毫不夸张地说，西方小说中惯用的叙事技巧基本上都被黄子豪在这部小说中用到了，比如荒诞，比如意识流，比如象征与隐喻，比如碎片与拼贴，比如变形与魔幻……而且他运用得非常熟练，非常自然，非常到位，因此我们不得不由衷地赞叹黄子豪惊人的阅读面和超人的感悟力。

更加令人称奇和惊喜的是，在借鉴与运用现代叙事技巧的同时，黄子豪还大胆地进行了一些新的探索与实验。在这部作品的叙事过程中，作者主要运用了两种策略，一是时空切换，二是人称变转。时空切换和人称变转可以说是现代小说叙事的两个主打技巧，我们在西方文学作品已屡见不鲜。但是，在我们读到的那些具有代表性的现代作品中，时空的切换和人称的变转差不多都是以章节为单元的。也就是说，在同一个章节中，时空和人称基本上是保持一致的，它们一般只在下一个单元里才发生切换和变转。但黄子豪在使用这两种技巧时却超出了常规，无论是时空的切换还是人称的变转，他经常在同一个章节中进行，根本不受单元的限制与约束。如小说第一章第一段呈现的时间是林烨十九岁那年的一个夜晚，第二段便把时间朝以前倒推了十年，一下子回到了林烨九岁的一天。又如在小说第三章《少年雪》中，开头一段是以伍缃的口吻进行的第一人称叙事，然而刚到第二段，叙事就匆匆变成了第三人称。乍看上去，作者在时空的切换和人称的变转上过于灵活，过于自由，过于频繁，似乎有点迫不及待，更显得随心所欲。但是仔细体会，我们就会发现作者的匠心所在。原来，黄子豪这么快速地切换与变转，一方面是为了制造一种特殊的叙事节奏，另一方面更是为了恰到好处地展示人物复杂多变的心理世界，同时也让读者体验到了一种十分独特的叙事快感。

作为一个出生于九十年代的文学写作者，黄子豪毫无疑问受到了韩寒和郭敬明这群青年作家的影响。在这部长篇小说中，无论是叙事焦点的选择，还是叙事语气的运用，包括词句遣造的生僻感和标题拟定的时尚化，我们都可以看到那些偶像派写手的影子。事实上，对西方现代小说技巧的热衷与借用也是这群青年作家的共同喜好。但是，我们也清楚地看到了黄子豪与他们的诸多不同。其中最值得肯定的一点是，黄子豪在一定程度上继承了我们民族文学中的许多优良传统。比如意境的营造，比如比兴的运用，比如重章叠句式的反复吟唱，这些让我们既看到了一个年轻写作者对民族文学传统的真诚热爱，也看到了民族文学传统在文学长河中的无限魅力。

尽管我在上面对黄子豪的这部长篇小说赞美有加，但并不意味着这就是一部完美的作品。实事求是地说，这部小说还存在着不少瑕疵，其中最突出的有三个问题，一是有些人物的设置与出场过于随意，如出现在远城的那个忆左，她在整个作品中的作用并不大，所以对她的大段介绍与细致描写就显得没多少意义；二是有些情节的处理过于简单，比如林烨的母亲为了拆散他与伍缃，突然就带着他远走美国，并且还在美国吸毒，不久便又回到了国内，这些交代都太简单，因此缺乏艺术的张力；三是有些细节不够真实，比如林末的大难不死以及他后来的冒名顶替，都缺乏必要的交代，所以内在的逻辑性和必然性都不够，不能令读者信服。

虽然作品还存在着以上这些问题，但瑕不掩瑜，我仍然觉得这是一部比较成熟的长篇小说。在这部长篇小说中，我们充分看到黄子豪的文气，才气，还有勇气。我们完全有理由相信，在不远的将来，一颗耀眼的文学新星便会升上我们文学的天空。

【于2011年】

《阅读写作一体化研究》序

毓亮兄好！自从您评上特级教师后，我就很少见到您了。可能是您太忙，也可能是我太懒，总之我们很难见面了。想想以前，我们可是一年一面不见不散的。不过，我在梦中倒是常常见到您，一见面就拥抱，您的大胡子还是那么茂盛！

由于工作的关系，这些年来我接触到的中学少说也有上千所。在这上千所中学中，如果要问我与哪一所中学的关系最好、友谊最深、感情最亲，我会说，除了我的母校湖北保康一中外，就数您工作的广西大化高中了。

广西大化高中位于广西大瑶山，您那里与我所在的武汉相隔千山万水。虽然路途遥远，但我却去过贵校好几次了。我第一次去是十年前，就是那一次，我深深地爱上了广西大化高中。从那以后，我便把贵校像情人一样装在我的心里了。

在我去广西大化高中之前，我与您就有过几面之交，并且还认识贵校的潘世流老师和黄大洋老师，你们多次参加我们《语文教学与研究》杂志社主办的会议，因为你们来自边远地区，更因为你们特别朴实和友好，所以我对你们都有极好的印象。特别是您毓亮兄，胡子长，头发短，嘴巴大，眼睛小，虽然算不上一个美男子，但是，长胡子掩不住您善良的微笑，短头发闪耀出您智慧的光芒，大嘴巴说出的都是真诚，小眼睛流出的全是温情。潘老师是个典型的南方小个子，头小脖子细，远看像一支筷子顶着一颗土豆，但他非常精明，说话铿锵有力，句句闪光，文章也写得好，篇篇出新。黄老师是一位帅哥，白皮嫩肉，普通话也说得标准，一点儿不像广西人，但他和极像广西人的唐老师和潘老师一样，待人真诚。正因为事先认识了你们三位知心朋友，我后来才下定了远足广西大化高中的决心。

那次去广西大化高中，我最大的收获是结识了梁万鹏校长。梁校长一看就是一位校长，无论是穿着，还是言谈，还是举止，都体现出一位校长特有的风度。他是一位有学问的校长，他是一位热爱教育的校长，他是一位爱护教师的校长，他是一位关心学生的校长。我认识的校长数以千计，老实说，有些校长是不像校长的，他们油嘴滑舌，欺上瞒下，吃吃喝喝，吹吹拍拍，心里没有学校，心里没有老师，心里没有学生。而梁校长却与众不同，他有学问，有思想，有感情，有爱心。可惜的是，像梁校长这样的校长太少了。

事实上，那次我的大化之行就是梁万鹏校长请我去的。他希望在广西大化高中开展一项课题研究，通过课题研究来促进教师的科研，通过教师的科研来推动学校的素质教育。他的这个策略是非常英明的。梁校长请我去广西大化高中，目的就是依托我们的《语文教学与研究》杂志，在你们学校开展“阅读写作一体化”的课题研究。

时间过得真快，一眨眼这个课题的研究与实验已经有上十年了，十年来，广西大化高中的师生广泛阅读、勤奋写作、深入探讨、反复实践，取得了丰硕的成果。可以说，“阅读写作一体化”的语文教学体系已经在广西大化高中建立起来。2003年出版的由您主编的这本《阅读写作一体化研究》就是有力的证明。

在“阅读写作一体化”研究这项课题即将结题的时候，我尊敬的梁万鹏先生因年龄原因已经从校长的位置上退下来了。再后来，我听您说，继任校长韦景伦先生也是一位真正的校长。虽然他是数学老师出身，但他热爱人文，重视人文，所以对语文组情有独钟，并且恩爱有加。我想，广西大化高中有韦景伦先生这样一位关心语文的校长，这是广西大化学子的幸事，更是广西大化人民的幸事。

今年金秋十月，此书再版，恰逢广西大化高中建校二十周年。在这双喜临门之际，我想请毓亮兄转达我对贵校的衷心祝贺，并代我向韦景伦校长致以崇高的敬意。另外，我还想对您说一句知心话：希望我和广西大化高中之间的关系越来越好，友谊越来越深，感情越来越亲。

情长纸短，就此打住。说不定今晚夜深人静时，您又会悄然走入我的梦中。我期待着。

【于2009年】

《清溪河拾贝》序

1

收到孟庆焕先生从保康托人捎到武汉的这本名为作文选集的清样，我眼前顿时浮现出一条河，这是一条小小的河，一条细细的河，一条默默的河。她，就是我家乡保康的清溪河。与那些咆哮的大江和奔腾的大河相比，清溪河真是太微不足道了，但是，如果有人问我，你最爱哪条河？我肯定会毫不犹豫地回答说，清溪河！为什么呢？因为她是我家乡的河。她四季不停地流淌在我家乡的土地上，同时也日夜不息地流淌在我的心灵上；而且，清溪河是一条纯净的河，一条勤劳的河，一条朴素的河，她的这些优秀品质跟我家乡的父老乡亲一模一样。另外，在保康的方言中，溪的读音与普通话不同，它的声母不是 x 而是 q，于是清溪河就读成了亲戚河，这样一来，特别看重亲情的我，就越发从心眼儿里爱保康的清溪河了。

《清溪河拾贝》可以说是新时期以来湖北保康一中历届学生的优秀作文选集，庆焕先生给自己精心编选和潜心评点的这本集子取这样一个书名，我想其中定有深意。保康一中就坐落在清溪河边上，一中学子的作文灵感可能大都是清溪河的流水引发的吧！或者，作为保康一中的资深教师，庆焕先生希望他的学生们的文思应该像这清溪河一样源远流长。我非常喜欢这个书名，一见到这个书名，我就仿佛看到一个老师模样的人，弯着腰，低着头，垂着手，两眼睁得大大的，独自在河边走来走去，一边走一边捡着什么。他腰里似乎还别着一个篾篓，他把捡起来的东西都小心翼翼地装进了篾篓里。仔细一看，噢，这个人原来是在河边拾贝！再仔细一看，噢，这个在清溪河边拾贝的人原来就是孟庆焕先生！

庆焕先生在我的心目中一直是一个十分儒雅的人，他说话不快不慢，不高不低，不温不火，经常之乎者也，文白夹杂，冷趣热生。人如其言，庆焕先生的为人和为文也是非常儒雅的，听说，他讲课也特别儒雅。儒雅不是装出来的，它与作秀不同。儒雅是一种气质，这种气质是需要读很多书才能养成的。我猜想庆焕先生肯定读了很多书，并且读过一定数量的古代经典，否则他身上不可能透出这么一种迷人的儒雅气质。老实说，在当今这个俗不可耐的社会里，像庆焕先生这种儒雅的人是越来越少了，有时候真是打着灯笼也难找。正因为庆焕先生是一个儒雅的人，他才能够平心静气地去清溪河边拾贝，才能够编选出这样一本作文选集来。

2

这本作文选集让我备感亲切。这种亲切感的产生，除了保康一中是我的母校，除了选集中的作者都是我的校友，除了该书主编是我的朋友庆焕先生之外，还有一个重要原因是，这本选集中将近三分之一的篇目我在以前都读过，有的是我亲手发表出来的，有的获得过我们杂志的作文大赛奖，有的我还写过点评文字。现在集中重读，一种莫可名状的亲切感不禁油然而生。

王代才的《五爷》可能是我读得最早的一篇保康一中学生的作品，那是十七年前的事了，可今天我一看到作者的名字，作品中五爷杀跑羊的场面突然就闪现在我的眼前。他“先骑在羊背上，一手抓住羊角，一手将刀猛地递进羊的喉间，又猛地拔出，同时松手跃开，任那受重创的山羊凶猛地狂奔，嘶叫，用那朝天的犄角狠命地撞击挡它的东西”。记得当年我就是被这一段神奇的描写吸引住的，并力荐它获得全国作文大赛二等奖，还写了评语将它发表在我参与编辑的刊物上。推算起来，王代才现在应该也是三十多岁的人了，我与他至今未曾谋面，也不知道他从保康一中毕业后去了哪里；说来我还是很惦记这位校友的。陈先锋的《牵挂》也是让我至今记忆犹新的佳作，这是一篇描述少年心路成长历程的作品，作者先以忏悔的笔触写了“我”对母爱的误读，接着写“我”对母爱的发现，然后写“我”对母爱的感悟。这是一篇关于母爱的颂歌，更是一篇关于如何接受母爱的阅读指南。当时我想，这篇文章的作者既然有这样一颗敏感而柔软的心，那他将来肯定会走正经路，干正经事，做正经人。后来，陈先锋考上了大学，大学毕业之后分到了贵阳工作，由于工作出色，现在已升为学校的教导主任。看来，我当年的猜想没有错！祁培的《论作秀》获得“新世纪杯”全国中学生作文大赛一等奖，这是十分难得的荣誉。作为一个保康人，我当时因祁培获大奖高兴了好几天。更有意思的是，祁培后来以优异成绩考上了我所工作的华中师范大学中文系，成了我的学生。我给他讲授文学写作技巧课，他很有悟性，不到一年时间写了好几篇小说，还发表了两篇，现在已成为小有名气的校园作家。

在这本选集中，还有许多篇章都曾经让我心动过，如兰香的《一首老歌》、阮成强的《西部狂想》、宋燕华的《四大美人》、朱艳艳的

《尴尬瞬间》、江登琴的《书内书外》、张家璇的《我的前后左右》、孟雅酷的《一支口香糖》等，这些都可以称得上佳作，每一位作者都有很好的写作潜质。

3

保康是山区，由于地理的原因、交通的原因和经济的原因，山区学生的智商显然无法与城市的学生相比，无法与平原的学生相比，无法与沿海的学生相比，但是，山区学生的情商却比其他任何地方的学生都高。因为工作的关系，我接触到了全国各地的中学生，通过比较，我发现保康学生的情商是最高的！保康学生不仅有情，而且多情，并且重情，更为重要的是，保康学生的情感层次非常丰富，还特别懂得情感的传递、情感的接收与情感的调控。为什么保康学生的情商这么高呢？原因当然是多方面的，但其中至关重要的一点，我想恐怕是与保康的学校重视文学教育和作文教学有关。在我看来，人的智商主要是靠数理化等自然学科培养的，而情商的培养则主要靠文史哲等社会学科。

从社会的构建来说，我们当然需要一定数量的高智商的人，因为科技的进步和社会的发展离不开这类精英。但这种人在社会人口总数中不能占太大的比例，我们这个社会大量需要的是情商高的人，因为情商高的人可以使人与人之间充满情，充满爱，充满关怀，可以使我们的社会更加和谐，所以情商高的人越多越好。就我个人的经验来说，我不太喜欢智商高的人，他们往往趾高气扬，目中无人，说话尖刻，冷漠无情，行为怪异，吝啬自私，与这种人交往，你会经常陷入尴尬的境地。而情商高的人就不一样，情商高的人一般来说都以人为本，尊重他人，语言柔软，情意绵绵，心地善良，助人为乐，所以我喜欢情商高的人，并乐意和情商高的人密切往来。

我们的教育，既要培养高智商的人，更要培养高情商的人。从构建和谐社会这个高度来看，恐怕我们更应该把主要精力和时间放在对学生情商的培养上，因为高情商的人越多，我们社会的和谐程度就会越高。因此，我们的学校应该特别重视文学教育和作文教学。我的母校保康一中在这方面做得特别好，培养了成千上万的高情商的人，正因为如此，我的家乡才到处充满了人情味。

4

我曾经为文学写作者写过一本《文学写作系统论》的书，在该书的序言中，我把写作者与作家进行了区分。我认为我们应该把写作者和作家这两个概念严格地区分开来。作家是社会上的精英，而写作者只是生活中的老百姓。两者虽然都从事文学写作，但他们的出发点和目的却是有所不同的。作家是为文学而写作的，他要通过写作来回答诸如文学究竟是什么这类重大而幽深的命题；而写作者是为生活而写作的，他只要通过写作把日常生活过得丰富多彩而又有诗情画意就行了。作家应该是有限的，作家并非是越多越好。一方面我们的社会不需要那么多作家，另一方面我们的社会也不可能产生那么多作家。还有一个原因是，真正的作家都是有思想的人，而有思想的人就会有痛苦，而有痛苦的人一般都会出现心理变态和神经失常等等现象，事实上中外文学史上的许多大作家都是心理变态者和神经失常者，有些作家还痛苦到了自杀的地步。单从这个角度来说，我们的社会就不能有太多的作家。试想：如果我们这个社会上作家太多，到处都是那些心理变态和神经失常的人，那我们的日子该怎么过呀！而写作者却可以是无限的，并且写作者多多益善。因为写作者一般来说没有作家的那种痛苦，所以与作家相比，写作者是幸福的。而且，与那些不热爱文学的人相比，写作者显得更加幸福，因为他不仅享受着大家都有的物质生活，并且还享受着文学给他带来的精神生活。因为写作者是幸福的，所以我们的社会就可以容纳无数的写作者。因为社会上幸福的人越多，我们的生活就会变得越幸福。从这个意义上说，一个写作者写不写文学作品并不重要，重要的是他必须要用一种文学姿态面对生活。

我们的文学教育和作文教学，其核心任务和最终目的就是培养学生的文学姿态，让他们将来能够以一种文学姿态去面对生活。什么是文学姿态？文学姿态是虚实相生的姿态，是物质精神双重关怀的姿态，是现实主义和理想主义相结合的姿态。所以，以文学姿态去面对生活，我们的生活就可能是丰富的生活，就可能是多样的生活，就可能是幸福的生活，就可能是诗意的生活，就可能是和谐的生活。八年前的一个夏天，我带着十岁的女儿回了一趟保康老家，恰好我的一个侄儿和一个侄女也回去了，他们当时分别只有六岁和四岁。一天早晨，他们的爷爷为他们每人冲了一杯蜂糖水，喝下之后，爷爷问道："甜吗？"三个孩子异口同声地答道："甜！特别甜！"爷爷接着问："爷爷冲的蜂糖水为什么这样甜？"快嘴快舌的侄女马上说："爷爷放了好多的蜂蜜，所以就特别甜！"侄儿想了想说："不对，因为爷爷的蜂蜜是土蜂子酿的，所以才特别甜！"我女儿最后笑笑说："这蜂糖水因为是爷爷亲手冲的，所以我们喝起来才感到特别甜！"应该说三个孩子的回答都是正确的，但爷爷听了大孙女的回答却显得格外幸福，眼泪都笑出来了。为什么呢？因为侄女是从数学的角度去回答的，侄儿是从生物学的角度去回答的，他们的回答虽然正确，但不感人；而我女儿是从文学的角度去回答的，她是以一种文学姿态去面对生活的，所以她让她爷爷热泪盈眶了。

通读了庆焕先生主编的这本作文集，我欣喜异常，因为我从中看到了我渴望看到的两样东西，一是情商，二是文学姿态。所以，我欣然为之作序。

【于2006年】

《文学写作系统论》前言

1

进入新世纪以后，我们的文学可以说是彻底边缘化了。面对文学边缘化这样一个无法挽回的局面，许多职业文学工作者表现出了不同程度的悲观、失望、不满和愤怒。这里所说的职业文学工作者，主要包括三种人，一种是从事文学领导的，一种是从事文学研究的，一种是从事文学创作的。在这三种人看来，文学的边缘化显然是一件不好的事情，不然他们怎么会那样悲观、失望、不满甚至愤怒呢？不过他们的这些情绪反应是可以理解的，想当年，文学还处于社会广场中央地带的时候，那些专职从事文学工作的同志们是何等的风光啊！而如今，文学被无情地挤到社会广场的边缘之后，他们身上曾经拥有的那些动人的、迷人的、诱人的光环一下子荡然无存了，他们仿佛在一夜之间变成了平凡而普通的人，对此，他们能不悲观、能不失望、能不不满、能不愤怒吗？在上述三种人中间，反应最为强烈的毫无疑问是那些作家们。文学边缘化之前，他们常常因为一部作品就能大红大紫、名扬天下，从而上面受到官方的欣赏与重视，下面受到群众的尊敬与崇拜；文学边缘化之后，无论官方还是群众对作家的态度都发生了巨变，他们难得再享受到受宠若惊和众星捧月的快感，所以他们灰头灰脑，失眉吊眼，唉声叹气，牢骚满腹。

对于文学的边缘化，我倒认为这是一件很好的事情。因为我惊喜地发现，自文学开始边缘化以来，热爱文学的人或者说文学爱好者反而越来越多了。我这么说，并非信口雌黄，而是有许多事实根据做支撑的。一方面，文学写作者在日益增多，每年通过各种渠道出版的浩如烟海的作品就是这方面的明证，五年前或者十年前，能够出版文学作品的能有多少人？而现在，一个普普通通的退休老人或者一个普普通通的学生娃娃，只要能够把话写通，只要能够拿得出出版费，出版社就可能给你出书；另一方面，文学阅读者也在日益增多，去年秋天我在华中师范大学开了一门名为新世纪小说欣赏的选修课，报名选修这门课的学生居然有八百多人。我认为，文学爱好者的日益增多正是文学边缘化带来的一道非常可喜的文学景观。从前，文学是神秘的，文学写作与文学欣赏似乎只是那些文学精英们的事情；现在，文学神秘的面纱已经被撕去了，任何一个热爱文学的人都可以进行文学写作和文学欣赏，文学已经成为人民大众的事情。从这个意义上说，文学的边缘化实际上就是文学的大众化和文学的生活化。所以说，文学的边缘化在我看来不是一件坏事而是一件好事。

2

我们应该把写作者和作家这两个概念严格地区分开来。

作家是社会上的精英，而写作者只是生活中的老百姓。两者虽然都从事文学写作，但他们的出发点和目的却是有所不同的。作家是为文学而写作的，他要通过写作来回答诸如文学究竟是什么这类重大而幽深的命题；而写作者是为生活而写作的，他只要通过写作把日常生活过得丰富多彩而又有诗情画意就行了。

作家应该是有限的，作家并非是越多越好。一方面我们的社会不需要那么多作家，另一方面我们的社会也不可能产生那么多作家。还有一个原因是，真正的作家都是有思想的人，而有思想的人就会有痛苦，而有痛苦的人一般都会出现心理变态和神经失常等等现象，事实上中外文学史上的许多大作家都是心理变态者和神经失常者，有些作家还痛苦到了自杀的地步。单从这个角度来说，我们的社会就不能有太多的作家。试想：如果我们这个社会上作家太多，到处都是那些心理变态和神经失常的人，那我们的日子该怎么过呀！

而写作者却可以是无限的，并且写作者多多益善。因为写作者一般来说没有作家的那种痛苦，所以与作家相比，写作者是幸福的。而且，与那些不热爱文学的人相比，写作者显得更加幸福，因为他不仅享受着大家都有的物质生活，并且还享受着文学给他带来的精神生活。因为写作者是幸福的，所以我们的社会就可以容纳无数的写作者。因为社会上幸福的人越多，我们的生活就会变得越幸福。从这个意义上说，一个写作者写不写文学作品并不重要，重要的是他必须要用一种文学的姿态面对生活。

中国作家协会鲁迅文学院曾经在武汉办了一个少年作家班，主办方在武汉地区聘请几位作家去当教师，在开班典礼仪式上，著名作家方方代表我们几位任课老师讲话。她在讲话中说，开办这个班的目的并不在于要培养一批作家，而是要通过一系列的文学讲座让我们的青少年养成一种文学的姿态，这种文学的姿态将是终生有用的。我觉得方方的话说得十分精辟，她准确地阐释了文学写作教育的指导思想与根本意义。

我的女儿那次也参加了少年作家班的学习，一个暑假学下来，虽然她的写作水平并没有得到显著提高，但她身上却明显有了那么一点儿文学的姿态。那年秋季开学之前，我带着十岁的女儿回了一趟老家，恰好我的一个侄儿和一个侄女也回去了，他们当时分别只有六岁和四岁。一天早晨，他们的爷爷为他们每人冲了一杯蜂糖水，喝下之后，爷爷问道："甜吗？"三个孩子异口同声地答道："甜！特别甜！"爷爷接着问："爷爷冲的蜂糖水为什么这样甜？"快嘴快舌的侄女马上说："爷爷放了好多的蜂蜜，所以就特别甜！"侄儿想了想说："不对，因为爷爷的蜂蜜是土蜂子酿的，所以才特别甜！"我女儿最后笑笑说："这蜂糖水因为是爷爷亲手冲的，所以我们喝起来才感到特别甜！"应该说三个孩子的回答都是正确的，但爷爷听了大孙女的回答却显得格外幸福，眼泪都笑出来了。为什么呢？因为侄女是从数学的角度去回答的，侄儿是从生物学的角度去回答的，他们的回答虽然正确，但不感人；而我女儿是从文学的角度去回答的，所以她让她爷爷热泪盈眶了。

3

我的这本书严格来说是写给文学写作者看的，而不是写给作家看的，那些想当作家的人如果想通过这本书而成为作家，那他肯定会大失所望。

在这本书中，我虽然比较系统地讲到了文学写作的每一个环节，也介绍了许多文学写作的技巧，但我的重心还是放在对一个写作者文学姿态的培养上。正是因为这样一个出发点，我在这本书中大量地引用了文学作品，我想尽可能地用文学作品来说话。这样，既能够让读者在比较真切的文学感受中学习和掌握文学写作的基本技巧，又能让读者在对具体作品的感悟中渐渐形成一种文学的姿态和情怀。还需要说明的是，我在书中举了不少自己的作品为例，这并不是我认为自己的作品可以充当典范，而是我觉得以自己的作品为例在讨论问题时会更加得心应手。

在动手写这本书之前，我也读过一些写作学教科书，应该说，编写者搭建的理论框架都是令人佩服的。但遗憾的是，他们太沉迷于理论的引用和概念的解释了，对例子的列举往往是点到即止，并且都是一些老掉牙的，很难让读者对文学有具体的感受。老实说，这样的写作学教科书对写作者的帮助是不会太大的。我自己也是一个业余文学写作者，主要从事小说写作，回顾我读过的写作理论书，其中对我的写作真正起到指导作用的并不是很多，似乎只有格非的《小说叙事研究》和米兰·昆德拉的《小说的艺术》给我的写作帮过大忙，而这两本书严格说来都没有多少理论阐释，其中大段大段的都是对作品的介绍与分析。受到格非和昆德拉的影响与启发，我在这本书的写作中，凡是能用文学作品说明的问题就尽量不去引用别人的理论条款。当然，我这样做也与我自身的情况有关，我虽然是一位大学教师，但我并不擅长理论，说到底是一个不学无术的人。好在我还不算太笨，总能找到一些典型的作品将我对文学写作的种种见解形象地表述出来。

4

文学写作在我看来是一个系统工程，在这个系统中有十几个重要环节，我根据自己的写作经验和阅读感悟，将这些重要环节按照由先到后、由表及里、由浅入深的顺序排列下来，然后对这个系统中的每一个环节逐一进行了描述与分析，希望为文学爱好者或文学写作者勾勒出一条大致的写作轨迹。

在开始这本书的写作之前，我曾经断断续续地读过一些与文学写作有关的理论著作，这些著作大都是我的老师、同事和朋友送给我的，比如王先霈教授的《圆形批评论》、胡亚敏教授的《叙事学》、刘安海教授的《小说“小说”》、修倜教授的《文学奥秘探胜》、孙文宪教授的《文学理论导引》、王又平教授的《新时期文学转型中的小说创作潮流》、樊星教授的《当代文学与地域文化》、陆扬教授的《解构之维》，等等，他们的学术成果都或多或少地给了我一些启发。但遗憾的是，我这个人不够严谨，在读他们的著作的时候，没有做那种学术卡片，所以在写这本书的时候我不能一一标明我的哪一段话参考和借鉴了某某书中的哪一段话。在此，我除了要诚挚地感谢这些著作的作者之外，还要向他们深表歉意！不过，我又觉得没有太大的必要在每本书的后面列出古今中外那么长一串参考文献，那样的列举除了显示博学之外，我不知道还有其他什么重要意义。写作一本书就像养育一个孩子，孩子养大以后，做母亲的只记得孩子吃过好多牛奶，但这孩子到底吃过多少牛奶？这些牛奶是从哪家商店买的？母亲肯定是记不住的。至于这些牛奶是从哪头奶牛的奶子里挤出来的，那她就更是不知道了。这个比喻可能有点儿不伦不类，但我的意思已经都在里面了。

还有一点要特别说明的是，我在这本书里借用了不少学术界可以共享的概念，但我给这些概念赋予的内涵不一定都与他人理解的一样，如果出现这种情况，我要请求学者们给予宽恕，并允许我有另外解释的自由。

最后我要坦言，这本书充其量只能算是我的一些写作经验和阅读感悟的总结与描述，错误和荒谬之处一定随处可见，因此我真诚地欢迎学者们批评指正。

【于2006年】

《娘家风俗》后记

何锐老师有很多头衔，既是编辑家，又是评论家，还是一位文学活动家。当然，他最响亮的名头，应该说是《山花》主编。众所周知，《山花》是在他接手之后才声名鹊起的。然而，我从来没把何锐老师叫过主编，而是始终称他为老师。要说原因，至少有两个。一是，何锐老师一直把我当作学生关爱，对我有传授，有开导，有表扬，有批评，有宽容，有苛求；二是，我一直把他当作老师敬重，逢年过节总要问候他一声，碰到构思上的困惑总要找他请教一番，发表了满意的作品总要跟他汇报一下。虽然何锐老师没在学校课堂上教过我，但我从他那里学到的东西，尤其是关于小说创作的理念与技巧，却丝毫不比学校课堂上少。在内心深处，我一直认为何锐是我的小说老师。

在何锐老师出任《山花》主编之前，我已经在该刊发了三篇小说，最早的一篇题为《无灯的元宵》，发表于1990年第10期，另外两篇叫《黑箱》和《平衡》，分别发表于1992年第4期和1993年第1期。在我的印象中，何锐老师是1994年担任主编的，此前他在《山花》负责编诗歌。甫一走马上任，何锐老师便大刀阔斧地对刊物进行改版。据说，他对稿件的质量要求特别高，所以我有好几年没给《山花》投稿。1997年秋天，何锐老师突然来到武汉，并且还专门到华中师范大学找我约稿。这让我十分意外，同时也受宠若惊。因为在此之前，我和何锐老师从没联系过。那时候我还没有手机，他边走边问，费尽周折，直到傍晚才在文学院找到我。何锐老师说，他是来武汉组稿的，想找我约一篇小说。我听了激动不已，简直是心花怒放。当天晚上，我在学校宾馆招待了何锐老师，请他吃武昌鱼。刚在餐桌上坐下来，何锐老师就跟我谈起了小说。他心直口快地说，你以前在《山花》上发的那三篇小说，我都看过，觉得《无灯的元宵》很不错，另外两篇都不怎么样。我愣了一下问，您能具体指点一下吗？他说，《无灯的元宵》很有个性，无论是取材还是剪裁，都有你自己的特点，特别是语言，断断续续的，吞吞吐吐的，还有很多半截子话，读起来很有味道。而另外两篇，构思和表达都有模仿的痕迹。何锐老师的这番比较对我触动很大，可以说让我大吃一惊。《无灯的元宵》写的是农村生活，故事、场景和语言都土得掉渣；《黑箱》和《平衡》写的是大学生活，结构和叙述都比较新潮。见到何锐老师之前，我一直认为后面两篇要比《无灯的元宵》好，没想到他的看法却恰恰相反。那顿晚餐吃了将近两个小时，何锐老师边吃边说，小说一定要写出自己的个性，怎么独特怎么写，千万不能跟风，一跟风就会迷失自我。我渐渐地听懂了他的意思，仿佛突然之间对小说有了新的认识。与何锐老师的那次交谈，真让我有一种听君一席话胜读十年书的感受。那天分手的时候，何锐老师认真地跟我说，再给《山花》写个小说吧，就按《无灯的元宵》那个路子写。年底，我按照何锐老师的要求写了一篇，当成作业寄给了他。不久，他便回复了我两个字：不错。这就是发表于《山花》1998 年第 3 期的《失踪者》。

从那以后，我与何锐老师的联系就多了起来。他有时还主动从贵州给我打电话，询问我的创作近况，还给我推荐他新近读到的好小说，并具体告诉我好在哪里。至今，我还记得当时他提到过的许多作品，比如韩东的《艳遇》，刘庆邦的《起塘》，迟子建的《雪窗帘》，范小青的《茉莉花开满枝桠》，东西的《一个不劳动的下午》。这些作品都发表在《山花》上，何锐老师如数家珍。我随后逐一找来细读，果然篇篇精彩，不同凡响，让我爱不释手，获益匪浅。何锐老师打电话的时间都比较长，经常要打到电话发烫才结束。每次接他的电话，我都像是听了一堂让人脑洞大开的小说课。2000 年第 6 期，《山花》在小说栏目的头条位置发表我的中篇小说《伤心老家》。为了感谢何锐老师对我这个学生的厚爱与栽培，更为了当面聆听他的教诲，我决定专程去一趟贵阳。我那次是坐飞机去的，还买了一大堆武汉特产。出发之前，我跟何锐老师打过电话，告诉了我乘坐的航班。我这么做，压根儿没奢求何锐老师派车去机场接我，只是希望他那两天不要外出，以免我千里迢迢扑个空。然而，我在贵阳龙洞堡机场下了飞机，拉着行李箱刚到出口，就看见一位年轻人举着写有我名字的接机牌在那等我了。这太让我意外了，同时更让我感动。前来接我的年轻人是一位小车司机，他说是何锐老师派他来的，还说何锐老师正在单位等我。那天，我到达《山花》编辑部已是傍晚了，何锐老师果真还没回家。他一直在编辑部等我，还为我准备了晚餐，帮我安排了住宿。我还清楚地记得，那天的晚餐吃的是地道的贵州菜，其中最好吃的是花江狗肉。陪我一起吃饭的，除了何锐老师，还有时任副主编黄祖康先生和现任主编李寂荡先生。在饭桌上，何锐老师照例讲到了小说。他虽说偏居西南一隅，但对全国的小说态势却了如指掌，对各种小说现象都有自己的看法与见解，并且是真知灼见。他还列举了不少作家和作品，有称赞，有不满。偶尔，我也会提几个问题，想听听何锐老师的意见。比如，您觉得走红作家某某某的小说怎么样？他马上皱起眉头说，不行，连语言都没过关，像中学生作文。又比如，您喜欢某某的小说吗？他马上又眉开眼笑地说，不错，地域风情写得特别好，骨子里充满诗意。很显然，关于小说，何锐老师有着自己明确而独特的审美标准。从他的好恶中，我逐步领悟到了什么样的小说才是好小说，从而进一步明确了自己的写作方向。我那次去贵阳，虽然停留时间不长，却是满载而归。在此之后的几年里，我陆续在《山花》上发表了九篇小说，其中的《老板还乡》《娘家风俗》《为一个光棍说话》等作品，都受到了何锐老师的好评。

2004 年初秋的一个中午，我突然接到了一个来自北京的电话。仔细一听，打电话的居然是何锐老师。他打的是公用电话，环境听上去十分喧闹，好像还有车水马龙的声音。电话刚一接通，何锐老师就兴奋地对我说，我来北京了，现在刚从王府井新华书店出来。逛书店时，我发现了吴义勤编选的《2003 年中国短篇小说经典》，其中收了你的《娘家风俗》。听到这个消息，我顿时也兴奋起来，连忙说，太好了，我要想办法去买一本。何锐老师说，我已经给你买了一本，待会儿就去邮寄，直接从北京邮到武汉，以免我背回贵阳耽误时间。我万分感激地说，谢谢您！随即又问，多少钱？我从邮局寄给您。何锐老师说，要什么钱？是我送给你的。那一次，何锐老师只说了两分钟就挂了电话，无疑是我们通话史上最短的一次。我想，肯定是公共电话亭排队打电话的人太多，否则他是不会这么快结束通话的。何锐老师挂了电话以后，我握着话筒迟迟没有放下，感到意犹未尽，十分遗憾。当时，我不禁回想起了之前把《娘家风俗》寄给何锐老师的情景。稿子寄出去只有一个星期，何锐老师就给我回了话。他说，稿子不错，下期就发。我得到喜讯，高兴不已，正打算说几句感谢的话，何锐老师又说起来了。他说，你这篇小说的伏笔用得特别好，看上去很随意，实际上别有用心。他紧接着又说，我最近读了不少来稿，没几个像样的，读了头疼。他一说起来就滔滔不绝，我连插嘴的机会都没有，结果到头来也没把感谢他的话说出口。何锐老师从北京给我打来电话不久，过了七八天吧，我收到了来自北京的邮件。开始我以为只有一本书，打开才发现有两本，除了吴义勤先生编选的《2003 年中国短篇小说经典》外，还有一本《后现代叙事理论》，作者是英国的马克·柯里，由宁一中先生翻译。这两本书对我来说，意义非凡。在那以前，我只知道吴义勤先生是位著名评论家，但和他没有任何交往，因为《2003 年中国短篇小说经典》这本书，我才与他建立了联系。此后，吴义勤先生对我的写作更加关注，并多次为我写评论文章，还为我的小说集《金米》写了序。老实说，我早期的小说受传统叙事理论的影响较深，所以缺乏现代意识。读了《后现代叙事理论》这本书，我开始了对小说现代性的思考，并认真研究了后现代叙事技巧，从而使自己的小说出现了一些新的面貌。我想，这也许正是何锐老师送我这本书的良苦用心吧。

万分不幸的是，何锐老师过早地离开了我们。得知噩耗，我如遭雷击，半天说不出一句话，唯有泪水长流。当时，我多想写一篇文字悼念我这位小说老师，但在悲痛中怎么也动不了笔。衷心感谢野莽先生主编这套“锐眼撷花”丛书，让我有机会能用这种独特的方式缅怀恩师。

【于 2019 年】

《当代小说与民间叙事》后记

写完博士论文《当代小说与民间叙事》的时候，我原本没打算写这个致谢辞。虽然我有很多人要感谢，但我觉得可以采用其他的渠道和更好的方式，没必要在一篇长长的文章后面草草地附上几句短短的客气话。另外，我听说前些年不少硕博论文的致谢辞都是复制粘贴的，只是把老师和亲人的名字改一下，内容和格式千篇一律，甚至有一位博士过于粗心，复制粘贴后竟然忘了把妻子改成自己的，直到答辩时才发现感谢的是别人的老婆，因此大家对致谢辞便没有多少好感。更重要的是，论文还没有通过答辩，如果万一答辩时过不了，这些被我感谢的人不都会觉得脸上无光吗？由于以上这些原因和想法，我就决定不画蛇添足写致谢辞了。

然而，人的初衷是容易改变的。以前总听人说初衷难改，其实最容易改的就是初衷。比如，我年轻的时候从来没想过读博士，认为博士是多么的了不起。我听说的第一个博士是美国当时的国务卿基辛格，以为博士都必须是基辛格这样的人。青年时代，我还是有自知之明的，虽说大学毕业后在高校工作，但我从没对博士学位产生过奢望。可是，后来我身边的很多人都陆陆续续成了博士，其中不少人和我一样，都很平凡，都很普通。渐渐地，我的心理也发生了变化，对身边的博士们，有羡慕，有嫉妒，甚至还有一丝恨。很显然，这都是自尊心和虚荣心在作祟。有一次上公共厕所，我看见四个坑上蹲的全是博士，他们呈一字形蹲成一排，一边排泄一边高谈阔论。我心胸狭窄，颇感自卑，便简单地屙了一下就出来了。就因为那次上厕所，我萌生了读博的念头。看看，人的初衷是多么容易改变！

报考博士那年，我已经年满五十。小时候写作文，我总把五十岁的人称为半百老人。这么大一把年纪了，还去考博士，说起来真有点儿难为情。更为搞笑的是，我女儿也是那年考的博士，她接到录取通知比我还早一个月。当我把读博的消息告诉女儿时，她在电话那头问，您都五十了，还读什么博士呀？我找个借口说，我是为了给你陪读啊！她在美国打个哈哈说，好啊，我们一起毕业！记得去武汉大学参加复试的那天，我意外地碰到了我从前带的一个硕士生，当时她正在武大读博二。她见到我很激动，问我到珞珈山干什么？我红着脸说，找一个人。说完，我扭头就走了。后来，她还是知道了我到武大读博的事。要是不论年龄的话，我应该叫她师姐才对。平心而论，我五十岁读博士也的确有些晚。还记得报考之前，我曾到於可训教授家里去过一次。听说我要考博，他不禁一笑说，你总算睡醒了！此话的言外之意很明显，即批评我懂事太迟。

正式到武汉大学读博之后，很多亲人和朋友对我表示了深切的同情和善意的讥笑。我母亲没读多少书，不清楚博士是什么东西，只晓得五十岁读书是个苦差事。一听说我还要读书，母亲就愁眉苦脸地说："胡子都垂到鸡屎了，还要去读书，造孽啊！"在我家乡的方言中，造孽是受罪和可怜的意思。有一个姓周的朋友，是我在华中师范大学为数不多的好友之一，没有读博，但水平很高，能力很强，曾任校报主编，还担任过学校宣传部副部长，后来升为一个学院的党委书记。得知我读博的消息后，他马上打电话给我，用一口孝感话遗憾地对我说："没想到啊，你也会去读什么博士！以前我很佩服你，现在我看不起你了！"在他看来，我读博好像是叛变了似的。这不怪他，因为在这之前，我们两人曾多次在一起嘲笑过那些徒有虚名的博士。接到他的电话，我确实感到很不好意思，脸上麻酥酥的，仿佛涂了一层花椒油。

对我大龄读博，支持者当然也有，比如我的老师王先霈教授和王庆生教授。听说我想考博，两位老师都极力赞成。按照规定，报考之前必须有两位专家推荐。拿到专家推荐表后，我首先就想到了我的这两位恩师。我打电话到他们家，他们二话没说就答应了。两位老师为我写的推荐书，我都复印保存着。在推荐书上，两位老师都说了我许多好话。其中有些表扬我的句子，我都能背下来。王先霈教授写道："我教过他们年级的文学概论，他期末考试全年级一百多人中第一，其他课程成绩也是优秀，当时就留下深刻印象。"王庆生教授写道："晓苏同志为人正直，心地善良，业务过硬，做事认真，乐于读书，善于思考。"每当想起两位老师对我的肯定与鼓励，我都感到无比温暖，同时信心倍加，力量大增。这两份推荐书我会一生珍藏，它们是我人生宝贵的精神财富。

博士论文定稿后，我去武汉大学一家文印店打印装订论文。店老板成天与硕博论文打交道，对论文的几大块一清二楚。他一看我的论文就觉得不对头，疑惑地问我："怎么没有致谢辞？"我说："没规定非写致谢不可呀。"他严肃地对我说："你错了，致谢必不可少，老师和答辩委员们看论文，首先看的就是致谢辞。"店老板说得没错，我也指导过不少硕士论文，还经常滥竽充数担任博士答辩委员。面对那一本本或薄或厚的论文，我也是少不了要看看致谢辞的。因为店老板的提醒，我就决定还是写一个致谢辞。我担心，老师和答辩委员们在翻阅我的论文的时候，如果不见致谢的内容，肯定会觉得不习惯。所以，我也就不能脱俗了，只好再补上这个致谢辞。

在这个致谢辞里，我首先要感谢的是我的导师樊星教授。从年龄上讲，他大不了我几岁；但从学识上讲，他却是我的好几倍。樊老师是著名学者，同时也是著名评论家。我能成为他的学生，真是三生有幸。樊老师不仅课讲得好，而且文章也写得好，学术专著更是一本接一本地出版，现在不说著作等身，至少也是著作等腰了。更让我敬重的是，樊老师为人善良，心地宽厚，待人诚恳，传道有方，授业有术，解惑有策。我的博士论文，从选题目到查资料，从拟提纲到写初稿，再到修改定稿，每一个环节都渗透着樊老师的智慧和辛苦。特别是初稿写出来之后，樊老师立刻放下手头的一切，连续两天、日夜兼程、逐字逐句地审读我的拙作，并写下了详细的修改意见。大到对某部作品的评价，小到行文中的笔误，樊老师都用红笔给我一一画了出来。收到樊老师返回给我的审阅稿时，我感动得满眼都是泪花。

读博期间，除了导师樊星教授之外，给我授课的还有於可训教授、昌切教授、陈国恩教授、方长安教授、金宏宇教授和叶立文教授。在我心里，他们也是我的导师，我对他们都充满了无限的感激之情。同时，我还要感谢武汉大学文学院的张箭飞教授和张园教授。这两位老师虽然没有直接给我上过专业课，但在学业上却给了我许多帮助。我会永远记住她们。

在武汉大学读博的这几年，我与同届的几位学弟学妹也建立了深厚的感情。他们是来自福建的任毅，来自河南的禹权恒和张文民，来自湖南的田频和戴海光。他们都是青年才俊，视野开阔，成果累累，但一个个都对我很好，从来不嫌我年纪大，一有饭局就喊我，还经常把上席让给我坐。在学业上，他们也给了我很多帮助，比如帮我打印课程论文，给我转达有关通知，还给我提供关于博士论文的参考资料。可以说，结识这群年轻朋友，是我读博的一个重要收获。

借此机会，我还要好好地感谢我的同事蔡三林先生。在读博的这三年中，我要经常往返于桂子山与珞珈山。因为我不会开车，所以很多时候都是小蔡开车送我接我。不论上班还是休假，不论刮风还是下雨，不论道畅还是路堵，每当我要用车，小蔡总是随叫随到，从来没有拒绝，从来没有怨言。有时送我去听课，如果时间还早，他就让我躺在车上睡一会儿；有时去接我，如果还没下课，他就孤独地等我好久。小蔡温和、善良、细致，时时、处处、事事都为我着想，真是我的好兄弟！同时，我还要感谢我的另一个同事高述新先生，他也开车接送过我多次。每次我下车时谢他，他都红着脸对我说："您还跟我讲客气！"

感谢了以上师友之后，我还要深情地感谢一下我的爱人刘勇副教授。读博以前，刘副教授就不怎么让我做家务，顶多让我帮她捡个碗。自从读博以后，她连碗也不让我捡了。吃完饭，我刚伸手要捡碗，刘副教授便一挥手说："快去看书吧，别把手上弄些油！"为了让我吃好，她每天做菜都要变花样。因为我喜欢吃猪血，她就隔三岔五吩咐我的岳母去菜场买猪血，并强调一定要买没掺假的。有一次，为了买到纯正的猪血，我七十五岁的岳母居然一上午跑了三个菜场，差点儿把腿都跑断了。还有，我写博士论文的参考书，基本上都是刘副教授帮我借回家的。她在华中师范大学图书馆课题咨询部工作，我需要什么书，她马上就可以给我借回来。有好几次，她回家进门时怀里抱的都是书，累得气喘吁吁，连耳朵都累红了。每回见此情景，我的心就柔软得一塌糊涂。在集中撰写论文的两个半月里，我的作息时间极不规律，常常是半夜两三点才睡，有时天不亮又起床。我的时间错乱，显然严重影响了刘副教授的睡眠。但她从不埋怨我，甚至连一声叹气也不曾有过。有好几个深夜，论文写到得意处，我抑制不住地要读给她听，便狠心地把她从睡梦中摇醒。她居然很配合，马上睁开眼睛，一边打哈欠一边听我读。我读完后，她还幽默地对我说："不错，不错，我给你打优！"

最后，我还想顺便感谢一下我自己。感谢我的勤奋，感谢我的坚韧，感谢我的好记性，感谢我的小聪明。如果没有上述几点，我的这篇论文肯定写不出来。所以，我必须感谢一下自己。

【于2014年】